조선 최고의 예술

판소리

아이의 고전읽기 13

조선 최고의 예술 예술
판소리

정출헌 지음

MiraeN 아이세움

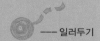 일러두기

1. 작품 원문은 해당 작품의 이해를 높이기 위해 다양한 이본에서 발췌하였다.
2. 원문은 필자가 쉬운 말로 다듬어 인용하였다.

옛사람의 삶과 지혜를 만나는 판소리 여행길

많은 사람들이 고전을 '오래된 미래'라고 일컫는다. 낡은 것처럼 보이지만, 새로운 미래를 기획할 수 있는 계기를 마련해 준다는 뜻이다. 수사적 차원의 과찬이 아니다. 자기 시대를 치열하게 살아갔던 인간들의 삶을 통해 진한 감동과 지혜를 주고, 한 걸음 더 나아가 오늘의 한계 상황에 좌절하지 않도록 굳센 다짐과 번뜩이는 영감을 주는 게 바로 고전인 것이다.

그런데 문제는 그 값진 고전이 재미없을뿐더러 어렵기 그지없다는 점이다. 우리 고전은 특히 그런 듯하다. 학창 시절을 되돌아보건대 톨스토이의 『부활』을 감동적으로 읽었다는 사람은 보았어도, 우리 고전을 읽고 감동 받았다는 사람은 만난 기억이 없다. 도대체 우리 고전을 재미있게 읽은 사람이 있기나 한 걸까? 아마, 그리 많지 않을 것이다. 그럼에도 우리의 고전을 들어 보라면, 주섬주섬 꼽지 않을 수 없다. 연암 박지원의 『열하일기』, 다산 정약용의 『목민심서』, 그리고…… 대부분 그 뒤로 말문이 막히고 만다. 안쓰러워 거들어 주는 말, "왜, 춘향전이 있잖아?" 그러면 그때서야, "아하, 그렇지! 심청전·흥부전·토끼전·적벽가도 있었지!" 하며 술술

이어 간다. 그렇다. 이들이야말로 모두가 자랑하고 있는 우리 고전의 명편이고, 그건 바로 판소리 다섯 마당의 이름이다. 판소리 다섯 마당은 우리의 고전을 대표하고 있었던 것이다.

그럼에도 판소리 하면, 대부분 유치하거나 황당하거나 납득하기 어렵다는 생각을 갖고 있다. 「춘향전」도, 「심청전」도, 「흥부전」도 모두. 학생들에게 흥부가 어떤 인물이었는지 물어보면 백이면 백 '게으르다', '의타적이다', '무책임하다' 등을 꼽는다. 물론 '착하다'라는 답변도 빠지진 않는다. 착하다고 생각한 이유를 물으면, 이렇게 대답한다. "제비 다리를 고쳐 주었지요." 그게 뭐 그리 착한 일일까를 되물으면 제대로 답변하지 못한다. 그런데 흥부를 게으르다고 생각한 까닭, 의타적이라고 생각한 까닭, 무책임하다고 생각한 까닭을 되물으면 자신 있게 대답한다.

사실, 그런 답변을 들을 때마다 좌절감 비슷한 걸 느낀다. 무책임하다고 생각하는 이유는 이렇다. 찢어지게 가난한데, 자식은 왜 그렇게 많이 낳았느냐고! 그러니 무책임한 가장이 아니냐고! 그렇다. 자식 많은 흥부를 보고 무책임하다고 꾸짖는 것이다. 하지만 「흥부전」을 읽던 옛사람들은 자식 많은 흥부를 가엾고 안타깝게 생각했다. 부모 재산을 독차지한 장남 놀부가 자신의 재물을 아끼기 위해 동생 흥부를 엄동설한에 갑자기 내쫓았는데, 어떻게 살아갈꼬? 게다가 그 많은 자식들을 거느리고서. 「흥부전」을 읽는 지금의 우리와 예전의 그들은 이렇게 다른 것이다. 아니, 우리는 「흥부전」을 읽던 옛사람의 마음을 이렇듯 엉뚱하고도 터무니없게 잘못 읽고 있는 것이다. 그러니 「흥부전」이 우리의 고전인 까닭을 납득하지 못할 수밖에.

판소리가 고전으로 널리 읽혔던 까닭을 옳게 이해하려면 무엇보다 우리의 눈높이를 당대인의 눈높이에 맞추는 게 필요하다. 「흥부전」을 제대로 감상하기 위해서는 우리가 18~19세기로 되돌아가 읽어야 하며, 『금오신화』를 제대로 감상하기 위해서는 15세기로 되돌아가 읽어야 한다. 어디, 그뿐인가? 「흥부전」과 같은 판소리계 소설을 읽을 때는 민중의 마음으로 읽어야 하고, 『금오신화』와 같은 한문 소설을 읽을 때는 지식인의 마음으로 읽어야 한다. 그때 비로소 당대 민중이 「흥부전」에서 말하고 싶은 것과 김시습이 『금오신화』에서 말하고 싶은 것을 이해할 수 있을 것이다. 그것이 그리도 사랑받는 고전이었는지도. 그리고 그때서야 비로소 그들이 현재를 치열하게 살고자 하는 우리에게 어떤 삶의 지혜를 속삭이고 있는지도 듣게 될 것이다. 낡은 고전이 새로운 고전으로 되살아나는 순간이다.

고전을 고전답게 감상하는 법은 '지금의 우리'와 '과거의 그들'을 하나로 이어 보려는 데서 출발해야 한다. 퇴계 이황은 「도산십이곡」에서 이렇게 노래했다. "옛사람도 날 못 보고 나도 옛사람을 못 뵈어/ 옛사람을 못 뵈어도 가던 길 앞에 있네/ 가던 길 앞에 있거든 아니 가고 어찌할꼬?"라고. 그러하다. 고전을 읽는다는 것은 옛사람이 걸었던 길을 다시 걸어 보는 것이고, 옛사람이 품었던 마음을 다시금 느껴 보려는 뜻깊은 여정이다.

어때, 마음 설레지 않는가? 아득히 먼 옛사람과 지금의 내가 한마음이 되어 본다는 것이. 그때 비로소 고전의 맛을 느낄 수 있고, 고전 읽는 재미를 느낄 수 있다. 조선 시대 문장가 유한준(兪漢雋, 1732~1811)은 이렇게 말했다. "알면 참으로 사랑하게 되고, 사랑하면 참으로 보게 된다"라고.

　알면 알수록 사랑이 깊어지는 법이다. 물론 알면 알수록 사랑이
식어 가기도 한다. 그것이 진짜 친구와 가짜 친구를 구별하는 잣대
이듯, 고전도 그러하다. 알면 알수록 사랑이 깊어지는 것은 진짜 고
전이고, 알면 알수록 사랑이 식어 가는 것은 가짜 고전이다. 그렇다
면 우리의 고전이라 일컬어지는 판소리는 어떠할 것인가? 「춘향
전」·「심청전」·「흥부전」·「토끼전」·「적벽가」를 한 작품씩 탐색
하고 난 뒤, 지금보다 이들을 더 사랑하게 될까? 아니면 더 싫어하
게 될까? 모르겠다. 그래서 그 길로 인도하려는 지금 두렵기도 하
다. 그렇지만 벅찬 사랑으로 가득 차게 될 수도 있다는 생각에 가슴
설레기도 한다. 자, 이제 조금은 두렵고 조금은 설레는 판소리로의
여행길을 떠나 보자. 더 큰 사랑을 품에 안고 되돌아오리라는 기대
를 안고.

정출헌

차 례

1. 판소리로 들어가는 문

판소리꾼의 길,
옛사람이 열광한 그 길

오늘날 젊은이들 가운데 국악을 즐겨 듣는 사람은 거의 없을 것이다. 즐기기는커녕 제대로 들어 본 경험조차 많지 않을 것이다. 토요일 한낮, KBS 텔레비전에서 방영하는 '국악 한 마당'이란 프로그램이 있기는 하다. 공영 방송으로서 체면치레를 하듯 겨우 하나 편성되어 있는 그것. 하지만 채널을 이리저리 돌리다가 혹시 맞닥뜨리게 되면 조금도 지체 않고 딴 데로 돌려 버리고 마는 그것. 이게 우리 국악의 현주소다. 그런데 제대로 들어 본 적도 없건만, 한국 사람치고 「춘향가」를 모르는 사람은 없다. 어디 「춘향가」뿐이던가? 「심청가」도 알고 「흥부가」도 안다. 「수궁가」를 모르는 사람도 거의 없다. 우리에게 판소리는 그만큼 멀고 그만큼 친숙하다. 매주 방영되는 그 '국악 한 마당'에 판소리가 빠지는 법은 거의 없다. 그럴 정도로 판소리는 우리의 전통 음악을 대표하고, 유네스코(국제연합 교육 과학 문화 기구)에서 지정하는 세계 무형유산으로 등록되었을 만큼 세계인이 그 가치를 인정한 최고의 가락이다.

그렇다면 의문이다. 지루하기 짝이 없어 우리나라 사람은 외면하는 판소리를 세계인은 어찌 그리도 소중하게 평가했던 것일까? 또 옛사람들은 어찌 그리도 판소리를 즐겼던 걸까? 거기에는 판소리를 갈고닦아 온 판소리 광대의 피와 땀이 서려 있기 때문이다. 판소리를 참으로 잘 불렀던 사람, 권삼득에 얽힌 사연은 판소리가 그들에게 어떤 의미를 지니는 소리였던가를 단적으로 보여 준다. 영ㆍ정조 시대에 활동했던 권삼득은 전라북도 익산 출신이라고 전해진다. 호남은 본래 판소리의 고향이니 전북 출신이란 게 유별난 건 아니다. 다만 판소리 광대들이 대부분 천한 집안 출신이었던 데 반해 그는 양반 가문의 일원이었다는 사실이 특기할 만한 점이다. 양반 신분이었음에도 불구하고 천한 부류들이 업으로 삼던 판소리 소리꾼이 되었다는 것, 그건 참으로 기가 찰 노릇이었다. 물론 양반 가운데도 간혹 판소리의 매력에 빠져들어 아예 소리꾼으로 나서는 인물이 있기는 했다. 진사 시험에 합격한 판소리 광대 정춘풍이 대표적인 인물이다. 이런 양반 출신 소리꾼을 '비가비 광대'라고 부르는데, 권삼득은 그런 부류의 첫 번째 인물이었던 것이다.

권삼득이 양반이었다고 하니 어느 정도였을까? 그의 12대 선조 권대임은 이괄의 난 때 공을 세워 인조의 장인이 되었고, 부친 권래

언은 「이우당집二憂堂集」이란 문집을 남겼을 정도로 학식이 높았으며 죽은 뒤에는 예조판서에 추증되기도 했다. 그렇다면 지체 높은 양반 가문의 자제 권삼득은 어떤 연유로 판소리 광대가 되었던 것일까? 판소리 광대들의 삶을 모아 책으로 펴

낸 정노식(鄭魯湜, 1899~ 1965)은 『조선창극사』(1940)에서 그 사연을 다음과 같이 전하고 있다.

그는 시골 양반의 자제로서 어릴 때부터 글 읽기에는 힘쓰지 않고 판소리 공부에만 온 힘을 쏟았다. 부친은 양반 가문에 큰 수치가 아닐 수 없다고 하여 판소리 부르는 것을 일절 못 하도록 말렸다. 하지만 말을 듣지 않았다. 자식의 그런 꼴을 도저히 두고 볼 수가 없었다. 그래서 온 가문이 모여서 의논한 결과, 차라리 자식을 죽여 없애기로 의견을 모았다. 가문의 명예를 더럽히지 않는 게 낫겠다고 생각한 것이다. 드디어 멍석말이를 하여 죽이려고 하였는데도 권삼득은 태연자약했다. 다만 판소리 한 곡조를 부르고 죽기를 애원할 뿐이었다. 자리에 모

여 있던 가족들은 하도 가련하게 애원하는지라 그의 마지막 소원을 들어주기로 했다. 그러자 권삼득은 멍석 아래에서 판소리 한 자락을 불렀다. 그런데 그 슬프디 슬픈 판소리 가락을 듣는 사람들은 온통 감동에 휩싸여 들고 말았다. 마침내 차마 죽이지 못하고 족보에서 이름을 지워 버리는 것과 함께 집에서 내쫓아 버렸다.

위의 기록을 전하고 있는 정노식은 전라북도 김제 출신으로 일본 메이지 대학 법학부에 유학을 다녀올 정도로 뛰어난 지식인이었다. 그는 판소리를 유달리 사랑했고 판소리가 걸어온 길을 최초로 정리해 냈을 뿐만 아니라 3·1 운동을 주도적으로 이끄는 등 독립운동에도 열성을 보였다. 그는 1948년 월북을 하였는데, 그가 남긴 『조선창극사』는 판소리 광대들의 예술적 삶을 세세하게 기록하고 있는 소중한 책으로 평가된다.

권삼득이 판소리 광대로 나서게 된 내력도 그의 기록을 통해 알 수 있다. 서태지는 고등학교를 다니다가 때려치우고 가수의 길로 뛰어들었다고 하는데, 그런 점에서 권삼득은 서태지의 대선배였던 셈이다. 하지만 권삼득은 서태지보다 훨씬 가혹한 시대를 살았으며 혹독한 시련을 겪고 판소리 명창으로 이름을 날렸다는 점에서, 서태지보다 탁월한 프로 소리꾼이라 할 수 있다.

권삼득의 일화를 통해 신분 차별이 심하던 조선 시대에 판소리 광대로 살아간다는 것은 뭇사람들의 모멸을 감수해야 할 만큼 힘든 여정이었음을 알 수 있다. 하지만 주목해야 할 것이 또 있다. 죽음도 두려워하지 않고 소리꾼으로서의 자부심을 버리지 않았던 판소리에 대한 권삼득의 열망, 그리고 그토록 분노했던 가족들의 마음을 누그러지게 만들었던 판소리의 예술적 매력에 주목해야 한다. 정말 그러했다. 천한 광대들은 지칠 줄 모르는 열정으로 판소리를 갈고닦았으며, 그 결과 수많은 청중들을 감동의 도가니로 몰아넣을 수 있었다. 쏟아지는 폭포 아래에서 소리하는 수련을 했다는 둥, 목소리를 너무 크게 내질러 피를 서 말씩이나 토했다는 둥, 목청을 틔우기 위해 구역질나는 똥물조차 달게 마셔야 했다는 둥 판소리 광대들의 소리 공부와 관련된 일화는 결코 과장이 아니었다. 이렇듯 소리꾼들이 자신의 혼을 불살라 가며 갈고닦는 데 온 힘을 다했기에 판소리를 세계 음악사의 최고 반열에 올려놓을 수 있었던 것이다.

정노식은 판소리 광대의 피눈물 나는 소리 공부 사례를 여럿 들려주고 있다. 다음 이야기는 헌종·철종 때 활동하던 판소리 명창 방만춘이 당대 최고의 소리꾼이 될 수 있었던 과정이다.

방만춘은 조선 순조 때 충청도 해미에서 태어났다. 어린 시절부터 총명하고 소리에 재능이 있어 많은 사람들로부터 장차 크게 되리라는 기대를 한 몸에 받았다. 11세에 해미군 일락사에 가서 약 10년간 소리 공부를 했는데,「적벽가」를 주로 연습하였다. 소리 공부를 마친 뒤, 22세에 서울로 올라와 판소리꾼으로서의 명성을 드날리기 시작했다. 여러 달 서울에서 머물다가 다시 뜻한 바 있어 황해도 봉산군 어느 절에 들어갔다. 거기서 4년간 연습을 더 하였다. 그때 밤낮으로 목을 쓴 터라 성대가 부어 목소리조차 제대로 내지 못할 지경에 이르렀다. 하도 답답하여 하루는 절의 기둥을 안고 목이 터지도록 힘을 다해 소리를 질러 보았다. 목은 여전히 터지지 않았고, 나중에는 죽을힘을 다해 소리를 지르다가 그만 기절하고 말았다. 마침 나무꾼이 산에서 나무를 하다가 어디선가 절이 무너지는 듯한 소리가 들려 깜짝 놀라 찾아왔다. 와서 보니 중들은 모두 외출하여 없고 방만춘만 홀로 넋 나간 사람처럼 앉아 있었다. 천둥이 친 일도 없는데 웬 소리가 그리 굉장하게 났느냐고 물어보았지만, 방만춘도 이상하게 생각하며 모른다고 답할 뿐이었다. 그건 방만춘이 기둥을 부여안고 죽을힘을 다해 소리를 지르자 목이 터지면서 나온 소리였다. 정신을 잃고 쓰러졌으므로 자기가 낸 소리인 줄도 몰랐던 것이다. 그 뒤로 방만춘의 소리는 비로소 웅장하게 되었고, 마침내 판소리 명창으로 일가를 이루게 되었다.

— 정노식, 『조선창극사』

이는 방만춘 한 개인의 이야기만은 아니었다. 조선 시대 판소리 명창들 모두 방만춘이 걸었던 그 혹독한 수련의 길을 똑같이 밟았을 것이 분명하다. 그렇지 않고서야 어찌 판소리 명창이라는 영예로운 이름을 후대에까지 남길 수 있었겠는가?

그렇다면 도대체 판소리가 뭐기에 한 인간을 죽음의 문턱까지 이

르는 고행의 길을 걷도록 만들
었는지 궁금하다. 무엇이었을
까? 답은 아주 쉬울지 모른다.
판소리 명창으로 인정받아 재
물과 명예를 얻겠다는 욕심을
부정할 수 없다면 말이다. 혹
판소리 명창의 예술 정신을 너
무 속되게 비하시키는 것이라
고 나무라는 사람이 있을지 모
르겠다. 하지만 유득공(柳得
恭, 1749~1807)이 전하는 말을
들어 보면 수긍할 수밖에 없

•••
정노식의 『조선창극사』는 권삼득 · 방만춘 · 이
날치 등 판소리 광대들의 삶을 세세하게 전하고
있다.

다. 서얼 출신으로 박지원 · 이덕무 · 박제가 등 북학파와 자주 어울
렸던 유득공이 하루는 해금의 명인 유우춘을 만나 이런 말을 듣게
된다. "모기가 앵앵거리는 소리, 파리가 윙윙거리는 소리, 대장장이
가 뚝딱거리는 소리, 선비가 개구리처럼 개굴개굴 글 읽는 소리, 그
리고 자신이 해금을 켜는 소리는 모두 똑같은 것이다"라는 엉뚱한
말을. 뭐가 똑같다는 것인지 알겠는가? 유우춘의 생각은 이러했다.
"세상 모든 소리는 밥을 벌어먹기 위해 낸다는 점에서 같다"라고.
인간의 행위 가운데 생존과 관련되지 않은 게 거의 없다는 점에서,
유우춘의 생각은 결코 부정하기 어렵다.

방만춘이 절에서 10년간 소리 공부를 하고 서울로 올라간 것도, 다시 산사로 들어가 4년간 혼신의 힘을 다해 소리 공부를 한 까닭도 그런 이유에서였을 것이다. 이제는 되었다며 득의양양하게 세상에 나왔는데 자기보다 뛰어난 고수들이 즐비한 것을 보고 느꼈을 방만춘의 참담한 심경! 그리하여 혹독한 소리 공부의 길을 다시 밟았던 것이리라. 실제로 그런 혹독한 수련을 거쳐 판소리 명창의 반열에 오르면, 자연 돈과 명예가 뒤따랐다. 판소리 광대 송흥록은 '가왕歌王'이라는 영예로운 이름으로 불렸고, 염계달·송수철·김창환은 헌종·철종·고종의 부름을 받아 임금 앞에서 소리하는 영광을 누렸다. 박유전·박만순·김찬업은 대원군의 총애를 입어 그집 사랑방을 자기 집처럼 드나들었다. 심지어 염계달·박유전·김창환·송만갑처럼 동지·선달·의관·참봉·감찰과 같은 벼슬을받은 판소리 광대도 여럿 있었다. 광대가 천한 신분이었던 점을 생각할 때, 그들이 받은 대접은 가히 파격적인 것이었다.

그렇지만 판소리 광대들이 피나는 노력을 기울인 까닭을 돈과 명예에 대한 집착에서만 찾는 것은 일면적인 태도이다. 보다 의미 있게 고려해야 할 점은, 미천한 광대들이 부르던 판소리가 실질적 보상을 가져다 줄 만큼 많은 사랑을 받는 예술로 성장해 있었다는 사실이다. 정말, 조선 후기 많은 사람들이 판소리에 열광했다. 또한 판소리 명창은, 요즘 말로 하면 최고의 대중 스타였다. 그걸 어떻게 증명할 수 있을까? 전통 예술인 가운데는 시조를 잘 부르던 사람,

가사를 잘 부르던 사람, 거문고를 잘 타던 사람, 대금을 잘 불던 사람 등 명인이 참으로 많았다. 하지만 사람들은 그들의 이름을 거의 기억하지 못한다. 그들의 이름이 전해지는 경우는 매우 드문 것이다. 그들은 그저 '이름 모를' 명인이었을 따름이다.

하지만 판소리 잘 부르는 명인의 경우는 달랐다. 권삼득 · 송흥록 · 염계달 · 모흥갑 · 고수관 · 신만엽 등 판소리 광대 1세대라 할 '전기 판소리 8명창'의 이름, 그 뒤 세대인 박유전 · 박만순 · 이날치 · 김세종 · 정창업 · 정춘풍 등 '후기 판소리 8명창'의 이름, 그리고 박기홍 · 김창환 · 김채만 · 전도성 등 '근대 판소리 5명창'의 이름은 지금까지 분명하게 전해지고 있다. 심지어 그들 한 사람 한 사람의 장기가 무엇이고, 어떤 삶을 살았는지까지 세세하게 전해진다. 이런 사실은 무얼 뜻하는가? 주로 민간에서 노래를 부른다든가 악기를 연주하던 전통 예술인 가운데 판소리 명창들은, 이름 모를 명인에 머물지 않고 대중적 스타로 기억되고 많은 사람들의 입에 오르내렸음을 뜻한다.

판소리 광대들이 이처럼 대중적인 사랑을 받게 된 것은, 오랜 수련을 거쳐 갈고닦은 판소리가 당대인들에게 그만큼 사랑받는 예술로 성장했기에 가능했으리란 점 두말할 나위가 없다. 판소리 광대들은 피나는 노력으로 판소리의 예술성을 높였으며, 판소리는 그들을 당대 최고의 대중 스타로 키워 줬던 것이다. 그들이 도달한 예술 경지가 어느 정도였는지 정노식이 전하는 말을 다시 한 번 들어 보자.

이날치의 '새타령'은 전무후무할 만큼 독보적이었다. 〔…〕 요즘 한시 작가로 이름이 높은 임규林圭라는 분이 이렇게 말하는 것을 직접 들은 적이 있다. "내가 어릴 때 고향인 익산 부근에 있는 심곡사에 가서 이날치가 부르는 '새타령'을 들어 보았다. 그때 쑥국새인지 뻐꾹새인지 모르지만 하여튼 새가 날아들어 오는 것을 보았다. 자리에 모인 모든 사람들은 이날치 소리의 신기한 경지에 경탄을 금치 못했다"라는 말을.

— 정노식, 『조선창극사』

김부식의 『삼국사기』에 실린, 전설적인 화가 솔거 이야기를 들어 보았을 것이다. 솔거가 황룡사 벽에 소나무를 그려 놓았는데 새들이 진짜 소나무인 줄 알고 가지에 앉으려 했다는 일화 말이다. 솔거와 같은 화가만이 그런 예술의 극치에 이르렀던 게 아니다. 판소리 광대들도 소리로 그런 경지에 도달해 있었다. 19세기 후반에 활동했던 이날치란 판소리 명창은 새들조차 착각할 정도로 진짜처럼 새소리를 잘 냈던 것이다. 새도 속았을 정도라면 사람이야 오죽했겠는가?

이처럼 판소리의 높은 예술 경지에 매혹된 사례는 너무 많아 일일이 거론하기조차 힘들다. 물론 판소리의 진수를 이해하기 위해서는 소리에만 관심을 두어서는 안 된다. 판소리가 엮어 내는 이야기에 대해서도 깊이 이해해야 한다. 이야기가 판소리의 내용적 요소라면, 각양각색의 소리는 판소리의 표현적 요소라 할 수 있다. 내용과 표현은 판소리의 예술성을 따질 때, 떼려야 뗄 수 없는 밀접한 관계에 있다. 판소리의 내용적 측면에 대해서는 뒤에서 한 작품씩 감상해 볼 것이니 여기서는 이야기를 담아내는 표현적 측면, 즉 판소리라는 조선 최고의 노래가 실제 소리판에서 어떻게 불렸는지를 살펴보도록 하자.

소박하지만 섬세한
판소리의 예술적 기법

판소리의 장면은 아주 단출하다. 한
사람은 앉아서 북을 치고, 한 사람은 서서 소리를 한다. 요즘에는
공연 무대에서 주로 부르지만, 예전에는 시골 장터라든가 사람들이
모인 너른 마당이나 정자 앞에서 부르는 것이 상례였다. 판처럼 넓
은 공간에서 부르는 소리라 하여 '판소리'라 불렀던 것이다. 이때
앉아서 북으로 장단을 맞춰 주는 사람을 '고수鼓手'라 하고, 갓을
쓰고 서서 노래 부르는 사람을 '창자唱者'라 한다. 앞서 이름을 꼽
은 권삼득·방만춘·이날치 등 판소리 광대가 바로 창자이다. 판소
리는 창자와 고수가 한 짝이 되어 부르는데, '일고수 이명창'이라
는 말이 있다. 첫째가 고수요, 둘째가 명창이란 뜻이다. 즉 북을 치
는 고수의 역할이 노래를 부르는 창자의 역할보다 중요하다는 말이
다. 고수가 장단을 제대로 맞추지 못하면 창자는 소리를 제대로 낼

수 없으니, 일견 수긍이 가는 말이다. 그렇지만 판소리의 주역은 단연 창자였다. 고수와 창자의 관계를 보여 주는 흥미로운 일화로, 19세기 중반 활동하던 판소리 명창 송광록이 고수 생활을 때려치우고 창자로 변신하게 된 이야기가 전해지고 있다.

塲唱 客歌

●●●
판소리는 창자의 소리에 맞추어 고수가 북 장단을 넣는 연행 예술이다. 고수의 역할도 중요하지만 소리판에서 사람들의 주목을 끄는 이는 단연 창자였다. 김준근의 〈가객창장〉. 숭실대 기독교박물관 소장.

송흥록은 나라에서 가장 유명한 국창國唱이고, 아우 송광록은 그의 고수였다. 그때는 광대와 고수의 차별이 퍽 심했던 모양이다. 형 송흥록은 어디에 초대되어 갈 때면 으레 가마를 타고 가는데, 아우 송광록은 뒤에서 북을 메고 따라갔다. 가마를 타고 가는 당당한 형과 북을 메고 걸어서 따라가는 초라한 자기의 모습이 어떠했겠는가? 그뿐 아니었다. 자리에 앉아도 상석과 말석의 차별이 있고, 음식상도 역시 차이가 났다. 소리를 마치고 돌아갈 때도 자신은 형의 십분의 일밖에 되지 않는 보수를 받았다. 아무리 형제간이지만, 아우 송광록의 마음이 편할 리 없었다. 아니, 형제간인 까닭에 부끄럽고 아니꼬운 감정은 오히려 더했다. 송광

록은 어느 날 문득 종적을 감추어 버렸다. 가족들이 사방으로 찾아보
았지만 찾을 길이 없었다. 송광록은 평소에 품고 있던 울분을 풀기 위
하여 제주도로 건너갔던 것이다. 그리고 그곳에서 만리창파를 삼키고
토해 낼 듯한 기세로 4~5년간 소리 공부를 했다. 그리하여 마침내 자
신도 판소리 명창으로 이름을 얻게 되었다.

— 정노식, 『조선창극사』

판소리의 가왕이라 일컬어지던 형 송흥록, 그리고 그의 소리에
장단을 맞춰 주던 아우 송광록의 관계가 인상적이다. 요즘도 뒤에
서 연주하는 밴드보다 앞에서 노래하는 가수에게 스포트라이트가
맞춰지는 것처럼, 예전에도 소리판의 주역은 단연 창자였다. 백댄
서라든가 코러스를 하던 사람이 가수로 데뷔하여 유명해진 사례가
종종 있듯, 송광록도 고수의 설움을 견디다 못해 창자로 변신하여
성공을 거두었다. 제주도 바닷가에 숨어들어 파도치는 망망대해를
바라보며 목청껏 소리를 내뿜었을 그의 모습을 상상하면, 대중들에
게 인정받는 예술인으로 거듭나기 위해 품었던 한 인간의 울분이
생생하게 다가온다.

이처럼 판소리 광대들은 오랜 세월 연마한 소리를 가지고 수많은
청중 앞에서 자신의 기량을 맘껏 뽐냈고, 청중은 그들의 신들린 소
리에 빠져들었다. 그렇다고 해서 판소리 판이 창자와 고수 두 사람
으로만 구성되는 것은 아니다. 모든 연행 예술이 그렇듯 들어주는

청중이 있어야 한다. 판소리에서도 부르는 사람과 듣는 사람의 호흡이 매우 중요하다. 소리 잘하는 광대를 명창이라 높여 부르듯, 판소리를 제대로 감상할 줄 아는 청중을 특별히 '귀 명창'이라 높여 부르는 것은 이 때문이다. 판소리 부르는 현장에 가 보면 청중들이 소리하는 중간 중간 '얼쑤', '잘한다', '그렇지' 등의 감탄사를 내며 소리판 분위기를 띄워 주는 걸 볼 수 있다. 이것을 '추임새'라 하는데, 귀 명창은 추임새를 적재적소에 넣을 줄 아는 고급 청중인 것이다. 창자는 이런 추임새에 흥이 나서 힘든 줄도 모르고 오랜 시간 소리를 할 수 있었다. 오랜 시간 소리를 한다고 하니, 판소리 한 작품을 다 부르는 데 얼마쯤 걸릴까? 대략 두세 시간 정도인데, 보통 사람으로서는 감당하기 힘든 긴 시간이다. 어디 그뿐인가? "제비 몰러 나간다!"라는 텔레비전 광고로 유명해진 박동진 명창은 무려 여덟 시간 동안 「춘향가」를 불러 세상 사람들을 깜짝 놀라게 만든 적이 있다. 판소리를 부른다는 것은 그만큼 힘든 일이다. 더욱이 한 자리에서 여덟 시간 넘게 노래를 부르다니, 박동진 명창은 대단한 소리꾼임에 틀림없다.

실제로 판소리는 아랫배로부터 소리를 끌어올려 온몸으로 내질러야 하기 때문에, 요즘의 대중가요를 부르는 것과는 비교가 안 될 정도로 힘들다. 그런데 그러한 소리꾼의 공력도 놀랍지만, 긴 시간 동안 한자리에 앉아서 소리를 듣고 있는 청중의 인내심도 대단하다. 어쩌면, 그럴 수 있도록 만드는 게 바로 판소리의 마력인지도 모른다. 그런 까닭에 판소리를 우리의 대표적인 연행 예술로 꼽는 것이고, 그 레퍼토리인 「춘향가」·「심청가」·「흥부가」·「수궁가」·「적벽가」를 대표적인 고전으로 기억하는 것이겠다. 그렇지만 아무리 좋다 한들 한 사람의 소리를 몇 시간씩 듣고 있어야 한다는 것은 웬만한 참을성을 가지고는 불가능한 일이다. 판소리 광대들도 그 점을 잘 알고 있었다. 그래서 중간 중간 이야기를 섞어 가면서 소리하는 절묘한 방식을 고안해 냈다. 노래로 부르는 대목과 이야기로 풀어 나가는 대목, 곧 판소리는 '창'과 '아니리'의 반복으로 구성된다. 창에서 초인적인 힘을 쏟아부었던 창자는, 아니리에서 이야기를 섞어 가며 잠시 지친 목을 달래곤 했던 것이다.

그런데 창과 아니리의 구성이 창자의 입장만을 고려한 것은 아니다. 청중 또한 긴장을 풀고 편하게 들을 수 있는 시간이 필요할 터, 아니리 대목에서 잠시 휴식을 취할 수 있도록 배려했던 것이다. 판소리의 구성은 이처럼 '긴장'과 '이완'을 적절하게 교체함으로써 청중들의 집중적 몰입과 적절한 일탈을 절묘하게 조절한다. 우리의 삶도 그렇지 않은가? 지나치게 긴장하며 지내는 것도 좋지 않고, 지나치게 풀어져서 지내는 것도 좋지 않다. 판소리 광대들은 이런 삶의 이치를 잘 알고 있었기에 '늦췄다-당겼다'를 절묘하게 반복하며 청중의 마음을 오랫동안 사로잡아 둘 수 있었던 것이다. 소리하느라 가쁜 숨을 고르면서도 듣는 청중은 지치지 않도록 만들었던 그들은 진정한 프로 소리꾼이었다.

창과 아니리의 반복으로 거둔 효과는 이것만이 아니다. 판소리가 담고 있는 내용의 전개와 그 굴곡도 함께 고려했던 것이다. 판소리의 예술적 감동을 흔히 '울리고 웃긴다'라고 표현한다. 어느 대목은 슬프기 그지없는가 하면, 어느 대목은 한없이 유쾌하다. 전문적인 용어로 바꿔 말하면, '비장'과 '골계'라 할 수 있다. 창은 주로 비장한 대목을 맡고, 아니리는 주로 골계적인 대목을 맡는다. 그렇다면 창과 아니리의 반복은 비장과 골계의 반복이라 말할 수도 있겠다. 비통한 사연으로 슬픔 일방으로 몰아가지도 않고, 흥겨운 사연으로 기쁨 일방으로 몰아가지도 않는 절묘한 배치인 것이다. 우리의 인생살이도 슬픔 속에 기쁨이 오고, 기쁨 속에 슬픔이 움트는 것처럼. 공자도 『논어』에서 이렇게 말했다. '즐거워하되 너무 지나쳐 음란한 데까지 이르지 말고, 슬퍼하되 너무 지나쳐 마음을 상하는 데까지 이르지 말라.(樂而不淫 哀而不傷)'라고. 판소리 광대들은 글자도 제대로 모르는 무식한 부류였지만, 조선 시대 사대부들이 하늘같이 떠받들던 공자님 말씀을 일상의 삶에서 깨달아 노래로 부를 줄 아는 소리꾼이었다.

판소리가 창(노래)과 아니리(이야기)의 교체로 '긴장-이완', '비장-골계'라는 변화를 절묘하게 섞어 가며 청중을 감동시킨 예술이었던 만큼, 이름난 명창일수록 청중을 쥐락펴락하는 솜씨가 탁월했음은 말할 것도 없다. 최고의 판소리 명창 송흥록에게도 그런 일화가 전한다.

진주 병사 이경하가 송흥록을 불러 말했다. "그대가 판소리를 불러 나를 한 번 웃게 하고 한 번 울게 하면 상금을 많이 줄 것이다. 반대로 그렇게 하지 못한다면, 너의 목숨을 바쳐야 할 것이다. 어디 한 번 바싹 마른 「수궁가」를 가지고 그렇게 해 보거라." 송흥록은 자신을 궁지에 몰아넣어 벌을 주려는 의도인 줄 알았지만, 지엄한 명령을 피할 도리가 없었다. 하는 수 없이 「수궁가」를 부르기 시작했다. 하지만 아무리 온갖 어리광을 다 부려 보았지만 웃기는커녕 병사 이경하의 얼굴에는 살기가 점점 피어올랐다. 송흥록은 안 되겠다 싶어 느닷없이 이경하의 앞으로 와락 달려들어 외쳤다. "아저씨! 왜 안 웃으시오. 나를 죽이고 싶어서 그러시오?" 하였더니 이경하가 자기도 모르게 픽 하고 웃었다. 송흥록은 그것을 보고 물러서서 "우리 아저씨가 웃기는 하였지만 어떻게 우는 꼴을 보나?" 하고는 이어서 토끼 배 가르는 대목을 애원성으로 불렀다. 어찌나 슬프게 불렀던지 자리에 가득 모인 사람들은 눈물바다를 이루었다. 병사도 돌아앉아서 한 번 슬쩍 수건으로 눈물을 닦아 냈다.

— 정노식, 『조선창극사』

역시 송흥록답다. 판소리 가운데 울리고 웃기기가 가장 어렵다는 「수궁가」를 가지고, 그것도 자신을 죽이기로 작정한 진주 병사(병마절도사) 이경하를 웃기고 울렸으니 말이다. 여기에서 웃기기 위해 온갖 어리광을 다 해 보았다는 것은 바로 재미있는 이야기, 곧 아니리를 가지고 웃기려 했다는 말이다. 하지만 굳게 마음먹은 이경하가 쉽게 웃을 리 없다. 그럴 때 판소리 광대는 어찌해야 하는가? 말로 웃기지 못하겠으면, 기지를 발휘해 돌발적인 상황이라

판소리의 가왕 송흥록은 판소리 가운데 울리고 웃기기가 가장 어렵다는 「수궁가」를 가지고 진주 병사 이경하의 마음을 쥐락펴락했다. 남원에 있는 송흥록 생가.

도 만들어야 한다. 임기응변에도 능해야 한다는 말인데, 그건 노련한 사람만이 발휘할 수 있는 능력이다. 어렵사리 이경하를 웃긴 송흥록은 어떻게 이경하를 울렸던가? 토끼 배 따는 대목을 불러 울렸다고 한다. 예컨대 심청이 죽으러 가는 대목을 가지고 청중을 울리는 것은 쉬운 일이겠다. 하지만 미물에 지나지 않는 토끼의 배를 가르는 대목을 가지고 사람을 울리기란 쉬운 일이 아니다. 그래도 송흥록은 기어코 울리고야 말았다. 토끼의 죽음을 자신의 아픔처럼 느끼게 만들지 않고서는 불가능한 일이다. 그럴 정도이니 송흥록을 판소리의 가왕이라 높여 준 것이 아니겠는가?

송흥록만 그런 능력을 지녔던 것은 아니다. 이날치라는 명창에게도 비슷한 일화가 전한다. 판소리의 서사적 구성과 예술적 감동을 이해하는 데 있어 중요한 대목이니만큼 하나 더 읽어 보자.

경성에 한 늙은 재상이 있었는데 성격이 굳세고 침착해 즐거움과 노여움을 잘 드러내지 않았다. 심지어 자식이 죽었을 때도 태연할 정도였다. 하루는 친구들과 판소리 광대에 대해 이야기를 하게 되었다. 어떤 사람이 말했다. "판소리 명창은 능히 사람을 울리고 웃긴다고 하던데, 이날치야말로 정말 그렇더군." 그러자 노재상이 말했다. "사나이 대장부로 태어나 어찌 천한 광대의 노래에 울고 웃겠소?" 서로 옥신각신하다가 결국 이날치를 불러 시험해 보기로 했다. 재상은 이날치를 불러서 돈 천 냥과 목숨을 걸고 내기를 했다. 이날치는 흔쾌하게 허락하고 여러 사람이 모인 가운데로 나아가 「심청가」를 불렀다. 심청이 공양미 삼백 석에 몸을 팔아 인당수로 끌려갈 때 부녀가 이별하는 대목, 심청이 앞 못 보는 부친을 마을 사람들에게 부탁하던 사연, 피눈물을 흘리면서 허둥지둥 인당수에 몸을 던지던 광경! 그 비참한 삶의 최후를 애절하게 불러 대니 듣는 사람은 물론이고 귀신도 따라서 울 정도였다. 노재상도 그 소리를 들으며 인생의 비애를 느껴 자기도 모르는 사이에 뒤로 돌아앉아 눈물을 씻어 냈다. 그리하여 돈 천 냥을 주어 돌려보냈다.

— 정노식, 『조선창극사』

목석 같던 늙은 재상조차 눈물 흘리게 만들어 버린 판소리 광대 이날치. 조선 후기 청중을 열광하게 만들었던 판소리의 예술적 감동이 어느 정도였는지 단적으로 보여 주는 일화이다. 하긴 「심청가」를 가지고 사람을 울리는 건 식은 죽 먹기였는지 모른다. 어린 심청과 눈먼 심 봉사가 엮어 내는 기구한 사연은 참으로 슬프기 때문이다. 근대 판소리 명창 송만갑은 나이 들어서는 「심청가」를 일절 부르지 않았다고 한다. 곽씨 부인을 잃은 심 봉사가 어린 심청을 안고 젖동냥 다니는 대목을 부를 때면 목이 메어 소리가 나오지 않았기 때문이란다. 그는 대신, 웃음이 많이 나는 「흥부가」를 주로 불렀다고 한다. 송만갑은 소리를 하면서 왜 울었을까? 자신도 중년에 처를 잃은 경험이 있어 심 봉사의 처지가 결코 남의 일로 여겨지지 않았기 때문이다. 자신의 처지와 같다는 생각, 이날치의 소리를 듣고 눈물 흘린 늙은 재상도 그러했을지 모른다.

판소리는 이렇듯 무대에 서서 부르는 창자든 자리에 앉아서 듣는 청중이든, 작품 속의 상황을 마치 자신이 겪고 있는 것처럼 느끼게 한다는 데 묘미가 있다. 창자는 그런 공감대를 얻기 위해 남다른 노력을 기울이게 마련이다. 창자에게는 자기 주변에서 일어날 법한 절절한 사연을 포착하는 능력도 필요하고, 그걸 눈앞에 펼쳐지듯 생생하게 묘사하는 능력도 필요하고, 사람의 마음을 쥐었다 풀었다 하며 몰입하게 만드는 절묘한 기교도 필요했다.

뿐만 아니라 판소리 광대들은 담담한 대목은 담담하게, 씩씩한 대목은 씩씩하게, 슬픈 대목은 슬프게 부를 줄 아는 소리꾼이었다. 다양한 창법을 개발해 두었던 것이다. 평조 · 우조 · 계면조가 그것이다. 화평하게 불러야 할 대목에서는 '평조'로, 씩씩하고 장엄하게 불러야 할 대목에서는 '우조'로, 슬프고도 애절하게 불러야 할 대목에서는 '계면조'로 불렀던 것이다. 심청이 인당수로 죽으러 가는 대목은 계면조로 불러야 제격이고, 이 도령이 광한루에 올라가 사면의 아름다운 경치를 노래하는 대목은 우조로 불러야 제격이다. 판소리 광대는 슬픈 대목에 이르면 애절한 창법으로 청중의 마음까지 뼈저리게 만들어 놓았고, 화사한 대목에 이르면 장중한 창법으로 청중을 편안하게 만들어 놓았다.

내용과 창법이 적절하게 어우러지는 것은 물론 장단도 거기에 맞게 구성하였다. 가장 빠른 장단인 '휘모리'부터 시작하여 '자진모리', '중중모리', '중모리', '진양조' 등 빠르고 느린 장단으로 속도를 조절해 가며 청중의 마음을 사로잡았던 것이다. 그리하여 흥겹고 신나는 대목은 휘모리나 자진모리로 부르고, 슬프고 처량한 대목은 중모리나 진양조로 불렀다. 그 가운데 진양조의 개발은 판소리 장단의 신기원을 이룩한 일대 사건으로 평가된다. 판소리 광대가 애절한 정서를 표현하는 데 있어, 가장 느린 진양조보다 효과적인 장단이 없기 때문이다.

그런 진양조는 송흥록의 매부인 김성옥 명창이 개발하였다고 전해진다. 김성옥은 무릎이 아프고 다리 살이 여위어 마치 학의 다리처럼 가늘어지는 병에 걸려 있었다. 학슬풍이었다. 그렇게 앉은뱅이 신세로 지내다가 결국 서른 살의 나이에 요절하고 말았다. 김성옥이 병석에 누워 있던 어느 날, 송흥록이 집으로 문병을 갔다.

송흥록은 판소리 명창답게 예사말로 안부를 묻지 않고, 중모리장단에 얹어 물었다. "그래~ 병세가~ 좀~ 어떠한가~ 과히~ 외롭지~ 않은가." 그러자 김성옥도 자리에 누워 판소리 명창답게 장단에 얹어 대답했다. "너~무~나~ 아~프~고~ 외~로~워~ 인~생~의~ 비~애~가~ 끝~없~다~네." 송흥록이 부른 중모리보다 훨씬 애절하고 느린 장단이었다. 그때 그들은 문득 깨달았다. 극도로 비장한 대목은 중모리보다 훨씬 느린 장단으로 불러야 한다는 것을. 그때 그걸 계면조로 불러야 했음은 말할 나위도 없다.

진정한 예술인은 죽음보다 더한 고통 속에서도 장인 정신을 발휘하는 법이라 했던가? 송흥록과 김성옥이 창안한 진양조는 판소리 장단의 대명사가 되어 선풍적인 인기를 끌었고, 그것이 자아내는 애절함은 많은 사람들의 심금을 울렸다. 판소리는 이렇게 장단과 창법이 어우러지면서 작중 상황에 따라 인간 내면의 정서를 다채롭게 표현해 냈던 것이다. 그런데 19세기 후반으로 갈수록 판소리의 장단과 창법이 애절한 정서를 담아 가는 쪽으로 기울어졌다. 서구 열강의 침입과 일본의 식민 통치로 인해 조선의 현실적 삶이 점점 어려워졌던 것과 깊은 관련이 있을 것이다. 판소리 하면 한恨을 떠올리는 것도 그런 시대적 상황으로부터 비롯되었다.

한때 판소리에 대한 국민적 관심을 불러일으켰던 임권택 감독의 〈서편제〉란 영화야말로 이런 한의 정서를 가장 잘 표현한 작품이다. 그러면 서편제란 또 무엇인가? 서편제는 동편제와 구별되는 판소리 유파의 하나이다. 일반적으로 서편제는 동편제에서 분화되어 나왔다고 한다. 본래 씩씩하고 장중한 우조를 주로 구사하는 동편제가 주류를 이루고 있었는데, 19세기 후반에 이르러 애절한 계면조를 주로 구사하는 서편제가 유행하기 시작했다는 것이다. 동편제와 서편제는 이러한 시대적 추세를 반영했을 뿐만 아니라 지역적으로도 구분된다. 동편제는 섬진강 동쪽인 구례 · 남원 · 순천 등지에서 유행하였고, 서편제는 섬진강 서쪽인 광주 · 나주 · 보성 등지에서 유행하였다.

판소리의 예술적 기법은 이처럼 매우 복잡하면서도 세련되게 분화 · 발전되어 왔다. 얼핏 보기에 판소리는 고수의 장단에 맞춰 창자 혼자 소리하는 소박한 연행 예술처럼 보인다. 그러나 자세히 들여다보면 창과 아니리의 절묘한 교체를 통해 기쁨과 슬픔, 긴장과 이완 등 정서적 공감을 이끌어 내고 장단 · 창법 · 유파에 따른 다채로운 가락의 변화를 통해 듣는 이로 하여금 깊은 음악적 감동에 빠져들게 만든다. 판소리가 조선 후기 사랑받는 연행 예술로 성장할 수 있었던 것은 이러한 예술적 성취를 밑바탕에 깔고 있었기 때문이며, 여기에 이르기까지 기울인 판소리 광대들의 피나는 공력 또한 빼놓을 수 없다. 이것이 판소리가 담고 있는 내용을 제대로 알아듣거나 이해하지 못하면서도 세계인이 판소리를 유네스코 세계무형유산으로 인정한 까닭이기도 하다.

판소리계 소설의 지평을 연
판소리의 힘

판소리 광대들은 예술가의 혼을 불살라 가며 판소리를 최고의 전통 음악으로 가꾸었다. 조선 후기 수많은 전통 연행 예술 가운데 판소리는 단연 돋보이는 예술 장르로 성장했던 것이다. 단순히 당대인의 정서를 뒤흔들 만한 음악적 요소만 가지고 그런 경지에 올라설 수는 없었을 것이다. 때문에 거기에 담긴 사연이 무엇인지 들여다보지 않을 수 없다. 그러기 위해서는 먼저 판소리 광대들이 공공의 예술 무대에 올린 이들이 누구인가를 살펴봐야 할 것이다. 그들이 주목한 인물들은 다음과 같다. '춘향과 이 도령', '심청과 심 봉사', '흥부와 놀부', '토끼와 자라', 그리고 적벽대전에 나선 이름 없는 수많은 병졸들! 이들은 어떤 인물들인가? 춘향은 인간 취급도 받지 못하는 기생이었고, 심청은 자신에게 닥친 비극을 목숨과 바꾸어야 했던 가련한 여인이었고, 흥부는 수많은 식솔을 거느린 궁핍한 가장이었고, 토끼는 아무 잘못도 없이 목숨을 빼앗길 위기에 빠진 약한 동물이었고, 병졸들은 영문도 모르는 채 전쟁터에 끌려 나온 불쌍한 백성이었다. 이들의 면면을 보라. 판소리 광대가 주인공으로 내세운 인물들은 하나같이 힘없고 미미한 존재들이었던 것이다. 이제까지 아무도 주목하지 않았던, 그렇고 그런 인물들을 작품의 주인공으로 내세우고 있는 점, 이것이 바로 판소리를 최고의 고전이라 일컫는 까닭이다.

돌이켜 보면 그때까지 고전소설의 주인공들은 한결같이 재자가인才子佳人들뿐이었다. 재주 있는 남자 주인공과 아리따운 여자 주인공이 벌이는 한 편의 로맨스가 고전소설의 단골 메뉴였던 것이다. 『금호신화』·『주생전』·『운영전』이 그러했다. 또는 『유충렬전』·『조웅전』처럼 영웅들이 활보하는 무대이기도 했다. 하지만 판소리 광대들은 이런 상투적인 고전소설의 관습을 완전히 뒤엎어 버렸다. 그들은 감히 주인공이 될 수 있으리라 꿈도 꾸지 못했던 인물들을 당당히 내세우고 있다. 그리고 그들의 구체적인 삶과 거기에 담긴 진정성을, 예술성 높은 가락에 얹어 노래했던 것이다. 보잘것없는 이들에 대한 관심이, 단지 소외 계층에 초점을 맞추었다는 데만 의미가 있는 것은 아니다. 이들을 주인공으로 설정함으로써 이들이 겪고 있던 사회적 모순을 날카롭게 그려 낼 수 있었을 뿐만 아니라, 이들이 일상생활에서 사용하는 어휘나 문체를 구사할 수 있게 되었다. 누구를 주인공으로 설정하는가에 따라 주제는 물론 작품을 구성하는 다양한 요소들도 바뀌어 버린 것이다.

조선 후기 많은 사람들은 새롭고도 실감 나는 이런 판소리에 열광하지 않을 수 없었다. 판소리에 등장하는 인물들의 삶과 판소리가 다루고 있는 문제의식은 아득히 먼 나라 사람들의 이야기가 아니라 바로 자신들의 삶을 대변하고 있었기 때문이다. 그러하기에 이들은 판소리 광대가 부르는 작품 하나하나를 생생하게 기억했고, 급기야 이것들을 읽을거리로 남겨 오래도록 간직하고자 했다. 소리로 감상하던 연행 예술 판소리가 눈으로 읽는 독서물인 판소리계 소설로 전환되는 계기이자, 조선 후기 가장 빛나는 고전소설로 우뚝 서게 되는 순간이다. 실제로 광대들이 부르던 판소리 레퍼토리들은 모두 소설 형식을 갖추고 기록되기에 이르렀다. 「춘향가」는 「춘향전」으로, 「심청가」는 「심청전」으로, 「흥부가」는 「흥부전」으로, 「수궁가」는 「토끼전」으로 말이다.

전자를 '판소리'라 하고 후자를 '판소리계 소설'이라 하는데, 문제는 현재 전하는 판소리계 소설은 하나가 아니라는 사실이다. 「춘향전」을 예로 들어 보면, 거의 400종에 이를 정도로 많다. 제목도 「열녀춘향수절가」・「별춘향가」・「옥중화」 등으로 다양하게 붙여졌다. 「춘향전」이란 작품은 하나이면서 여럿인 것이다. 이처럼 같은 작품이면서 내용이 조금씩 다른 것을 '이본異本'이라 하는데, 이렇게 많은 이본은 어떤 과정을 거쳐 만들어진 것일까?

우선, 판소리 광대마다 「춘향가」를 조금씩 다르게 불러 그런 차이가 나게 되었다고 할 수 있다. 또 상업적인 출판업자들이 목판木版으로 찍어 출판할 때 내용을 축약하거나 덧붙여서 차이가 나는 경우도 있었다. 서울에서 찍은 경판본京板本이 판소리 광대의 소리를 간략히 축약하고 있다면, 전주에서 찍은 완판본完板本은 판소리 광대의 소리를 비교적 충실하게 따르고 있다. 하지만 판소리계 소설「춘향전」을 옮겨 적을 때 필사하는 사람이 조금씩 다르게 적음으로써 차이가 나는 경우가 일반적이다. 옮겨 적다가 마음에 들지 않는 대목이 있으면, 자기 생각에 따라 크고 작은 개작을 하면서 필사했기 때문이다. 그런 점에서 고전소설을 필사하던 사람들은 한 글자 한 글자 옮겨 적어가며 읽던 '꼼꼼한 독자'인 동시에 새로운 내용을 만들어 내는 '또 하나의 작자'이기도 했던 셈이다.

판소리계 소설의 이본 가운데는 소설 형식으로 옮겨 기록한 것만이 아니라 판소리 광대가 부르는 소리를 듣고 직접 채록한 것도 있다. 그런 이본을 '창본唱本'이라고 부른다. 박동진이란 광대가 부르는「춘향가」를 듣고 그대로 기록한 것은 '박동진 창본「춘향가」', 한애순이란 광대가 부르는「심청가」를 듣고 그대로 기록한 것은 '한애순 창본「심청가」'라고 부른다. 어쨌든 다양한 경로를 거쳐 지금은 수많은 이본들을 접할 수 있게 되었다. 따라서 판소리 세계를 온전하게 감상하기 위해서는 판소리 광대가 부르는 것을 그대로 채록한 창본은 물론, 소설 형식으로 기록된 판소리계 소설들도 두루 살피지 않을 수 없다. 창본은 거의가 현재 살아 있거나 최근까지 생존했던 창자들이 부른 내용을 채록한 것이다. 그렇기 때문에 조선 후기 판소리 본래의 모습을 알아보기 위해서는 당시에 소설 형식으로 기록된 판소리계 소설에 의존하지 않을 수 없다. 그 많은 이본들 가운데 판소리 광대의 예술 정신이 가장 생생하게 담겨 있다고 판단되는 이본을 중심에 두고서 말이다.

이러한 까닭에 판소리를 본격적으로 감상하는 자리에서 창본보다는 판소리계 소설을 자주 읽게 될 것이다. 이제 이런 기본적인 이해를 바탕에 두고 판소리 작품을 하나하나 감상해 보기로 하자. 눈으로 읽는 책이기에 판소리의 음악적인 감흥을 맛보기란 아무래도 어려울 것이다. 그러나 작품의 장면들을 하나씩 음미해 가노라면, 그것을 만들어 내던 판소리 광대들의 열정과 숨결을 느낄 수 있을 것이다. 그들이 부르던 절절한 소리 또한 저 뒤편에서 아련하게 들려올지 모른다. 진정한 예술적 감동은 눈과 귀뿐만 아니라 가슴으로도 함께 전해지는 법이다. 아무것도 듣지 못하게 된 베토벤이 눈으로 악보를 읽으면서 자신의 음악을 들을 수 있었던 것처럼, 우리도 판소리계 소설 작품을 읽어 나가면서 판소리의 아름다운 세계를 그렇게 느껴 볼 수 있기를 진심으로 희망한다.

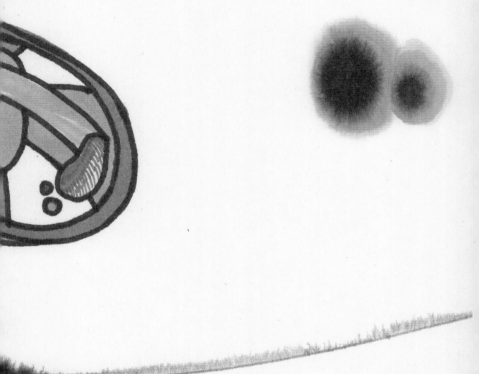

2. 춘향전

"네가 수절하면, 우리 어머니께서는
기절을 하시겠다."

「춘향전」을
읽는 눈

옛사람들은 우리 고전 가운데 「춘향전」을 가장 재미있게 읽었다. 남아 있는 이본의 숫자가 그걸 말해 준다. 「춘향전」은 이본이 무려 400종에 달할 정도로 많다. 고전소설 가운데 단연 으뜸이다. 그런데 중요한 것은 이본이 많다는 데 있지 않다. 이본들마다 내용상 큰 차이가 나기도 하는데, 춘향의 인물 성격은 특히 흥미롭다. 「춘향전」을 읽고 베껴 쓴 사람들은 취향에 따라 춘향의 얼굴을 제각각 다르게 그려 냈다. 그 가운데 이명선이란 국학자가 소장하고 있던 「춘향전」의 춘향은 무척 매력적이다. 거기에 그려진 춘향은 흔히 알고 있는 요조숙녀의 모습이 아니다. 생기발랄하다 못해 경망스럽기까지 하다. 그런 춘향의 모습에서 「춘향전」이 고전 중의 최고 걸작임을 실감하게 된다. 춘향의 됨됨이는 물론 사랑도 점차 변화하기 때문이다. 진짜 사랑은 한결같아야 하는 법인데, 변하다니 그게 무슨 말인가?

춘향과 이 도령이 만난 첫날, 바로 잠자리로 직행한다는 것은 모두가 아는 사실이다. 광한루에서의 불꽃 튀던 첫 만남이 그만큼 강렬했던 걸까? 그게 아니다. 이 도령은 광한루 건너편에서 그네를 뛰고 있던 춘향의 미모에 반해 그녀를 부른 것이 아니다. 그네 뛰는 여인네가 기생 월매의 딸이라는 사실을 알고, 방자에게 불러오라 시켰을 뿐이다. 이 도령은 기생의 딸 춘향을 만만하게 취급했던 것이다. 그러면 따라온 춘향은 이 도령이 마음에 들었던가? 아니다. 춘향도 이 도령이 마음에 들어 방자를 따라온 게 아니었다. 자기를 부르는 사내가 남원 사또의 아들이란 사실에 끌려 냉큼 건너온 것이다. 양반을 대하는 조선 시대 기생의 태도 또한 그러했다. 사또 자제와 고을 기생의 만남은 이렇게 시작된다. 그러니 사랑의 감정이 깃들 겨를이란 애당초 없었다.

처음엔 그런 그들의 만남에 아무도 눈길을 주지 않았다. 신물 날 정도로 보아 온 양반과 기생의 놀음에 불과했기 때문이다. 그러던 그들의 만남은 춘향이 이 도령을 기다리기로 결심하고 기생 구실을 거부하던 순간부터 주목받기 시작한다. 신임 사또 변학도가 춘향에게 수청을 들게 하려고 잡아 오라 시켰을 때, 군노 사령들은 무척이나 좋아했다. 예전에는 스스럼없이 지내던 그녀가 이 도령을 만난 뒤로 자기들을 거들떠보지도 않았기 때문에 벼르고 있었던 것이다. 춘향은 자신의 본분인 기생 생활과 거기에 딸린 습속을 청산하고 있었던 것이다.

하지만 그건 쉬운 일이 아니었다. 기생의 딸인 주제에 여염집 처녀처럼 살아 보려 했으니, 변 사또는 이렇게 빈정대기도 했다. "너같이 천한 계집이 수절한다면, 우리 어머님께서는 딱 기절을 하시겠다."라고. 수절과 기절, 똑같이 '절' 자로 끝나는 말을 가지고 놀려 댔던 것이다. 그럼에도 불구하고 춘향은 자신의 뜻을 굽히지 않는다. 오히려 자신이 받은 조롱을 변 사또에게 되돌려 준다. 충신은 두 임금을 섬기지 아니하고, 열녀는 두 남편을 섬기지 아니한다면서.

•••
흔히 알고 있는 요조숙녀 춘향이 아니라 고통받는 이들의 마음을 보듬어 안으며 시대의 모순에 맞섰던 여성 영웅 춘향.

이런 모습을 지켜보던 남원 사람들은 춘향을 더 이상 한낱 기생으로 보지 않는다. 가렴주구에 시달리는 자신들을 대신해 변 사또와 싸우는 여성 영웅으로 생각하기 시작한 것이다. 달콤한 사랑 놀음에서 고통받는 사람의 마음을 보듬어 안는 숭고한 사랑으로 전환되는 지점, 바로 춘향의 사랑이 변하는 순간이다.

어떤 사람은 춘향의 사랑을 의심하기도 한다. 사랑 때문이 아니라 이 도령의 구원과 신분 상승을 노린 것일 뿐이라고. 그건 사실이 아니다. 춘향은 기다리고 기다리던 이 도령이 거지꼴로 찾아왔다고 해서 자신의 사랑을 거두지 않았다. 짐짓 춘향의 마음을 떠보기 위해, 암행어사의 수청도 거부하겠냐는 이 도령의 짓궂은 시험에도 넘어가지 않았다.

이쯤 되면 춘향, 그녀는 자기 한 몸만을 생각하던 예전의 그녀가 아니다. "I am not what I was!"라는 영어 문장은 여기에 꼭 맞는 말이다. 그리고 사람들이 춘향을 사랑하는 진짜 이유다. 자, 그럼 변화해 가는 춘향의 사랑을 만나러 떠나 보자.

춘향과 이 도령이
서 있던 자리

　　　　　동서고금을 막론하고 사랑만큼 흔해 빠진 문학의
테마는 없을 것이다. 사랑하던 남녀가 이러저러한 사정으로 헤어지
게 되고, 그 틈을 이용해 사랑을 빼앗으려는 방해자가 등장해 파란
이 일어난다는 연애의 공식. 요즘 범람하는 통속적 연애담도 이런
사랑의 삼각관계를 재탕하고 있고, 「춘향전」도 이와 다르지 않다.
춘향과 이 도령, 이들의 사랑을 방해하는 변 사또라는 구도가 똑같
지 아니한가? 그럼에도 이 작품을 고전의 걸작으로 꼽는 까닭이 뭘
까? 「춘향전」이 넘쳐나는 삼류 연애 스토리와 구분되는 지점, 다시
말해 우뚝한 고전으로 손꼽히는 이유는 춘향과 이 도령이 조선 시
대에 찾아보기 힘든 삶을 실천하고 있다는 데에 있다. 조선은 신분
에 따라 인간을 엄격하게 차별하던 봉건제 사회였다. 남녀의 사랑
도 같은 신분 안에서만 허용되었다. 양반은 양반끼리, 상놈은 상놈

끼리. 하지만 「춘향전」이 그려 낸 사랑은 그렇지 않았다. 미천한 기생의 딸인 춘향은 존귀한 양반 자제인 이 도령을 사랑했고, 이 도령도 춘향을 사랑했다. 게다가 춘향은 남원 사또 변학도의 유혹과 폭력 앞에서도 자신의 사랑을 굽히지 않았다. 신분을 뛰어넘는 사랑을 나누고 끝내는 행복하게 맺어지는 결말을 보여 주었던 것이다.

이런 결말, 이 도령이 암행어사가 되어 옥에 갇힌 춘향을 구원해 결혼에 이른다는 해피엔딩을 모르는 사람은 없다. 뻔한 결말이라고? 하지만 뻔하다고 해서 결코 쉬운 일은 아니다. 사랑이 신분에 의해 제한받던 조선 사회에서는 더욱! 그런 쉽지 않은 사랑을 모든 사람이 뻔한 결말로 받아들이게 할 만큼 「춘향전」의 문학적 힘은 대단히 컸다. 신분의 벽 때문에 고통받던 연인들이라면 모두 이렇게 다짐했으리라. "우리도 춘향과 이 도령처럼, 이 말도 안 되는 신분의 굴레를 벗어던지고 아름다운 사랑의 결실을 맺자!"라고. 조선 최고의 지성이라 일컬어지는 연암 박지원도, 다산 정약용도 감히 이런 말을 하지 못했다. 아니, 꿈에도 그런 생각조차 하지 못했다. 오직 무지하고 미천한 판소리 광대만이 그런 생각을 품었고, 그걸 공공의 무대에서 소리로 표현했다. 많은 민중들은 거기에 열광했고. 「춘향전」의 뻔한 결말이 그 어떤 진보적 논설이나 정치 교과서보다 준엄한 까닭이다.

그러나 「춘향전」이 최고의 걸작이라고 찬사를 받는 진정한 이유는, 이런 놀라운 애정의 승리를 '단지' 결론으로 보여 주었다는 데

조선 최고의 예술 판소리

만 있지 않다. 여기에 더해 문제적인 사랑을 매우 탁월한 예술적 방식으로 풀어 냈다는 데에 있다. 그게 진짜 중요하다. 무슨 말인가? 「춘향전」을 읽은 사람이라면 누구나 이들의 사랑은 맺어져야 마땅하다고 생각했다. 400종에 달하는 「춘향전」 이본이 있지만, 그 누구도 이들의 사랑이 맺어져서는 안 된다고 생각한 사람은 없었다. 모두 춘향과 이 도령이 결혼하는 것으로 결말을 맺고 있는 것이다. 신분을 넘어서는 사랑이 금지되던 시대에 이들의 사랑과 결혼을 당연하게 여기도록 만든 것, 그건 「춘향전」이 설득력 있는 방식을 구사하여 읽는 이들의 전폭적인 지지를 이끌어 냈기에 가능했다. 그게 바로 판소리의 예술적 힘이다.

그렇다면 어떤 방식을 구사했던 것일까? 그 점을 이해하기 위해서는 우선 춘향이 놓여 있던 현실을 정확하게 짚어 보는 것이 필요하다. 그녀가 서 있던 자리는 이러했다.

"저 건너 버드나무 가운데 오락가락 희뜩희뜩 얼른얼른 하는 게 무엇인지 자세히 보아라." 통인이 살펴보고 여쭙는다. "다른 무엇 아니오라 이 고을 기생 월매 딸 춘향이란 계집아이로소이다." 도련님이 엉겁결에 하는 말이, "장히 좋다. 훌륭하다." 통인 아뢰오되, "제 어미는 기생이오나 춘향이는 도도하여 기생 구실 마다하고 백화초엽百花草葉의 글자도 생각하고, 여공女功 재질이며 문장을 겸하여 여염집 처자와 다름이 없나이다." 도련님 허허 웃고 방자를 불러 분부

하되, "들은즉 기생의 딸이라니 급히 불러오너라."

완판 84장본 「열녀춘향수절가」

이 도령은 기생의 딸 춘향을 만만하게 생각해 방자를 시켜 불러오게 한다. 이는 천한 신분의 기생이 발 딛고 있던 엄연한 현실이었다. 이 도령과 춘향의 첫 만남을 그린 민화. 경희대 중앙박물관 소장.

광한루로 구경 나온 이 도령이 시내 건너편에서 그네를 타고 있던 춘향의 모습을 처음 보았을 때의 장면이다. 많은 사람들은 이 장면을 둘이 첫눈에 반한 운명적인 장면으로 기억하고 있다. 하지만 정말 그러한가? 만남의 과정을 꼼꼼하게 뜯어보면 결코 그렇지 않다.

이 도령은 건너편에서 누군가 그네를 뛰고 있는 것을 발견하게 된다. 그게 누군지는 전혀 몰랐다. 공부방에만 틀어박혀 있었으니 남원 물정을 모르기도 했거니와 멀리서 희뜩희뜩 어른어른하는 모습만 보고 누군지 알아채기란 불가능했다. 그때 방자가 알려 준다, 그 여인은 월매의 딸이라고. 그 말을 들은 이 도령은 "장히 좋다, 훌륭하다."며 기

뻔하다. 이 도령은 왜 그리도 좋아했을까? 그건, 그네 타고 있는 여인이 자기 마음대로 불러서 데리고 놀 수 있는 기생이었기 때문이다. 이 도령은 춘향의 미모와 태도에 마음을 빼앗긴 것이 아니다. 기생의 딸이라니 급히 불러오라던 이 도령의 태도, 그게 천한 신분의 기생이 발 딛고 있던 엄연한 현실이었다. 지금은 기생 생활을 접고 여염집 처녀처럼 조신하게 지내고 있다고 방자가 일러 주었건만 이 도령은 막무가내였다. 그런 태도를 보인 건 이 도령뿐만이 아니다. 이 도령을 향한 춘향의 마음을 빼앗으려던 탐욕스런 변 사또 또한 그러했다. 변 사또의 모욕적인 언사를 한 번 들어 보겠는가?

사또 크게 기뻐하며 춘향더러 분부하되, "오늘부터 몸단장 정히 하고 수청으로 거행하라." (춘향) "사또 분부 황송하나 일부종사 바라오니 분부대로 시행 못 하겠소." 사또 웃으며 왈 "아름답도다, 아름답도다. 네 진정 열녀로다. 너의 정절 굳은 마음 어찌 그리 어여쁘냐? 당연한 말이로다. 그러나 이 도령은 한양 사대부의 자제로서 명문 귀족 사위가 되었으니, 잠시 사랑으로 노류장화하던 너를 조금이라도 생각하겠느냐? 너는 근본 절행이 있어 수절을 하였다가 홍안이 낙조되고 백발이 드리우면, 무정한 세월은 흐르는 물과 같으니라. 혼자 탄식하고 앉았을 제, 불쌍하고 가련한 게 너 아니면 뉘 있으리. 네 아무리 수절한들 뉘라서 포상하랴? 그는 다 버려 두고 네 고을 수령을 따르는 게 좋으냐, 어린 동자 놈을 따르는 게 옳으냐? 네 말 좀 해 보아라." 춘향이 여쭈오되 "충신은 불사이군이요, 열녀는 불경이부라 하옵니다. 사또 분부 이러하니 사는 게 죽는 것만 못하오니, 처분대로 하옵소서." 이때 회계 나리 썩 나서서 하는 말이 "네, 여봐라. 그 년 요망한 년이로다. 너 같은 창기배에게 수절이 무엇이며, 정절이 무엇이냐? 구관 사또는 전송하고 신관 사또 영접하는 게 법전에 당연하고 도리에도 당당커든, 괴이한 말 내지 말라. 너희 같은 천한 기생에게 충렬 두 글자 어찌 있으리." 이때 춘향이 하도 기가 막혀 똑바로 앉아 여쭈오되 "충효 열녀 상하 있소. 자세히 들으시오. 기생으로 말합시다. 충효 열녀 없다 하니 낱낱이 아뢰리다. 황해도 기생 농선이는 동선령에 죽어 있고, 선천 기생은 아이로되 칠거 학문 들어 있고, 진주 기생 논개는 우리나라 충렬로서 충렬문에 모서 놓고 춘추 향사하여 있고, 〔⋯〕" <u>완판 84장본 「열녀춘향수절가」</u>

매우 중요한 대목이다. 변 사또 역시 이 도령과 마찬가지로 기생이란 양반이 시키는 대로 따라야 하는 하찮은 존재로 인식하고 있다. 이게 조선 시대 양반들의 일반적인 생각이었다. 기생의 처지를 가장 노골적으로 드러낸 것이 '노류장화路柳墻花'라는 말이다. 길가의 버드나무, 담장가의 꽃처럼 지나가는 사람들 누구나 꺾어 가질 수 있다는 말, 그건 참으로 모욕적인 언사였다. 뭇 사내들이 자신을 호락호락하게 여겨 이처럼 덤벼들 때, 춘향은 어찌해야 할까? 이 도령을 사랑하는 마음은 이미 깊어졌거늘.

놀랍다. 그때 춘향은 '일부종사一夫從事'의 논리를 내세우며 변 사또와 맞선다. 한 지아비만을 섬기겠다는 의미이다. 거듭되는 회유, 춘향은 다시 '열녀불경이부烈女不更二夫'의 논리로 맞선다. 일부종사와 마찬가지로 여자는 두 지아비를 섬길 수 없다는 말이다. 이런 말은 모두 여성의 자유로운 사랑과 개가를 금지하기 위해, 조선 시대 남성들이 써먹던 규범이었다. 한 번 정해진 남자 이외에는 마음을 주어서도 사랑을 해서도 안 된다는 끔찍하고도 어처구니없는 중세적 질곡, 춘향은 바로 남성들이 쓰던 낡은 논리를 들고 나온 것이다. 이 말만 떼어 놓고 보면, 춘향은 유교적 윤리에 절대적으로 순종하고 있는 여인처럼 보인다. 하지만 여기서 이미 마음 준 남자란 이 도령을 가리키는 것이니, 변 사또를 섬길 수 없다는 말이다. 남성이 여성을 억압할 때 사용하던 논리를 남성의 억압을 거부하는 논리로 되받아치고 있는 춘향. 그녀는 이처럼 현명했다. 아니, 이런 방식으로 양반의 겁탈에 맞서게 한 판소리 광대들의 전략은 참으로 절묘했다.

변 사또가 대꾸할 명분을 잃자 이번에는 수족과 다름없는 비열한 회계 비장이 나섰다. 그가 퍼붓던 수모는 더욱 무지막지했다. 춘향 같은 천한 기생에게는 정절도 충효도 없다는 것이다. 인간에 대한, 이보다 심한 모멸적 언사가 또 있을까? 대부분의 기생들은 그런 수모를 받고도 눈물을 머금고 참았지만, 춘향은 그렇게 하지 않았다. 그리하여 「춘향전」에서 가장 빛나는 대목, "충효 열녀에 상하가 있소?"라는 선언을 그녀에게 듣게 된다. 임금에게 충성하고, 부모에게 효도하고, 남편에게 순종하는 삼강三綱의 도리는 윗사람이든 아랫사람이든 모두 지켜야 한다는 말이다. 충효열의 윤리는 봉건적인 중세 사회의 윤리이다. 하지만 춘향의 강조점은 여기에 있지 않았다. 모든 사람은 똑같은 인간의 도리, 똑같은 인간의 권리를 갖고 있다는 말이다. 기생도 어엿한 인격적 존재임을 당당하게 선언했던 것이다.

춘향이 놓여 있던 자리는 바로 여기다. 자신을 향락의 도구로 여기던 조선 사회의 신분적 질곡에 억눌려 지내야 했던 자리, 사랑을 지키기 위해서는 인격적인 모멸까지 감수해야만 했던 자리. 그런데 「춘향전」을 읽을 때 소홀하게 여겨서는 안 되는 측면이 더 있다. 춘향과 이 도령의 사랑을 가로막는 신분적 질곡은 '천한' 춘향만이 아니라 '귀한' 이 도령도 고통스럽게 만들었다는 사실이다. 그것의 극복 또한 춘향 혼자만의 과제가 아닌 이 도령의 과제이기도 했다. 처한 상황은 다르지만 이 도령도 자신의 사랑을 이루기 위해 춘향 못지않은 혹독한 고통을 겪어야만 했다. 사정은 이렇다. 과거 공부에 전념해야 할 양반 자제가 고을 기생을 사랑하고, 그것도 모자라 그런 천한 여인과 결혼하겠다는 것은 양반 사회에서는 결코 용납될 수 없는 일이었다. 그럼에도 불구하고 이 도령이 자신의 결심을 실행으로 옮기려 한다면 양반으로서 누리고 있던 일체의 기득권을 포기해야만 했다.

도포 소매로 낯을 싸고 내아內衙로 들어가니 실내부인이 내달으며,

"몽룡아, 왜 이리 우느냐?"

"아버지가 저를 때린다오."

"무슨 일로 때리더냐? 너를 낳아 기를 적에 불면 날까, 쥐면 꺼질까, 금이야 옥이야 길러 내어 이씨 집안 후손 잇자 하고 매 한 대를 아니 쳐서 이만치나 길렀더니 매라는 것이 무엇이냐? 점잖은 수령 되어 자식이 잘못하거든 내아로 들어와서 종아리를 칠 것이지 관아에 잡아 놓고 매질이 웬일인고? 어디를 치더냐? 울지 말고 말하여라."

"날더러 올라가란다오."

"가라거든 나하고 가자. 어디를 맞았느냐?"

이 도령이 대부인 거동 보고 한번 떠보는 것이었다.

"올라가면 그것은 어쩌고 가요?"

"무슨 말이니?"

"본읍 기생 월매 딸 춘향이 나와 동년 동월 동일생이요, 인물이 일색이고, 문필이 유여하고, 재질이 그만인데 그것을 버리고 가요? 나는 죽어도 데려갈 테요."

대부인 그 말 듣고, "어허, 이게 웬 말이냐? 그러기에 글 소리가 없던가 보다." 머리채를 후려다가 선전 시정 통비단 감듯 홰홰 친친 감아 잡고, 손 잰 중이 비질하듯, 중이 법고 치듯, 아주 꽝꽝 두드리며, "죽일 놈, 이 말 들어라! 장가도 안 든 어린 놈이 부친 따라 외방에 왔다가 기생 처가 웬일이냐? 조정에서 알게 되면 과거도 못 볼 것이

요, 일가에게도 버린 놈 되겠구나."

함부로 탕탕 두드리며 죽으라고 서슬하니 하인들이 만류하여 몸을 빼어 도망하여 책방으로 나가면서, "공연한 말을 해서 선불만 질렀구나. 나의 심정 막막하다. 조르러 갔다가 매만 한 대 더 맞았네."

이명선 소장본 「춘향전」

이 도령이 기생 춘향을 서울로 데려가겠다는 말을 했다가 어머니에게 매만 실컷 맞고 쫓겨 가는 대목이다. 그처럼 애지중지하던 자식의 머리채를 휘어잡고 두들겨 패던 이 도령의 어머니. 자애롭던 어머니가 이 정도였다면, 엄하기 그지없던 아버지는 어떠했을까? 춘향이 이 도령을 사랑해서는 안 되는 것처럼, 이 도령도 춘향을 사랑해서는 안 되는 거였다. 그게 신분제 사회의 절대적 규범이었다. 이 도령이 겪어야 했던 춘향과의 이별은 이런 모순에서 비롯된 것이고, 그러기에 그 역시 신분적 질곡의 희생자로 보아도 좋다. 이 도령은 어쩔 수 없이 춘향과의 사랑을 접는다. "부친 따라 지방에 내려왔다가 기생을 첩으로 얻게 되면 일가친척에게 비난을 받고 벼슬길에도 장애가 많다고 하니 뒷날 다시 만날 기약을 할 수밖에 없다."는 말을 춘향에게 남기고는.

이 도령의 태도가 비겁하다고 비난할 수도 있겠다. 하지만 그때 비로소 이 도령은 신분적 질곡이 양반인 자신에게도 예외일 수 없음을 깨닫게 된다는 점을 간과해서는 안 된다. 오리정에서 이별할

때 춘향은 이렇게 한탄한다. "독하도다, 독하도다. 서울 양반 독하
도다. 원수로다, 원수로다. 존비귀천이 원수로다."라고! 이 도령은
귀한 신분이고, 자신은 천한 신분이기 때문에 이별할 수밖에 없는
현실을 원망했던 것이다. 그 말을 듣고 이 도령은 이렇게 답했다.
"원수가 원수가 아니라, 양반 구실이 원수로다."라고! 양반의 길을
지키기 위해 춘향을 버릴 수밖에 없는 엄연한 현실, 그러나 이 도령
은 그런 양반 구실은 원수 같은 존재라는 인식에 도달한다.

　이건 「춘향전」을 이해하는 데 참으로 소중한 단서가 된다. 불평
등한 신분 제도란 그곳에 발 딛고 사는 누구도 피해 갈 수 없는 질
곡임을 깨닫게 해 주기 때문이다. 그러기에 인격적 모멸까지 감수
하며 살아야 했던 춘향과 엄격한 양반 사회의 폐쇄성으로부터 자유
로울 수 없었던 이 도령, 이들 청춘 남녀가 만들어 가는 사랑의 성
취 과정에는 신분적 모순의 극복이라는 의의가 자연스럽게 담겨지
게 되는 것이다.

변화하는 두 인물,
춘향과 이 도령의 모습

400종이 넘는 「춘향전」 이본의 가장 특징적인 점은 주인공이 각각 다른 모습을 하고 등장한다는 것이다. 어떤 이본에서는 춘향이 요조숙녀처럼 그려지는 데 반해, 어떤 이본에서는 경망스러운 여인으로 그려진다. 이를 두고 어떤 사람은 '천의 얼굴'을 한 춘향이라 일컫기도 했다. 학술 용어로는 「춘향전」 이본이 '기생 계열'과 '비기생 계열'로 나뉜다고 한다. 전자가 춘향의 신분이 기생으로 설정된 경우라면, 후자는 비록 기생 월매의 딸이지만 기생 생활을 청산하고 여염집 처녀처럼 지내는 것으로 설정된 경우이다. 이들 이본을 두루 검토해 보면, 본래는 기생 계열이었는데 후대로 갈수록 비기생 계열로 변화한 것으로 보인다. 많은 사람들이 춘향을 요조숙녀로 기억하고 있는데, 주로 후대에 나온 이본을 읽었기 때문이다. 그런데 「춘향전」의 진면목을 감상하기 위해서는 변모를 겪지 않은 초기 이본들, 곧 기생으로 설정된 춘향과 그의 파트너 이 도령의 모습을 읽어 볼 필요가 있다. 이들은 본래 이런 인물들이었다.

(이 도령의 모습)

떨치고 돌아서니 도련님 성화가 나서 방자를 달래는데, "내 말을 들어 보아라. 꽃 본 나비처럼, 미친 마음 아무래도 죽겠구나. 네가 나를 살려 주면 내년에 수노首奴 갈 터이다. 어서 바삐 불러 다오." 방자놈 여쭈오되 "도련님 그러시오. 그럼 우리 양반 상놈 그만두고 호형호제 하옵시다." 도련님 욕심에 넘어가서 "그래 주마." (방자) "그리하면 나보다 손 아래니 날더러 형이라 하소." 이 도령 그 말 듣고, "이애, 이것은 곤란하다. 을축년이 갑자년보다 앞서지 않더냐?" (본래 갑자년이 을축년보다 앞선다. 이 도령의 억지를 이렇게 보여 준 것이다.—필자) 방자 놈 돌아서며 "양반 체면 못 버리고 오입이 무엇이오? 싫으면 그만두오."

(춘향의 모습)

방자 놈이 춘향이를 부르러 건너간다. 진허리 참나무 뚝 꺾어 거꾸로 잡고, 숲 사이로 바람을 쫓는 호랑이처럼 바삐 뛰며 건너가서 눈 위에다 손을 얹고 벽력같이 소리를 질러, "이애 춘향아! 말 들어라. 야단났다, 야단났어." 춘향이가 깜짝 놀라 그넷줄에서 뛰어 내려와 눈 흘기며 욕을 하되, "애고 망측해라. 지 에미 씹, 개 씹으로 열두 다섯 번 나온 녀석. 눈깔은 얼음에 자빠져 지랄 떠는 소 눈깔같이, 최 생원의 호패 구멍같이 똑 뚫어진 녀석이, 대가리는 어리동산에 무른 다래 따 먹던 덩덕새 대가리 같은 녀석이, 소리는 생고자 새끼같이 몹시 질러 하마터면 애가 떨어질 뻔하였지." 방자 놈 한참 듣다가 어이없어, "이애 이 지집년아. 입살이 부드러워 욕은 잘 한다마는 내 말을 들어 보아라. 무악관 처녀가 도야지 타고 활 쏘는 것도 보고, 소가 발톱에 봉선화 들이고 장에 온 것도 보고, 고양이가 분 발라 연지 찍고 시집가는 것도 보고, 쥐구멍에 홍살문 세우고 가마가 들락날락하는 것도 보고, 암캐 월경하여 서답 찬 것도 보았으되, 어린아이 년이 애 뱄단 말은 너한테 첨 듣겠다." <u>이명선 소장본 「춘향가」</u>

여기에 그려진 이 도령과 춘향의 모습은 어떠한가? 이 도령은 의젓하기는커녕 그네 타는 여인이 기생의 딸이란 말을 듣자 꽃 본 나비처럼 미쳐 안달을 떠는 위인이다. 색정을 참지 못한 양반 자제의 몰골, 그 때문에 방자를 형이라 부르는 수모까지 감수해야 할 처지로 떨어진다. 춘향도 마찬가지였다. 얌전하기는커녕 춘정春情을 이기지 못해 그네 타러 나왔다가 방자에게 입에 담지 못할 욕을 퍼붓는 영락없는 기생의 딸이다. 이보다 더 노골적으로 그려 놓은 이본도 있다. 고려대 도서관에 소장된 「춘향전」을 보면, 이 도령은 기생집을 쏘다니며 방탕한 짓을 일삼던 위인으로 그려진다. 그래서 부친은 방자에게 공부방을 항상 감시토록 했는데, 심지어 암캐조차 얼씬 못 하게 했을 정도였다. 영락없는 탕아의 모습이다. 춘향도 다를 게 없다. 벌건 대낮에 냇가에서 벌거벗고 목욕하며 교태를 부리는 탕녀로 그려지고 있다. 이게 이들의 본래 모습이었다.

그런데 중요한 점은 그들이 사랑을 통해 점점 바뀌어 간다는 사실이다. 그 점이 「춘향전」을 최고의 고전으로 만드는 요체인데, 그 과정을 자세히 살펴보기로 하자. 먼저 춘향을 보자. 방자에게 상스러운 욕설을 늘어놓던 춘향은, 자기 집에 찾아온 이 도령을 능수능란하게 대접하며 첫날밤 잠자리를 낯 뜨거울 정도로 화끈하게 치른다. 한두 번 치러 본 솜씨가 아니다. 이 도령이 자기를 버리고 서울로 올라가려 할 때는 온갖 발악을 하며 표독스럽게 대들기도 한다. 춘향의 이런 모습에서 기생으로서의 면모를 유감없이 확인하게 된다. 따지고 보면 춘향이 광한루에서 이 도령을 만난 첫날, 자기 집으로 불러들였던 것도 순수한 애정의 발로라고 보기 어렵다. 그럴 만한 계기도 없었다. 방자에게 온갖 욕설을 퍼부으며 펄펄 뛰던 춘향이 갑자기 고분고분해진 것은, 방자를 보낸 사람이 남원 사또의 아들이라는 사실을 알고부터다. 이 도령의 풍모나 인격에 반한 것이 아니다. 단지 당당한 서울 양반의 자제를 후리면 평생 호강하며 살 수 있고, 만약 요구에 응하지 않으면 화가 어머니에게까지 미칠 것이라는 방자의 '유혹'과 '협박'에 못 이겨 순순히 응했던 것이다.

양반을 만나 호강하며 살고 싶은 인간적 욕구와 양반의 부름을 거역할 수 없었던 천한 신분적 처지, 그건 기생이라면 누구나 희망하는 것이자 감수하지 않으면 안 되는 현실이었다. 이때의 춘향은 여느 기생과 다르지 않았다. 다만 그녀가 이 도령을 만나면서부터 변해 갔다는 점이 달랐다. 이 도령과 1년 남짓 함께 지내며 싹튼 애정, 이별하면서 맺은 이 도령과의 굳은 약속, 그리고 자신의 사랑을 강탈하려는 변 사또의 수청 요구를 겪으면서 그녀는 자신의 현실에 눈떠 갔던 것이다. 모진 형벌을 겪으며 남원 관아에 꿇어앉아 있는 그녀는, 예전 광한루에서 그네를 타며 희희낙락하던 철없는 춘향이 아니었다.

사또 호령하되 "요년, 아직도 수청 거행 못 할까?" 춘향 독 오른 눈을 똑바로 뜨고 "여보, 사또. 백성을 사랑하고 정치를 바로 하는 것이 백성을 다스리는 도리인데, 음란한 행실 본을 받아 매질하는 것으로 줏대를 삼으니, 다섯 대만 더 맞으면 죽을 터인즉, 죽거들랑 사지를 찢어 내어 굽거나 지지거나 갖은 양념에 주무르거나 잡수시고 싶은 대로 잡수시고, 머리를 베어다가 한양성 안에 보내 주시면 꿈에도 못 잊을 낭군 만나겠소. 어서 바삐 죽여 주오." (변 사또) "고년 정말 독하다. 내가 사람 잡아먹는 것 보았느냐? 저년을 큰 칼 씌워 하옥하라." 춘향이 정신 차려 "애고애고, 이것이 웬일인고? 삼강오륜을 몰랐던가? 부모에게 불효를 하였던가? 사람을 속이고 물건을 훔쳤는가? 나라 곡식을 훔쳐 먹었는가? 한 번만 매 맞아도 죽을 지경이거늘, 칼 쓰고 족쇄 차기가 웬일인고?" <u>이명선 소장본 「춘향가」</u>

참으로 대단하다. 죽도록 맞으면서
도 목민관이 백성 다스리는 도리를
조목조목 들이대며, 여색을 탐하는
변 사또를 꾸짖고 있는 춘향의 모습
준엄하기 그지없다. 춘향에게는 이
도령에 대한 뜨거운 '사랑'과 변 사
또에 대한 불굴의 '항거 정신'이 굳
게 결합되어 있음을 위의 인용문은
보여 준다.

정말이지 그녀 스스로 토로하고 있
듯, 춘향은 삼강오륜을 어긴 것도 아
니고, 부모에게 불효를 한 것도 아니
고, 사람을 속이거나 남의 물건을 훔
친 것도 아니다. 그저 이 도령과의 사
랑 약속을 지키겠다는 것뿐이었다.
그런데도 이렇듯 죽도록 매를 맞아야
만 하는 부당한 현실 앞에 서 있다.
이제 그녀의 일거수일투족은 이 도령

●●●
모진 형벌을 겪으며 남원 관아에 꿇어
앉아 있는 춘향은, 예전 광한루에서
그녀를 타며 희희낙락하던 철없는 그
녀가 아니었다. 경희대 중앙박물관
소장.

에 대한 단순한 애정이나 변 사또의 수청 요구에 대한 거부 차원을
훨씬 넘어서게 된다. 신분적 질곡과 지배자의 횡포에 대한 극복 의
지까지 담게 되었던 것이다. 남원 농민들이 춘향을 눈물로 동정하

며, 그녀와 한편이 되기 시작한 것은 춘향의 이런 변신에 의해 가능했다. 이쯤 되면 춘향을 한 남자의 구원을 애타게 기다리는 가련한 여인으로서가 아니라, 수령의 탐욕스런 침탈에 맞서 분투하는 당대 민중의 한 전형으로 바라보게 된다.

춘향의 모습이 이렇게 변화해 가는 과정 저편에서, 이 도령 역시 새로운 인물로 변화되어 간다. 이 도령은 춘향과의 만남을 계기로 탕아의 면모를 쇄신하고 점차 서민의 고통을 이해하는 인물로 변해 갔다. 춘향을 만나면서 눈뜨게 된 순수한 애정, 이별을 하면서 비로소 깨닫게 된 신분 모순, 이와 맞서 싸우고 있는 춘향의 참된 사랑에 대한 확인, 그리고 남원 농민들이 겪고 있던 힘겨운 현실의 목격 등이 그런 변화를 가능케 한 동력이었다. 이제 「춘향전」에 등장하는 인물들은 물론 당대 독자들도 이 도령이 과거에 급제해 어사가 되어 내려오는 과정을 새로운 눈으로 바라보게 된다. 한때 사랑했던 연인을 찾아 내려오는 것 이상의 의미를 부여했던 것이다. 그가 암행어사가 되어 내려오는 모습은 이러했다.

전라도 들어가는 길목이라. 여기저기 탐문하며, 서리 하인 불러들여, 〔…〕 "자네는 호남을 오른쪽으로 돌되, 금구·태인·정읍 아래 고창·무창·함평·나주·장성·무안·영광·고부·흥덕·김제·만경·용안·임피·강진·해남·순천·담양 다 본 후에 아무 날 아무 시에 광한루에 대령하소."

"예."

"서리, 너는 호남을 왼쪽으로 돌되, 여산에서 익산으로 전주·임실·구례·곡성·진안·장수·진산·금산·무주·용담·옥구·옥과·남평을 돌아 아무 날 아무 시에 남원읍 대령하라."

"예."

여기저기 빠짐없이 보낸 후에 어사또 고을마다 돌아다니며, 부모께 불효한 놈, 부녀자를 겁탈하는 놈, 나라 곡식 훔쳐 먹은 놈, 남을 속이고 물건 훔친 놈, 일가친척과 화목하지 아니한 놈, 소나무 벌목하는 놈, 큰일 끝에 말썽 부리는 놈, 남편 죽은 아낙 욕보이는 놈, 나이도 어린 것이 어른 능욕하는 놈과 백성의 피땀 빨아먹는 수령들 탐문하며 이리저리 내려간다. <u>이명선 소장본 「춘향가」</u>

이 도령이 춘향을 만나기 위해 남원으로 내려오는 길은 고을고을 다니면서 부모에게 불효하고, 나라 곡식 훔쳐 먹고, 어른을 욕보이고, 백성을 수탈하는 자들을 샅샅이 염탐하는 길이기도 했다. 춘향이 남원에서 불의에 맞서 싸우고 있을 때, 이 도령은 불의를 징치하며 남원으로 내려오고 있었던 것이다. 그러니 어찌 세상에 둘도 없는 진정한 파트너라 부르지 않을 수 있겠는가? 그리고 그들의 정의로운 행로의 정점, 바로 광한루의 변 사또 생일 잔치에서 다음과 같은 유명한 시가 울려 퍼진다.

금 술잔의 맛난 술은 천 사람의 피요,   金樽美酒千人血

옥쟁반의 맛난 안주는 만백성의 기름이라.   玉盤佳肴萬姓膏

촛농 떨어질 때 백성의 눈에선 눈물 떨어지고,   燭淚落時民淚落

풍악 소리 높은 곳에 백성의 원망 소리 높으리라.   歌聲高處怨聲高

400여 종의 「춘향전」 이본에 모두 들어 있는 유명한 시다. 「춘향전」이라면 결코 빼놓을 수 없는 핵심적인 대목이었던 것이다. 그러하다. 많은 사람들이 단순하게 생각하듯, 이 도령은 한 여인의 구원자로서만 내려온 것이 아니다. 변 사또와 같은 탐관오리들에 의해 억압받고 있는 백성들의 고통을 자신의 아픔으로 보듬어 안고, 그걸 풀어 주기 위해 내려온 민중의 구원자이기도 했다. 실제로 억울한 옥살이를 하다가 풀려난 백성들이 기뻐하며 부르던 노랫소리를 한 번 들어 보라.

먼저 풀려난 죄인이 삼문 밖에 늘어서서 춤을 추며 어사또의 은덕에 감사해 노래를 부르는구나. "좋을씨고 좋을씨고, 우리 인생 좋을씨고. 죽을 목숨 살았으니 좋을씨고 좋을씨고. 없는 돈을 꾸어 달라 하니 오죽이나 답답하며, 먹을 것을 뺏으려 드니 이 원통함이 어떠했겠나. 보기도 싫은 놈을 어찌 후하게 대접을 하리. 무죄한 우리 인생들, 횡액을 함께 만나 고문을 겪고 곤장을 맞으니 살과 뼈가 다 상했다. 큰 칼 씌우고 두 다리를 묶어 놓았으니 똥오줌이나 눌 수 있었겠는가? 이슬 같은 이 목숨이 거품같이 꺼질 것을 일월 같은 우리 임금 먼 데까지 환히 보시고, 명명백백하신 어사또를 보내 주셨네. 아비여 어미여 장한 혜택, 다시 살아난 은혜를 입었으니, 비석에다 새겨서 만세토록 잊지 마세." <u>신재효 개작본「남창 춘향가」</u>

암행어사가 된 이 도령은, 탐관오리를 벌하고 억울한 백성들의 한을 풀어 주는 민중의 구원자로 등장한다. 타작을 하고 있는 소작인과 이를 감시하는 마름의 모습을 그린 김홍도의 〈타작도〉. 국립중앙박물관 소장.

이 도령이 암행어사로 출두한 뒤 억울하게 간혀 있던 사람들을 풀어 주자, 이들이 그 은덕에 감사하며 덩실덩실 춤추며 부르던 노래이다. 그들에게 있어 이 도령은 더 이상 광한루에서 기생에게 넋을 빼앗겨 호들갑을 떨던 양반 자제가 아니었다. 변 사또에 맞서 외롭게 싸우고 있는 춘향을 자신들의 대변자로 생각했던 것처럼, 이 도령 역시 자신들이 겪고 있는 고통을 없애 줄 구원자로 생각했던 것이다.

흔히 고전소설의 특징 가운데 하나로 '평면적 인간형'을 꼽는다. 등장인물의 성격이 도통 변하지 않는다는 것이다. 악한 사람은 처음부터 끝까지 악하게, 선한 사람은 처음부터 끝까지 선하게 그려질 뿐. 반대로 시간의 흐름에 따라 등장인물의 성격이 변하는 것을 '입체적 인간형'이라고 부른다. 서양의 근대소설이 여기에 해당한다고 배웠다. 하지만 이런 구분은 잘못된 것이다. 「춘향전」의 춘향과 이 도령은 참으로 놀랍도록 자신들의 삶을 완전히 새롭게 변화시키고 있지 않은가? 그런데 두 주인공은 자신들만 변하는 데 그치지 않는다. 그러면 또 누가 변하는가?

춘향과 이 도령,
주변 인물들과 나눈 뜻깊은 교감

                                   후반부에 이르면 춘향
과 이 도령의 모습이 전반부와 달라진다고 했다. 자신이 발 딛고 있
는 현실의 모순을 경험하면서 새로운 인물로 변화해 갔던 것이다.
「춘향전」의 예술적 탁월성은 이러한 변화가 그들 자신에만 한정되
지 않는다는 데 있다. 변화된 두 주인공의 삶이 주변 사람들에게 돌
이킬 수 없는 파장을 일으키면서, 그네들의 삶마저 온통 뒤바꾸어
놓고 있는 것이다. 춘향과 이 도령의 일거수일투족을 처음부터 지
켜보았던 주변 인물들을 통해 그것을 확인할 수 있다. 그 점을 살피
기에 앞서 이 도령을 떠나보낸 뒤, 춘향이 다짐했던 마음 한 자락을
들여다보자. 춘향은 이 도령과 이별하면서 자신의 열악한 처지를
뼈저리게 깨닫는 한편, 자신이 지켜야 할 삶의 자세를 이렇게 곧추
세우고 있었다.

갈까 보다, 갈까 보다, 임을 따라 갈까 보다. 천 리라도 갈까 보다, 만
리라도 갈까 보다. 비바람도 쉬어 넘고 날진이 수진이 해동청 보라
매도 쉬어 넘는 고봉 정상 동선령 고개라도 임이 와서 날 찾는다면,
나는 신발 벗어 손에 들고 맨발로 아니 쉬어 넘어가리.

완판 84장본 「열녀춘향수절가」

이 도령을 기다리며 춘향이 혼자 부르던 노래다. 사설시조의 절
창絕唱에 속하는 작품으로 여러 시조집에 실려 있는 유명한 노래이
기도 하다. 왜 하필 이 노래를 불렀을까? 여기에 담은 춘향의 마음
은 명확하다. 아무리 높은 산이 가로막고 있다 해도, 그 너머에 사
랑하는 임이 왔다 하면 '맨발로 아니 쉬어' 넘어가서 만나고야 말
겠다는 의지이다. 무엇으로도 자신의 들끓는 사랑을 가로막을 수
없다는 점을 분명하게 밝히고 있는 것이다. 그렇다. 아무리 현격한
신분의 차이가 난다고 하더라도 사랑하는 마음을 접지 않겠다는 자
기 다짐이었다. 춘향의 마음을 가로막는 게 어디 신분 차별뿐이었
겠는가? 변 사또와 같은 무지막지한 사내의 강압에도 자신의 사랑
을 빼앗기지 않겠다는 굳센 다짐이기도 했다. 그런 까닭에 변 사또
의 폭압을 경험하는 순간, 춘향의 마음속에 숨어 있던 이런 불굴의
의지가 폭발할 수 있었던 것이다.

거기에 이르기까지 춘향이 겪어야 했던 어려움은 헤아릴 수 없을
만큼 많았다. 춘향과 비슷한 미천한 신분이면서도, 그녀의 행위를

고깝게 보던 뭇사람들의 질시도 그 중 하나다. 이건 좀 자세하게 살펴볼 필요가 있다. 변 사또의 분부를 받들어 춘향을 잡으러 갈 때, 관아의 하급 관리인 군노 사령들이 주고받던 대화를 찬찬히 음미해 보자.

"그 많은 기생 중에 눈에 드는 년 하나 없단 말인가? 여봐라, 춘향을 바삐 대령하되, 만일 늦어지면 묶어서라도 대령하렷다."
형방이 분부 듣고 영리한 사령을 뽑아서 춘향 바삐 불러들이라 영 내리니, 군노 사령 나간다. 〔…〕 군노 사령이 나온다.
"이애, 일번수야."
"왜야?"
"이애, 이번수야."
"왜야?"
"걸렸구나."
"걸리다니?"
"춘향이가 걸렸구나."
"옳다, 잘 되었다. 그년의 계집아이 양반 서방 얻었다고 일곱 자락 군복 입은 놈이라 알기를 우습게 알고 도도한 체 무섭더니 우리 손에 걸렸구나. 이번 들어오거들랑 뼈를 추려 보자."
거들먹거리며 바삐 나간다. <u>이명선 소장본 「춘향가」</u>

군노 사령들이 변 사또의 명을 받고 기생 점고에 나오지 않은 춘향을 잡으러 가면서 주고받던 대화의 한 대목이다. 여기에서 군노 사령들은 왜 그토록 춘향을 벼르고 있었던 걸까? 어여쁘고 가련한 춘향을 그렇게 미워할 이유가 없을 것 같은데 말이다. 그걸 이해하기 위해서는 '양반 서방 얻었다고 자신들을 우습게 알고 도도한 척' 했다고 말하던 군노 사령의 심사를 깊이 헤아려야 한다. 미워한 까닭인즉 이렇다. 예전에는 스스럼없이 함께 어울리던 기생 춘향이었다. 그런데 사또 아들 이 도령을 만나고부터는 점차 자신들을 멀리하며 도도한 척하기 시작했다. 어느덧 자신들을 우습게 보는 데 대한 불쾌감 또는 고까움이 발동했던 것이다. 그건 시기심이기도 하다. 대부분의 사람들이 그렇지 않은가? 오랫동안 둘도 없이 지내던 단짝 친구가 어느 날 공부도 잘하고 집도 잘 사는 새 친구를 사귄 뒤로는 자신을 멀리했을 때 생기는 마음 말이다. 군노 사령들도 그래서 춘향을 벼르고 별렀던 것이다.

버르장머리를 고쳐 주겠다고 장담하던 군노 사령들은 춘향의 능수능란한 술대접과 찔러 주는 뒷돈 닷 냥에 홀딱 넘어가 그냥 빈손으로 돌아가고 만다. 화가 치밀어 오른 변 사또는 이번에는 기생들을 보내어 춘향을 잡아오도록 한다. 동료였던 기생들은 춘향을 어떻게 생각했을까? 춘향을 데리러 온 만언니 격인 행수 기생은 이렇게 빈정거린다.

행수 기생 옥란이 나오면서 비아냥거리며 하는 말이, "정렬부인 아기씨, 수절부인 아기씨. 수절인지 기절인지 너 때문에 고을 관리들이 다 죽겠다. 어서 가자, 바삐 들어가자." 불같이 재촉하니 춘향이 할 수 없이 때 묻은 저고리에 노란 모시 치마 입고 헌 짚신에 허름한 버선 신고, 근심이 첩첩하여 열병 걸린 병신처럼 삼문간에 다다르니 도사령이 호령하되, "춘향아 빨리 걸어라." 바삐 걸어 동헌 아래 꿇어앉는다. 이명선 소장본 「춘향가」

　행수 기생 옥란이 역시 앞서 왔던 군노 사령의 태도와 크게 다르지 않다. 수절인지 기절인지 춘향이 주제넘는 짓을 하는 바람에 그 피해가 자신들에게까지 미치는 것을 못마땅하게 여기고 있음을 조금도 숨기지 않고 있다. 평소 온갖 수단을 부려 힘없는 백성을 등쳐 먹던 군노 사령들이나 고을 사또를 가까이서 모시는 걸 크나큰 위세로 여기던 기생들은 춘향의 변화된 마음을 동정은커녕 깊이 헤아리려 하지도 않았다. 그런 까닭에 그녀를 고까운 시선으로 바라볼 수밖에 없었다.

　하지만 춘향의 행위를 아니꼽게 여기던 관속들은 변 사또 앞에서 당당하게 맞서는 춘향의 모습을 지켜보면서, 예전의 태도를 바꾸고 급기야 그녀 편에 서게 된다. 무수한 곤장을 맞고도 자신의 의지를 굽히지 않는 춘향에게 집장 사령들이 "저 다리 들고, 이 다리 숙여라. 나 죽은들 어이 몹시 치랴?" 하며 살살 때린다든가, 여러 기생들이 매 맞는 춘향을 지켜보다가 눈물 흘리며 안타까워하는 것은 단지 한때의 값싼 동정만은 아니었다. 춘향을 그와 같은 참혹한 지경으로 몰아넣는 변 사또가 바로 '공공의 적'이라는 공감대가 형성되고 있었던 것이다. 그들의 태도를 직접 읽어 보자.

"네 몸은 본래 기생으로 신관 도임에 인사도 아니 하고, 관장을 능욕하고, 관청에서 발악하니 그 죄 죽어 마땅하나 우선 중히 다스리라는 다짐이라. 매 치는 사령은 사정없이 거행하라." 형장을 한 아름 안아다가 춘향이 앞에 쌓아 두고, 매를 고를 적에 이것 잡아 느끈느끈, 중심 좋은 것을 골라 잡고, 십 리만큼 물러섰다 오리만치 다가서며 왼편 어깨 쑥 빼치고 '매우 치라' 소리 발 맞추어 넓은 골짜기에 벼락 치듯 후리쳐 딱 붙이니, 춘향이 정신이 아득하여, "애고 이것이 웬일인가?" […] 유혈이 낭자하니 불쌍하다. 저 군노 사령 거동 보소. 눈물지으며 하는 말이, "저 다리 들고 이 다리 숙여라. 내 죽더라도 어찌 너를 몹시 치랴?" […] 청심환과 소합환을 어린애 오줌에 갈아 입에 흘려 넣으면서, "정신 차려 말 좀 하오." 여러 기생들이 달려들며 "여보 형님!", "여보게 동생! 정신 차려 날 좀 보게. 가냘프고 연약한 몸에 저 심한 매를 맞았으니 영락없이 죽겠구나."

이명선 소장본 「춘향가」

변 사또의 지엄한 분부를 받아 작심한 듯 모질게 매질을 시작했던 군노 사령들도 유혈이 낭자하도록 맞으면서 조금도 굽히지 않는 춘향을 보며 눈물 흘려 동정한다. 처음엔 고깝게만 보던 기생들도 매를 맞고 기절한 춘향에게 달려들어 진심으로 동정을 표한다. 형방·통인·사령·기생 등 온갖 관속들은 자기가 처해 있는 사회적 입장에 따라 춘향과 입장을 조금씩 달리했었다. 그렇지만 따지고 보면 변 사또로 대변되는 지배 계급에 의해 온갖 고통과 모진 부림을 받아야 한다는 점에서는 모두 한편이었다. 춘향이 보여 준 불굴의 저항 정신은 이런 인물들로 하여금 자신의 처지를 깊이 인식하게 만들었다. 그들도 언제 지금의 춘향처럼 곤욕을 치를지 모른다는 사실을 깨달았던 것이다. 이들이 각성하면서 결국 춘향과 두터운 공감대를 형성해 나갔다. 그들은 눈물을 씻으면서 이렇게 생각했을 게 분명했다. '아, 한 여자의 마음을 빼앗기 위해 저토록 혹독하게 매질을 하는 변 사또란 위인은 도대체 누구인가?', '아, 저렇게 죽도록 매를 맞으면서도 자신의 마음을 굽히지 않는 저 가녀린 춘향은 얼마나 대단한가?'

춘향은 남원 관아에서 변 사또와 한판 대결을 벌이면서 관아 주변의 인물들을 점차 변화시켰다. 그들만 변화시킨 게 아니었다. 관아 밖에서 지내던 사람들까지 그녀가 벌인 대결의 장으로 끌어들이고 있었다. 남원부민이 바로 그들이다. 하루하루를 힘겹게 살아가던 남원부민이 애초부터 이 도령과 춘향의 만남에 관심을 보였던 것은 아니다. 광한루에서의 만남, 그리고 기생집에서의 질탕한 밤

놀이! 그런 일들은 지긋지긋하게 보아 왔던 양반과 기생의 향락적 놀이가 아니었던가? 그런데 이 도령을 향한 굳은 믿음, 변 사또에게 굴복하지 않는 춘향의 사연이 입에서 입으로 전해지면서 그네들의 관심 영역으로 들어오기 시작했다. 그러다가 마침내 춘향의 싸움에 동참하게 된 것이다.

남원부민의 동참은 춘향의 항거가 그들의 전폭적인 지지 위에서 수행되었다는 사실을 말해 준다는 점에서 중요하다. 하지만 더욱 중요한 것은 이 도령까지도 춘향의 대열에 동참하도록 만드는 계기를 제공했다는 점이다. 사실 서울로 올라간 뒤 이 도령의 행적은 판단하기가 모호하다. 춘향에게 소식을 전하는 이본도 있지만, 편지 한 장 없는 이본이 태반이다. 춘향과의 굳은 약속, 춘향이 겪고 있는 모진 고난을 생각하면 이 도령의 태도는 무정하기 그지없다. 이 도령이 춘향을 정말 사랑하기는 한 것인지 의심이 드는 것은 그래서 당연하다. 솔직히 그때까지는 이 도령이 춘향을 진정으로 사랑했다고 말하기에는 부족하다. 한때 사랑했던 여인, 그래서 다시 보고 싶은 여인 정도가 이 도령이 가졌던 속마음이 아니었을까? 그렇다면 그런 이 도령에게 춘향과 결혼까지 해야 한다고 요구하는 것은 무리이다. 그렇지만 중요한 사실은 결국 결혼으로 맺어지고 있다는 점이다. 그의 결단은 다음과 같은 만남을 거치면서 단련된 것이었다.

"저 농부 말을 좀 물어보면 좋겠구면."

"무슨 말?"

"이 골 춘향이가 본관의 수청을 들어 뇌물을 많이 받아먹고 민정에 작폐한단 말이 옳은지?"

저 농부 열불 내어, "그대 어디 삽네?"

"아무 데 살든지."

"아무 데 살든지라니? 그대는 눈 콩알 귀 콩알이 없나? 지금 춘향이는 수청 아니 든다 하고 형장 맞고 갇혔으니 창가娼家에 그런 열녀 세상에 드문지라. 옥결 같은 춘향 몸에 자네 같은 동냥치가 비루한 말로 더럽히다가는 빌어먹도 못 하고 굶어 뒈지리. 서울로 올라간 이 도령인지 삼 도령인지 그놈의 자식은 한 번 간 뒤로 소식이 없으니 인사를 그렇게 하고서는 벼슬은커녕 내 좆도 못 하지."

"어, 그게 무슨 말인고?"

"왜, 이 도령과 어찌 되나?"

"되기야 어찌 되겠는가마는 남의 말을 어찌 그리 고약하게 하는고?"

"그대가 철모르는 말을 하니 그렇지."

수작을 파하고 돌아서며, "허허, 망신이로고! 자, 농부들 일하오."

"예."

하직하고 한 모롱이를 돌아드니 아이 하나 오는데 주령 막대 끌면서 시조 절반, 사설 절반 섞어 하되, "오늘이 며칠인가? 천 리 길 한양 성을 며칠 걸려 올라가랴? 조자룡의 월강하던 청총마가 있거드면 금

일로 가련마는 불쌍하다 춘향이는 이 서방을 생각하여 옥중에 갇히어서 목숨이 경각에 달렸으니 불쌍하다. 몹쓸 양반 이 서방은 한 번 간 후 소식이 뚝 끊어지니 양반의 도리는 그러한가?"

완판 84장본 「열녀춘향수절가」

짐짓 거지 행색을 하고 민심을 살피며 내려오던 이 도령이 남원 농민들과 주고받던 대화의 한 대목이다. 여기에서 남원 농민들은 이 도령의 배신을 분노에 찬 목소리로 증언하고 있다. 서울로 올라가 소식 한 자 전하지 않는 식으로 처신하다가는 "벼슬은커녕 내 좆도 못 할" 것이라는 험악한 말에서 그들의 분노가 생생하게 느껴진다. 곧이어 만난 어린아이의 말도 마찬가지다. 불쌍한 춘향에 대한 동정은 "양반의 도리는 그러한가?"라며 양반 전체에 대한 불신으로 번져 나가고 있었다. 그들만이 아니었다. 이 도령이 오작교 근처를 지날 때, 빨래터에서 수군거리던 아낙들의 대화는 이러했다.

"광한루야 잘 있더냐? 오작교야 무사하냐? 객사에 푸릇푸릇한 버들잎이 새로운 곳은 나귀 매고 놀던 데요, 푸른 구름 다리 아래 맑은 물은 내 발을 씻던 청계수라."
오작교 다리 밑에 빨래하는 여인들은 계집 아이 섞여 앉아, 〔…〕
"애고애고, 불쌍터라. 춘향이가 불쌍터라."
"모질더라, 모질더라. 우리 골 사또 모질더라."

"절개 높은 춘향이를 위력 겁탈하려 한들 철석 같은 춘향 마음 죽는 것을 헤아릴까?"

"무정터라, 무정터라. 이 도령이 무정터라."

저희끼리 공론하며 추적추적 빨래한다. <u>완판 84장본 「열녀춘향수절가」</u>

오작교가 어디던가? 이 도령 자신이 춘향과 이별하던 곳이다. 이 도령은 그곳에서 그때의 정회를 그리워하고 있건만, 그곳에서 듣게 되는 아낙들의 말은 참으로 놀랍다. 불쌍한 춘향, 모진 변 사또, 그리고 무정한 이 도령! 그들은 힘으로 춘향을 겁탈하려 드는 변 사또에 대한 분노와 함께 신의를 저버린 채 소식이 없는 이 도령에 대한 분노를 표출하고 있었던 것이다. 남원 곳곳에서 만난 사람들의 증언을 통해, 이 도령은 춘향과의 사랑을 새로운 차원에서 인식하게 된다. 남원부민으로부터 온갖 회유와 폭압에 맞서 싸우고 있는 춘향의 놀라운 분투를 듣고서야, 비로소 그녀의 사랑이 얼마나 진실한지 분명하게 깨달았던 것이다.

또한 이 도령을 향한 남원 사람의 분노는 이 도령으로 하여금 양반의 자세가 어떠해야 하는가를 진지하게 돌아보게 했다. 그들은 남녀의 사랑에서 신의보다 중요한 것은 없고, 이를 지키지 않는다면 설사 양반이라 해도 그건 양반이 아니라고 생각했다. 진정한 양반이라면 신의를 지켜야 한다. 이게 그들을 만나면서 깨달은 값진 교훈이었다. 천한 기생과 결혼으로까지 나아갈 수 있었던 것은 바로 이런 과정을 거쳤기 때문이다. 신의 없는 이 도령을 진정으로 뉘우치게 해서 '진짜' 양반으로 만들었던 남원 사람들의 힘!

이처럼 주인공인 춘향과 이 도령은 스스로 변화하면서 주변 인물들에게 깊은 영향을 주었는가 하면, 반대로 변화된 주변 인물과의 만남을 통해 그들 자신이 진정한 주인공으로 단련되어 가기도 했던 것이다. 주인공과 주변 인물들이 주고받던 뜻깊은 교감이야말로 「춘향전」을 진정한 고전으로 우뚝 서게 만든 예술적 탁월함이기도 했다.

민중의 염원을 담아내는
대단원

춘향과 이 도령의 극적인 해후는 익히 알고 있는 「춘향전」의 대단원이다. 모두가 두 남녀의 만남을 축하해 주는 이곳에 이르면, 청춘 남녀의 진실한 사랑을 가로막으려 했던 신분적 질곡이나 지배층의 강압은 더 이상 발붙일 여지가 없다. 그렇다면 그동안 온갖 불법적 권력을 행사하며 향락에 빠져 있던 지배자들의 말로를 「춘향전」은 어떻게 그리고 있을까?

어사또 거동 보소. 세살부채 번뜻 들어 신호를 보내니 역졸들 거동 보소. 순천·담양·대평서 온 역졸들이 육노리 채찍 손에 들고, 석자 세치 발에 감고, 보름달 같은 쌍마패로 대문을 두드리며, "암행어사 출두하오!' 소리를 지르면서 관청으로 들어가며, 〔…〕"어서 바삐 나와 삼현 취타 등대하라." 애구지구 야단할 제, 동헌 마루 장관이로구나. 부서지느니 양금 · 해금 · 거문고요, 깨어지느니 장고 · 북통이요, 부러지느니 피리 · 젓대 · 요강 · 타구 · 재떨이 · 사롱 · 촛대로다. 양각등은 바람결에 깨어져서 조각조각 부서지는구나. 임실 현감은 말을 거꾸로 타고 "말 목이 원래 없더냐?" 허겁지겁 도망가고, 구례 현감은 오줌 싸고 칼을 보고 겁을 내어 쥐구멍에 상투 박고 "누가 날 찾거든 벌써 갔다고 하여 다오." 전주 판관은 갓을 뒤집어쓰고 "어느 놈이 갓 구멍을 막았단 말이냐?" 개구멍으로 달아나고, 본관 사또는 똥을 싸고 안채에 들어가서 다락에 들어앉아 "문 들어온다, 바람 닫아라." 대부인도 똥을 싸고 실내부인도 똥을 싸서 온 집안이 똥빛이라. 하인 바삐 불러 "거름장수 바삐 불러 똥을 대강이나 치워다오." 저 역졸놈 심사 보오. 길청 · 장청 · 형방청 들이닥쳐 와직끈 뚝딱 하고, 육방 아전 불러들여 모든 패물 조사하고, 환곡과 세금을 점검한 후에, 우선 본관은 봉고파직하라 하고, 임금님께 보고하더라. 이명선 소장본 「춘향가」

임실 현감을 비롯해 구례 현감, 전주 판관, 남원 사또와 그의 모친 그리고 부인까지 그들이 벌이던 추한 행태가 참으로 가관이다. 얼마 전까지 그들은 무시무시한 호랑이처럼 힘없는 사람들 위에 군림하며 위세를 부리던 위인들이 아니었던가! 판소리 광대들은 행세깨나 한답시고 으스대던 자들이 허둥대던 몰골을 참으로 힘차고도 흥겹게 불렀다. 가장 빠른 휘모리장단에 얹어 불렀던 것은, 그런 기

뺨을 효과적으로 연출하기 위한 음악적 배려였다. 그것은 신명나는 민중의 한바탕 축제이기도 했다. 다시는 그들이 자신들 위에서 군림하지 못하도록 하겠다는 다짐과 함께! 「춘향전」의 결말에서 만끽하게 되는 것은, 이런 속 시원한 내용과 경쾌한 장단이 함께 빚어내는 통쾌한 기쁨이다.

이제 변 사또와 같은 봉건 관료는 사라지고 없다. 그럼에도 힘없는 사람들은 지금도 여전히 인간의 존엄성을 훼손당하고 있다. 돈 때문이다. 인간 해방의 의지를 담은 사랑의 대서사시 「춘향전」조차 값싼 상품으로 만들어 팔아 먹으려는 사람들이 있다. 춘향과 이 도령이 보여 준 진정한 사랑의 의의를 탈색시킨 채, 달콤한 사랑 놀음으로만 거듭 각색하고 있는

부정과 부패를 일삼고 향락에 빠져 있던 봉건 관료들은 암행어사의 출두로 혼비백산한다. 경희대 중앙박물관 소장.

것이다. 「춘향전」을 자꾸 단순한 사랑 이야기로 되돌리려는 속뜻은 무엇일까? 혹 불의와 폭력에 맞서 항거하던 춘향의 고귀한 정신이 부활할까 두렵기 때문은 아닐는지.

3. 심청전

"내가 이리 물을 무서워하는 것은
부친에 대한 정이 부족함이라."

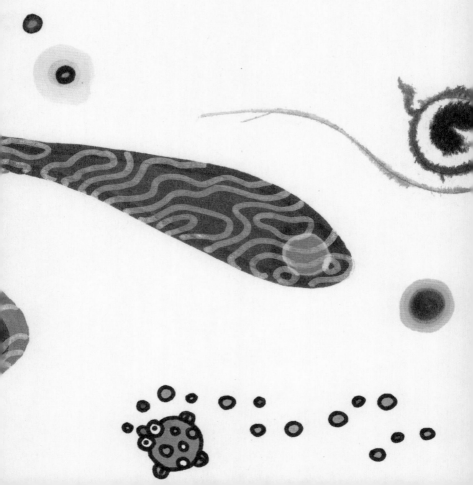

「심청전」을
읽는 눈

　　　윤이상(尹伊桑, 1917~1995)은 1967년 동베를린 공작단 사건에 연루되어 옥고를 치르고 추방된 뒤, 고국으로 끝내 돌아오지 못한 비운의 세계적인 작곡가이다. 그가 1972년 뮌헨올림픽 개막 축하 오페라로 작곡한 작품이 〈심청〉이었다. 판소리를 빼어난 영상에 담아낸 영화감독 임권택이 〈서편제〉의 클라이맥스에서 선택한 작품도 「심청전」이었다. 이것은 우연의 일치였을까? 그렇지 않다. 판소리에 면면히 흐르고 있는 조선 시대 민중의 정서를 가장 절절하게 그리고 있는 작품이 「심청전」이었기 때문이다. 주인공 심청은 지난날 힘겹게 삶을 일구어 가던 민중들의 가장 미더운 동반자였던 것이다.

　　그런 「심청전」은 마치 동화와도 같다. 눈먼 아비를 위해 꽃다운 딸은 인당수에 몸을 던지고, 죽은 줄 알았던 딸은 황후로 되살아나

아비의 눈을 뜨게 만든다는 황당한 이야기! 그럼에도 많은 사람들이 심청의 사연에 무한히 감동했다. 목숨조차 기꺼이 던질 정도의 효심 때문이었을까? 아닐 것이다. 그보다는 냉혹한 세계를 상대로 벌인 심청의 눈물겨운 한판 대결에 깊이 감동했던 것이리라.

어려서부터 눈먼 아버지를 대신해 구걸을 다녔던 심청은 이웃으로부터 "너의 아버지 심맹인도 사흘 걸러 얻어먹고 다니더니, 내가 너희들에게 대체 무슨 신세를 졌느냐? 어찌 일생토록 밥을 달라느냐?"라는 모진 소리를 듣기도 했다. 심청은 이런 멸시와 박대를 받아 가며 눈먼 아비를 봉양했던 것이다. 후대로 갈수록 마을 사람들이 한결같이 따뜻한 마음으로 도와 준다는 식으로 바뀌기는 한다. 하지만 냉정하게 보면 이들이 보여 준 동정이란 멸시의 다른 이름일 뿐이었다.

공밥을 먹지 않겠다며 구걸 생활을 그만둔 뒤 심청은 삯바느질 같은 품팔이로 생활을 꾸려 나갔다. 자기 삶은 자기 스스로 헤쳐 나

조선 최고의 예술 판소리

갈 수밖에 없다는 사실을 깨달은 결과이겠다. 그렇더라도 도무지 납득할 수 없는 장면과 만나게 된다. 장 승상 부인이 공양미 삼백 석을 대신 내주겠다고 했을 때도 그것을 거절하고 스스로 죽음의 길을 택한 것이다. 심청은 왜 그리도 바보 같은 선택을 했을까? 이유는 이러했다. 아무런 명분 없이 남의 도움을 받을 수 없고, 정성을 다해야 하는 공양미를 남에게 빌려서 바칠 수는 없으며, 남경 상인과의 약속을 이제 와 어길 수는 없노라고. 타당하다고 생각되는가? 그렇지 않을 것이다. 보통 사람으로서는 납득하기 어려운 선택을 한 그녀를 이제부터 '효녀 심청'이라 부르지 말고 '바보 심청'이라 부르기로 하자.

판소리의 주인공 가운데는 바보가 참 많았다. 한양으로 올라간 뒤 편지 한 장 없는 무심한 이 도령을 목숨 걸고 기다린 춘향도 바보였다. 욕심 많은 형이 아무리 모질게 구박해도 원망 한마디 없이 착하게만 살아가려던 흥부도 바보 아닌가! 춘향도, 흥부도, 그리고 심청도 모두 바보였다. 그러나 그들은 쉽게 잊혀지지 않는 이 시대의 주인공으로 기억되고 있다. 여기에 판소리의 비밀이 감춰져 있는 게 아닐까?

자, 이제 '바보 같은 사람'이 '이 시대의 주인공'으로 되살아나는 「심청전」의 세계 속으로 빠져 보자. 가없는 바다 한복판에 심청이 자기 몸을 풍덩 던졌듯이, 그렇게.

참으로 슬픈, 그래서
많은 사람들이 공감하던 서두

심청은 눈먼 아버지와 함께 많은 사람들의 심금을 울린 슬픈 사연의 주인공이다. 구한말 한문학계의 거두였던 이건창(李建昌, 1852~1898)은 그녀가 펼쳐 나간 슬픈 정경을 이렇게 한시로 읊은 바 있다.

명창 배희근이 「심청가」 한 곡조 부르면　　　　　裵伶一曲沈娘歌

사방에 모인 사람들 '어찌할꼬!' 탄식하네.　　　　四座無端喚奈何

초나라 언덕에 배 돌아오니 가을빛 아득하고　　　楚岸帆回秋色遠

한나라 궁궐에 주렴 걷으니 달빛 가득하도다.　　　漢宮簾捲月明多

― 이건창, 「심청가를 듣고 짓다」 중 제2수

당시 이름난 판소리 명창이던 배희근이 「심청가」를 한 번 부르라

치면, 청중들의 안타까움은 그칠 줄을 몰랐다.

핏덩이 어린 아기와 앞 못 보는 지아비를 남겨 둔 채 죽어 간 곽씨 부인 앞에서 눈물 흘리고, 거센 파도가 넘실거리는 인당수 뱃머리에 선 심청을 안타깝게 바라보고, 한 송이 연꽃으로 되살아난 심청을 보며 함께 안도하고, 부녀 상봉의 맹인 잔치에서 심 봉사가 눈을 뜨자 일제히 환호했던 것이다. 오죽하면 신소설의 대표 작가 이해조(李海朝, 1869~1927)는 「심청가」를 '처량 교과서'라 불렀겠는가?

하지만 심청이 눈물만 질질 짜는 신파극의 주인공이었다면 그토록 과분한 사랑을 받을 수 없었을 것이다. 「심청전」 이본은 「춘향전」 다음으로 많은 150종에 달하는데, 그만큼 많은 사람이 돌려 가며 읽었다는 뜻이다. 뿐만 아니라 전승되는 방식도 무척 다채로웠다. 어떤 사람은 판소리로 만들어 부르고, 어떤 사람은 소설로 옮겨서 읽고, 어떤 사람은 가사로 개작하여 낭독했다. 심지어 동해안 무당들은 굿을 하며 무가로 부르기도 하였다. 용왕의 보살핌으로 되살아난 심청은 뱃사람을 지켜 주는 신으로 떠받들어졌던 것이다.

「심청전」이 이처럼 많은 사랑을 받을 수 있었던 이유는 무엇일까? 무엇보다도 힘겹게 살아가던 당대 민중의 모습과 닮은 인물을 주인공으로 설정한 데서 찾을 수 있을 듯하다. 눈먼 지아비의 아내로 살며 평생 고생만 하다가 딸을 낳자마자 세상을 떠난 '곽씨 부인', 어린 딸을 안고 동네 아낙네에게 젖동냥을 다니던 '심 봉사',

아비의 눈을 뜨게 하기 위해 자신의 몸을 팔아야만 했던 '심청'. 이런 가련한 인물들이 엮어 나가는 한 편의 사연은 듣는 이의 삶이기도 했던 것이다. 이야기의 서두는 이렇게 시작된다.

> 송나라 말년 황주 도화동에 한 사람이 있었으니, 성은 심이요 이름은 학규였다. 대대로 벼슬을 지낸 가문으로 문명이 높았지만, 집안 운세가 점점 기울어 나이 이십 전에 앞을 못 보게 되니, 벼슬이 끊어지고 공명도 비게 되었다. 시골의 가난한 신세라 가까운 친척 없고 게다가 눈까지 멀었으니 그 누가 제대로 대접을 해 주겠는가마는 양반의 후예로 행실이 청렴하고 지조가 굳으니 사람마다 군자라고 일컫더라. 완판본 「심청전」

작품은 양반의 후예였던 심학규가 집안 운세가 기울어 스무 살이 되기 전에 눈멀게 된 사연을 간략히 제시하는 것으로 시작한다. 여기서 집안의 운세와 신체적 불행은 '우연'처럼 서술된다. 하지만 조선 후기에는 많은 양반들이 사회·경제적으로 몰락해 갔다. 벼슬

자리는 제한되어 있는데, 양반의 수는 자꾸 늘어 가니 자연 그렇게 될 수밖에 없었다. 그때, 몰락해 가던 양반들의 심경과 행동은 어떠했을까? 집안이 기울어 갈 때의 안타깝고 속상한 마음, 어떻게 해서라도 집안을 일으켜 세우려 갖은 애를 쓰는 모습이 눈으로 보듯 훤하다. 그렇다면 엄청난 정신적 스트레스가 결국 육체적 손상을 가져온 것일 수도 있지 않을까? 「심청전」을 현대소설 『심봉사』로 개작했던 소설가 채만식도 작품의 서두를 그렇게 이해했다. 가세를 회복하기 위해 밤잠 안 자고 과거 공부에 몰두하다 눈병이 나서 시력을 잃게 된 것으로 심 봉사를 묘사했던 것이다. 그렇다면 심학규의 안맹眼盲은 우연이 아니라 조선 후기 몰락한 양반이 겪어야 했던 하나의 전형이었던 것이다.

심 봉사뿐만이 아니다. 곽씨 부인 또한 당대 부녀자들이 겪었던 고난에 찬 삶을 생생하게 보여 주고 있다. 곽씨 부인은 딸을 낳은 지 이레 만에 죽는데, 그녀의 죽음이야말로 단순한 우연이 아니었다.

이때에 곽씨 부인 산후 손데 없어 찬물로 빨래허기 왼갖 일로 과로를 허여 놓으니 뜻밖에 산후별증이 일어나 아무리 생각허여도 살 길이 없는지라. <u>한애순 창본 「심청가」</u>

심청을 낳았을 때, 곽씨 부인은 이미 나이 사십을 넘어섰다. 노산

老産이었던 것이다. 그렇지만 자신을 돌봐 줄 사람 하나 없던 것이 그녀가 처한 현실이었다. 몸소 산후 조리를 하고 찬물로 빨래까지 하지 않으면 안 되었던 절대적 궁핍. 그녀의 죽음은 조선 후기 하층 부녀자들이 겪었던 비극의 한 정점이었다. 힘겨운 삶으로 인해 숱한 병을 얻어 고생하다 죽어 갔으니 비슷한 길을 걷고 있던 어머니들은 말할 것도 없고, 그렇게 부인을 먼저 보낸 아버지들도 곽씨 부인의 죽음을 어찌 남의 일로만 생각할 수 있었겠는가?

부인을 저세상으로 떠나보내고 핏덩이 어린 딸을 홀로 돌보아야 했던 눈먼 심 봉사. 그의 고독한 상황을 가장 절절하게 그려 내고 있는 대목, 그리하여 「심청가」를 듣는 사람으로 하여금 눈물을 자아내게 했던 대목을 들여다보자.

심 봉사가 집이라고 더듬더듬 돌아와 보니 부엌은 적막하고 방은 텅 비어 있다. 어린아이 찾아다가 방 안에 뉘어 놓고 홀로 앉았으니 마음이 어찌 편안하리? 발광증이 치밀어 올라 벌떡 일어서서 문갑, 책상을 두루쳐 메어다가 와지끈 쾅쾅 내던지고, 곽씨 부인이 쓰던 수건이며 머리 빗던 빗을 냅다 내던지더니만, "아서라, 이것들 쓸데없다. 이것 두어 무엇하겠느냐?" 정신없이 문을 박차고 부엌으로 우당퉁탕 내려서며, "마누라, 거기 있소? 어디 갔소?" 울부짖다 문득 정신을 차리고는 한숨을 쉰다. "허어, 내가 미쳤구나." 심 봉사 퉁탕거리는 소리에 자던 아기는 놀라 깨어, 젖 달라고 슬피 운다. 심 봉사가 그 소리를 들으니 한편으로는 서럽고 한편으로는 반가워 우는 애를 들어 안고, 마음을 돌려 다잡는다. 그러고는 배고파 우는 아이를 달랜다. "울지 마라, 울지 마라. 너의 모친 먼 데 갔다. 간 날은 안다마는 올 날은 기약이 없구나. 불쌍하고 가엾은 것! 울지 마라, 울지를 마라. 네 아무리 섧게 운들 마른 나무에서 물이 나겠느냐? 울지 마라, 울지 마라. 날이 새면 젖을 얻어 배부르게 먹여 주마. 내 새끼야, 울지 마라." <u>한애순 창본 「심청가」</u>

심 봉사가 곽씨 부인을 뒷산에 묻고 혼자 빈집에 돌아왔을 때의 장면이다. 적막한 부엌, 텅 빈 방안, 그리고 초상 치른 집에 밴 향내. 멍함, 발광, 자문자답, 그리고 다시 멍함. 신파조의 말 한마디 사용하지 않고 정황과 행위만으로 아내 잃은 심 봉사의 애통한 심사를 곡진하게 드러내고 있다. 텅 빈 집안 풍경이 상징적으로 보여 주듯, 심 봉사는 절대적으로 고립된 처지에 던져지고 말았다. 그때 심 봉사를 일깨우는 소리, 배가 고파 젖을 달라던 갓난아기의 울음소리! 그렇다. 이제 사람들의 관심은 한군데로 모아진다. 어린 핏덩이 심청과 앞 못 보는 심 봉사가 이 험난한 세파를 어떻게 헤쳐 나갈 것인가? 「심청전」은 그렇게 시작한다.

적대자 없이 벌이는,
심청과 세계의 당찬 대결

「심청전」의 줄거리는 모두 안다. 심청은 아비의 눈을 뜨게 하려고 인당수에 몸을 던지고, 심 봉사는 맹인 잔치에서 딸 만난 기쁨에 눈을 떴다는 동화 같은 이야기! 그럼에도 황당한 이야기가 사람들을 무한히도 감동시킨다. 감동은 어디에서 오는가? 아마 심청이 보여 준 눈물겨운 분투에서 오지 않을까? 어미를 여의고 눈먼 아비와 둘이서 험난한 삶을 견뎌 내야 했던 심청은, 자신을 고난으로 몰아가는 광포한 세계를 향해 한 번도 투정을 부리거나 악쓰며 대들지 않는다. 자기 앞의 운명을 고분고분 받아들일 따름이다. 작품에는 심청을 괴롭히거나 방해하는 인물도 없다. 주인공과 대립하는 적대적 인물이 없기에 인물 간의 갈등도 존재하지 않는다.

이런 구성은 참으로 특이하다. 잘 알려진 것처럼 소설이란 등장

인물 간의 팽팽한 갈등과 대립을 통해 이야기가 전개되어 나간다. 적대자가 없는 소설이 과연 얼마나 되겠는가? 권선징악을 특징으로 삼고 있다는 고전소설에서야 말할 것도 없고!

그럼에도 불구하고 「심청전」은 많은 사랑을 받았다. 갈등 구조가 없이 전개되는 「심청전」을 사람들이 흥미롭게 읽었던 까닭은 무엇일까? 적대자가 등장하지 않는 대신 주인공을 마구 휘둘러 대는 세계의 횡포, 다시 말해 절대적 궁핍에 내던져진 심 봉사와 심청 부녀의 가련한 운명과 그 극복 과정이 흥미의 요체라 생각한다. 눈먼 아비의 딸로 태어난 죄로 목숨을 팔아야만 했던 심청, 그리고 의지할 데 없이 또다시 남겨진 심 봉사! 그들 부녀가 마주하고 있던 세계란 이처럼 가혹하기 그지없었던 것이다.

그때 심청이는 뱃사람을 따라간다. 끌리는 치맛자락 거듬거듬 걷어 안고, 흐트러진 머리채는 두 귀밑에 와 늘어졌구나. 비와 같이 흐르는 눈물, 옷깃에 모두 다 사무친다. 엎어지며 자빠지며 천방지축 따라간다. 건넛마을 바라보며, "이 진사 댁 작은 아가, 작년 오월 단오 날에 앵두 따고 놀던 일을 네가 행여 잊었느냐? '너희들'은 팔자 좋아 부모 모시고 잘 있어라, '나'는 오늘 우리 부친 이별하고 죽으러 가는 길이로다." 동네 남녀노소 없이 눈이 붓게 모두 울어 하느님이 아신 바라. 흰 해는 어디 가고 어둔 구름이 자욱한데, 푸른 산도 찡 그리는 듯, 시냇물은 슬피 울며, 휘늘어졌던 곱던 꽃이 이울어져 빛

을 잃고, 하늘거리던 버드나
무 조는 듯이 늘어졌구나.

한애순 창본 「심청가」

●●●
한애순 명창이 1995년 서울두레극장에서 『심청
가』를 공연하는 장면. 국악음반박물관 소장.
ⓒ 노재명

남경 상인과 약속한 날 아
침, 심청이 뱃사람을 따라가
던 정경이다. 이곳에서 심청
이 건넛마을을 바라보며 내뱉
던 탄식은 듣는 이의 가슴을
뭉클하게 만든다. 심청은 자
신과 친구를 '나'와 '너희들'
로 명확하게 구분하여 부르고 있는 것이다. '나'와 '너희들', 그것
은 단수와 복수의 차이이기도 하다. 눈먼 아비와 '함께' 늘 혼자였
던 심청은, 자신의 기구한 운명은 자신의 힘으로 개척해 나갈 수밖
에 없음을 조금씩 깨쳐 나갔던 것이다.

심청의 이런 내면을 좀 더 자세하게 살펴볼 필요가 있다. 작품에
는 도화동 사람들이 젖도 주고 밥도 주며 심 봉사 부녀를 따뜻하게
대해 주는 것으로 그려져 있다. 따뜻한 인정이 넘쳐 났다는 전통 사
회의 이웃 관계를 사실로 믿는다면 그럴 수 있겠다. 하지만 인간이
란 가련한 이웃을 사랑으로만 감싸 주는 존재가 결코 아니다. 그래
서 힘없는 자를 짓밟고, 나약한 자를 멸시하고, 어수룩한 자를 등쳐

먹는 일이 요즘도 비일비재한 것이리라. 「심청전」에도 그런 냉혹한 현실이 언뜻언뜻 내비친다. 오랜 시간에 걸친 심 봉사 부녀의 구걸 생활은, 이웃 사람들로부터 심한 멸시를 받는 몸서리쳐지는 세월이기도 했다. 믿기 어렵다면 다음 장면을 보라.

이튿날 아침부터 심청이 거동 보소. 밥을 빌러 가려 할 제, 추운 날에 다 떨어진 마포 적삼, 말기만 남은 헌 치마를 가닥가닥 부여잡아 살을 겨우 가려 입고, 뒤축 없는 헌 짚신을 살발서리에 잡아매고, 귀 떨어진 헌 바가지 손에 들고 밥을 빌러 가는 거동 어찌 아니 가련하며, 부질없는 염치를 생각할까? 설상가상 찬바람에 흩날리는 눈은 제 머리 위에 떨어지고, 손발조차 시리구나. 아침 연기 바라보고, 이 집 저 집 바라보며 기웃기웃 엿보면서 이 집 저 집 들어갈 제, 주저하여 한옆에 비껴서 아미를 숙이고서 애연히 간청하여 한술 밥을 애걸하니 사정없고 몹쓸 년, 효녀 심청 몰라보고 괄세가 자심하다. "귀찮다, 오지 마라. 보기 싫다, 나가거라." 한술 밥을 아니 주고 모진 말로 쫓아내니 염치 있는 심청 마음 부끄럽기 측량없고 서럽기 그지없다. 목이 메어 돌아서며 눈물 흘리며 돌아올 제, 임자 같은 모진 개는 심청을 물려 하고 우둥그려 달려드니, 심청이 돌아서며, "어따, 이 개야. 너의 주인이 괄세한들 너조차 물려 하느냐?" 문밖에 썩 나서며 한숨짓고 눈물 흘리니 일월이 빛을 잃으니 하늘인들 무심하랴?

박순호 소장본 「심청전」

심청은 일곱 살 되던 때, 앞 못 보는 늙은 아비를 대신하여 자기가 먹을 것을 구해 부친 봉양하겠다고 구걸 길로 나섰다. 심 봉사가 말렸지만 심청의 뜻을 꺾을 수는 없었다. 그리하여 어린 심청이 이 집 저 집 다니며 구걸하던 첫날의 광경이다. 구걸하러 나서던 심청의 가엾은 모습, 주저주저하던 심청의 어린 심사, 매몰차게 내쫓던 이웃집의 괄시, 게다가 물려고 달려드는 모진 개! 어찌 부끄럽고 서럽지 않았으랴? 어떤 이본에는 심청이 이보다 더한 박대를 당하는 것으로 그려지기도 한다. 밥을 주기는커녕 쪽박을 내던지며 매몰차게 쫓아냈던 것이다.

심청은 이렇듯 온갖 천대와 멸시를 받으며 눈먼 부친을 봉양했다. 이런 모습이 너무 각박하지 않은가 하여, 후대에 나온 대부분의 이본들에서는 도화동 이웃들이 한결같은 온정으로 도와 주는 것으로 고쳐지기도 한다. 하지만 멸시와 동정은 동전의 양면과도 같다.

여기서 중요한 것은 심청이 모진 멸시에 좌절하지도 않았지만, 값싼 동정에 길들여지지도 않았다는 점이다. 대신, 자기 운명은 자기 스스로 개척해 나갈 수밖에 없다는 삶의 이치를 깨닫고 이를 실천해 나가고자 했다. 심청은 열두 살이 되자 "더 이상 다른 사람들이 주는 공밥을 먹지 않겠다."며 삯바느질로 생계를 꾸려 나갔다. 여기에 이르러 심청이 왜 자신과 친구를 '나'와 '너희들'로 구분하여 일컬었는지 비로소 이해할 수 있게 된다. 아무리 친한 친구라도 자신이 가고 있는 인당수로의 길을 함께 갈 수 없다는 점을 똑똑하게 알고 있었던 것이다. 심청의 유일한 동반자는 부친 심 봉사뿐이었던 것이다.

그런 심청의 마음을 이해할 때 장 승상 부인이 공양미 삼백 석을 대신 내주겠다고 했을 때 왜 거절했는지도 비로소 납득할 수 있게 된다. 부친을 위해 목숨을 판 것은 옳지 못한 일이라고 비난하는 사람은, 장 승상 부인의 제의를 거절한 이것이야말로 가장 바보 같은 짓이라며 나무라곤 한다. 살 길이 있는데도 눈먼 부친을 두고 죽음의 길을 택하다니, 그런 꾸지람을 들을 만도 하다. 하지만 심청의 처지를 헤아리면서 작품을 읽어 보면, 심청의 바보 같은 거절이 도리어 사람들을 감동시킨다. 심청의 거절 이유는 이러했다.

뱃사람과 동네 사람들은 무안하고 할 말이 없어 그저 서 있고, 심청은 아버지를 말리며 위로한다. 장 승상 댁 부인이 그제야 이런 소식을 듣고 급히 심청을 찾았다. 심청이 뱃사람들에게 잠시 허락을 받아 무릉촌으로 건너가니, 부인이 문밖으로 뛰어나와 손을 부여잡고 눈물로 꾸짖는다. "이 무정한 아이야! 나는 너를 자식으로 알았는데, 너는 나를 어미로 여기지 않았구나. 쌀 삼백 석에 몸을 팔았다 하니, 나와 진작 의논했더라면 내가 선뜻 주었을 것을 날 이리도 속였느냐? 이제라도 쌀 삼백 석을 내어줄 테니, 뱃사람들에게 돌려주고 가당치 않은 길 가지 마라."

"먼저 말씀드리지 못한 것을 이제 와서 후회한들 어쩌겠습니까? 그러나 부인께서 저를 아껴 주시고 은혜를 베풀어 주셨는데, 제가 그것을 믿고 부인께 염치없이 돈을 내놓으라 했다면 그것은 사람의 도리가 아닌 것 같습니다. 또한 부모를 위해 정성을 다할 때, 어찌 남의 재물에 의지하겠습니까? 게다가 뱃사람들과 이미 약속하였으니 이제 와서 말을 바꾸기는 차마 못 할 일입니다. 저는 이미 마음을 정했고, 제 운명도 이미 정해졌사옵니다. 말씀은 고맙기 그지없으나 따르지는 못하겠나이다. 부인의 하늘 같은 은혜와 어진 말씀은 저승에 가서도 결코 잊지 않겠습니다."

심청은 눈물로 옷깃을 흠뻑 적시며, 진심으로 아뢰었다. 장 승상 부인은 심청의 엄숙한 태도에 더 말리지를 못하고 다만 손만 부여잡고 어루만진다. 완판본 「심청전」

심청을 딸처럼 아끼던 장 승상 댁 부인은 심청이 공양미 삼백 석에 몸을 팔았다는 사실을 심청이 죽으러 가는 당일에야 알게 된다. 장 승상 댁 부인은 삼백 석을 대신 내주겠다며 가지 말라고 심청을 만류한다. 죽음을 앞둔 절체절명의 순간에 홀연 구원자가 나타난 것이다. 하지만 심청은 세 가지 이유를 들어 구원의 손길을 뿌리치고 만다. 첫째, 다른 사람의 명분 없는 도움을 받을 수 없다. 둘째, 정성이 없는 공양미를 바치는 것은 의미가 없다. 셋째, 뱃사람과의 약속을 어기는 것은 잘못된 처사다.

죽음을 앞두고 내린 심청의 이런 선택이, 철없고 꽉 막힌 결정이라고 나무랄 수는 있다. 그러나 이런 바보 짓은 아무나 할 수 있는 게 아니다. 자신의 운명은 자신의 힘으로 헤쳐 나가겠다는 굳은 의지가 뒷받침되지 않고서는 절대 불가능한 일이다. 심청은 죽음을 눈앞에 둔 순간에도 흐트러짐 없이 이러한 삶의 자세를 견지했던 것이다.

참으로 놀랍다, 그토록 굳은 심청의 다짐! 눈앞의 이익을 위해 자신의 태도를 수시로 뒤집으면서 살아가는 보통 사람들과 얼마나 다른 모습인가? 이것이 심청을 고전소설 주인공 가운데 가장 인상적인 인물로 기억하는 이유이고, 옥황상제의 힘을 빌려서라도 바다에 빠져 죽은 심청을 되살려 내고 싶었던 진정한 이유이기도 하다. 여러분 같으면 심청을 그냥 죽게 내버려 두고 싶겠는가? 아닐 거라 믿는다. 기적을 통해서라도 심청을 환생시키고 싶었다면, 맹인이 눈 뜨는 '황당한' 결말도 이해 못 할 일은 아니다.

혼자 남은 심 봉사의
추락과 회복의 여정

바보 같은 심청이 인당수에 몸을 던졌다고 해서 청중들은 슬픔에만 빠져 있을 겨를이 없다. 홀로 남겨진 심 봉사의 운명이 궁금하기 때문이다. 어찌 그렇지 않을 수 있겠는가? 앞을 보지 못하는데다 돌봐 줄 사람 하나 없는 가련한 심 봉사가 아니던가? 부인을 잃고 딸마저 잃어버린 심 봉사의 다음 사연을 보기로 하자.

강촌에 밤이 들어 물결이 적막한데, 외로운 강가의 비석만 우뚝 솟아, 물새는 비웃비웃 까르르르르르르르, 갈대 소리 스리렁 스리렁, 무심한 잔내비 짝을 지어 슬피 운다. 그때 심 봉사는 딸의 비석을 찾아가서 비석을 안고 울음 운다. "아이고, 내 딸 심청아. 인간 부모 잘못 만나 생죽음을 당했구나. 네 애비를 생각커든 나를 어서 데려가거

라. 살기도 나는 귀찮고 눈 뜨기도 나는 싫다." 가슴을 뚜드리며 머리도 지끈, 발을 굴러 미친 듯 취한 듯, 실성 발광하며 여기저기 떠돌아다니는구나. 밤낮으로 울고 다니거늘, 그 동네 사람들이 심 봉사 정상을 불쌍히 생각하고 뺑덕어미라는 부인을 중매하여 후취를 삼게 했다. 한애순 창본 「심청가」

날이면 날마다 딸이 떠나갔던 강가로 나가 온종일 울기만 하던 심 봉사. 그의 모습은 홀로 남겨진 자의 절망 그것이었다. 이젠 눈 뜨는 것은 물론이고 살기조차 싫으니 차라리 자신도 함께 데려가 달라는 그의 절규는 사람들의 동정을 자아내기에 충분했다. 동네 사람들도 그러했다. 그래서 의지할 수 있는 뺑덕어미를 중매해 준 것이겠다. 그렇다고 그게 어디 죽은 곽씨 부인이나 딸 심청만 하겠는가? 또한 자기 때문에 딸이 죽었는데, 자기만 살아남아 새 부인을 얻어 알콩달콩 사는 것이 어찌 아비로서 할 짓인가? 하지만 그렇지가 않다. 인간이 한평생 힘겨운 삶을 견디며 살아갈 수 있는 것은, 슬픈 일도 시간이 지나면 점차 잊어버릴 수 있기 때문이다. 심 봉사도 그러했다. 그래서 뺑덕어미를 맞이하여 어떻게든 살아 보려고 작정했다. 하지만 그건 과분한 기대였다. 뺑덕어미는 천하에 둘도 없는 악처 가운데 악처였던 것이다. 그녀의 행실은 똑 이러했다.

술 잘 먹고, 욕 잘하고, 흑심 많고, 욕심 많고, 흉 잘 보고, 해로운 말하고, 한밤중에 울음 울기, 날 새면 악을 쓰고, 코 큰 총각 술 사 주기, 터무니없는 말을 꾸며 이 집 저 집 소스레질, 여자 보면 내외하고, 남자 보면 쌩긋 웃기, 잠자면서 이 갈기와 배 긁고 발 털기와, 양반 보고 욕설하고, 홀딱 벗고 술 퍼먹고, 담배 달라 실강이하기, 어따, 이 제기 붙고 발길 년. 삐쭉하다 빼쭉하고, 빼쭉하다 삐쭉하고, 힐끗하다 핼끗하고, 핼끗하다 힐끗하고, 삐쭉 빼쭉 씰룩 쎌룩, 하루에도 몇 번이나 시시각각 변덕 부린다. <u>한애순 창본 「심청가」</u>

행실만 못된 것이 아니다. 늙고 눈먼 맹인이 뭐 좋아 시집을 왔겠는가? 그 못된 계집은 밤낮으로 바람난 암캐처럼 눈이 뻘겋게 사내를 쫓아 쏘다니다가, 심 봉사에게 약간의 돈과 곡식이 있다는 소문을 듣고 첩으로 들어왔던 것이다. 그러니 살림하는 꼴은 불을 보듯 뻔한 노릇이었다. 그녀는 돈과 곡식이 다 떨어지면 도망갈 작정을 하고, 오뉴월 까마귀가 수박 파먹듯 심 봉사의 재물을 밤낮으로 퍽퍽 파먹었다. 눈도 뜨지 못하고 늙어 힘이 없는 심 봉사는 뺑덕어미의 행실을 까맣게 모르고 있었다. 심 봉사는 더할 나위 없는 극한 지경으로 빠져들고 있었다. 충분히 예견된 일이기는 하지만, 뺑덕어미는 심 봉사를 기어코 버리고 맹인 잔치 가는 도중 달아나 버린 것이다. 그것도 젊은 황 봉사와 밤에 몰래! 뒤늦게 그 사실을 안 심봉사가 신세 한탄하는 장면을 보기로 하자.

(심 봉사가) 울다가 다시금 생각하니, 제 신세가 처량하다. "아서라, 마서라. 내가 너를 다시 생각하면, 세상 물정 모르는 코맹맹이 아들 놈이다. 공연히 그런 잡년과 정붙이고 살다가 살림만 거덜내고 도중에 이런 낭패를 당하니 모든 것이 나의 팔자라. 누구를 원망하고, 누구를 탓하랴? 어질고 현숙하던 곽씨 부인도 북망산에다 묻고, 출천 대효 심청이도 인당수로 보냈는데, 너 같은 년 간다 해도 못 살 일 전혀 없다. 에라, 몹쓸 년아! 잘 가거라, 잘 가거라. 나 혼자 살란다, 나 혼자 살란다." 완판본 「심청전」

몹쓸 뺑덕어미를 원망하며 다시는 생각지 않겠다던 심 봉사의 절규가 애절하다. 현숙하던 곽씨 부인의 죽음도 겪고 천하에 둘도 없는 효녀인 심청의 죽음도 겪었는데, 그깟 뺑덕어미가 도망간 게 뭐 그리 슬픈 일일까? 남은 재산마저도 톡톡 털어 먹고 달아나려던 못된 뺑덕어미는 차라리 없는 게 시원할 노릇이었다. 하지만 정말 그럴까? 그렇지가 않다. 뺑덕어미의 그릇된 처사를 꾸짖는 심 봉사의 절규는 더없이 애절하거니와 그 장면을 지켜보는 이들도 한없이 슬프다. 실제로 판소리 광대가 부르는 「심청가」를 들을 때, 가장 눈물나는 장면이 바로 이 대목이다.

왜 이런 납득하기 어려운 상황이 벌어지는 걸까? 뺑덕어미의 도망은 추락을 거듭하던 심 봉사가 맞이한 최악의 상황이었던 것이다. 부인이 죽고, 딸이 죽고, 뺑덕어미마저 도망쳐 버린 현실! 뺑덕어미는 천하에 몹쓸 악처였을망정 심 봉사에게는 마지막 의지처였던 것이다. 하지만 심 봉사의 추락은 이게 끝이 아니었다. 그는 결국 다음과 같은 지경으로 떨어져 버리고 만다.

상하 의복 벗어 놓고 물에가 풍덩 들어서며, "에, 시원하고 장히 좋네." 물 한 주먹 덤벅 쥐어 양치질도 퀄퀄 하고, 물 한 주먹 덤벅 쥐어 가슴도 훨훨 씻어 보며, "에, 시원하고 상쾌하다. 삼각산에 올라선들 이보다 시원하며, 동해수를 다 마신들 이보다 시원하리. 얼씨구 절씨고, 지화자 좋네. 툼벙툼벙 장히 좋네." 심 봉사가 목욕을 하다 물 밖으로 나와 보니 의관 의복이 없거늘, 도둑맞은 줄 짐작하고, "아이고, 나는 죽네. 훨씬 벗었으니 데어서도 죽고 굶어서도 영영 죽네. 너 요년, 뺑덕이네. 네가 오늘날 있었으면 내 고생이 이럴 것이냐? 아이고, 내 일이야." 한애순 창본 「심청가」

이 웃지 못할 비극적 장면이 말하려는 바는 간명하다. 몸 하나 가려 줄 의복마저 잃어버려 천지간에 알몸뚱이밖에 남지 않은 극한의 고립적 상황. 그때 옷을 훔쳐간 도둑도 무심했지만, 옷 하나 제대로 간수 못 하는 자신을 버리고 도망간 뺑덕어미는 더 무심했다. 옷을 잃어버린 그때, 심 봉사가 다시금 도망친 뺑덕어미의 처사를 떠올린 것은 그래서였다. 세상은 이렇듯 혼자 남은 심 봉사를 절망의 끝까지 몰아갔던 것이다. 그런데 절망의 순간에 다행히 지나가던 태수를 만나 의복을 얻어 입게 된다. 하늘의 도움이겠는데, 그 전환의 순간을 놓쳐서는 안 된다. 이제까지 계속 잃어버리기만 하던 심 봉사에게 최초로 구원의 손길이 뻗친 것이다.

절망이 바닥을 쳤는가 보다. 이후, 사건은 심 봉사가 잃어버렸던 것을 하나씩 회복해 가는 것으로 전개된다. 개요를 말해 보면 이렇다. 의복을 잃었는데 태수에게 새 의복을 얻어 입고, 곽씨 부인을 잃었는데 황성 부근에서 맹인 안 씨를 새 부인으로 얻게 되고, 딸을 잃었는데 황성 맹인 잔치에서 황후가 된 딸을 다시 만나게 되고, 눈을 잃었는데 딸 만난 기쁨에 광명을 찾게 되는 것이다. 심 봉사의 끝없는 추락을 그려 가던 작품 전반부와 그것의 점차적 회복을 그려 가던 작품 후반부는 이렇게 완벽하게 대비된다. 판소리 광대의 절묘한 작품 구성이 빛을 내는 순간이기도 하다.

특히 전환의 계기가 시냇물에서 목욕하던 장면에서 마련된다는 점을 눈치채는 순간, 판소리 광대의 절묘함은 사람들의 감탄을 자아내기에 족하다. 정성스런 딸의 보살핌으로 살던 심 봉사가 극한의 추락을 시작하게 된 계기도 시냇물에 빠지면서부터가 아니던가? 물에서 시작된 심 봉사의 추락이 다시 물에서 회복의 전기를 마련하기 시작한다는 놀라운 구성법! 그리고 보면, 심청도 물에 빠져 죽음으로써 새로운 환생의 계기를 마련했구나.

그렇다면 검푸른 파도가 넘실거리던 망망대해에 몸을 던진 심청은 어찌 되었는가? 다시 주인공 심청에게로 돌아가 보자.

어둠과 광명의 전환,
그 축제적 결말

천지가 깨끗하고 일월은 고요한데, 천상의 선관과 선녀들이 심 낭자를 보려고 수궁으로 내려와 좌우로 벌여 섰다. 태을진군은 학을 타고, 적송자는 구름을 타고, 안기생은 난새를 타고, 갈선녀는 사자를 타고, 청의동자 홍의동자는 쌍쌍이 모여 있다. 서왕모, 마고선녀, 남악 부인, 팔선녀 모두 다 모였으니, 고운 얼굴 고운 태도 고운 의복 고운 향기 기이하고도 기이하다. 수궁 풍악을 시작한다. 왕자진의 봉피리는 니나노 나노, 곽처사의 죽장고는 정저꿍 정꿍, 성련자의 거문고는 스리렁 둥덩둥, 장자방의 옥통소는 띳 따루 띠루띠, 영타의 북 소리는 두리둥둥 둥둥, 혜강의 해금 소리는 고가 그가 고가. 흥겨운 능파사와 보허자를 곁들여 노래하는데, 풍악 소리 수궁에 진동하고 별유천지비인간別有天地非人間이 여기를 이름이라. <u>한애순 창본 「심청가」</u>

모든 사람이 안타깝게 지켜보는 가운데 심청이 인당수에 몸을 던진 뒤, 남해 용왕이 심청을 용궁으로 모셔 놓고 화려한 잔치를 벌이는 대목이다. 칠흙같이 깜깜한 세상으로 빠져 버린 줄 알았는데, 판소리 광대들은 심청이 뛰어든 바닷속 풍경을 이렇듯 화려하게 그려 놓았던 것이다. 그건, 심청이 보내야 했던 암담한 현실 세계와 완벽하게 반대되는 별천지다. 작품은 예전의 구질구질했던 일상과는 완전히 다른 환상의 세계를 펼쳐 놓는다. 사람들은 여기에 이르러 새롭게 태어나고, 새롭게 시작한다. 심청은 인당수에 투신함으로써 예전의 누추했던 모습을 모두 씻어 버리고 성스러운 여성으로 다시 태어난 것이다. 동해안 무당들은 심청을 해신海神으로 받들기도 했는데, 이런 까닭에서다.

심청은 바다에 몸을 던졌지만 사람들은 그녀가 결코 죽지 않기를 바랐다. 「심청전」은 그런 간절한 소망을 소설적으로 완성시켜 주고 있는데, 바로 심청이 고귀한 신분의 황후로 다시 태어나는 것이었다. 사람들은 황후로 환생한 심청이 세상의 고통받는 이들을 광명으로 이끌어 줄 것이라 믿었다. 심청이 맹인 잔치를 마련하여 전국의 모든 맹인들 눈을 뜨게 만들어 준다는 결말은 그런 믿음에 대한 보답이다. 작품 후반부는 이렇듯 사람들의 간절한 소망과 믿음을 충족시켜 주고 있다. 이제 우리들은 암흑의 세계, 고난의 세계로부터 광명의 세계, 기쁨의 세계로 인도된다. 그런 세계로 초대 받아 가는 심 봉사의 황성 길도 기쁨으로 넘쳐 난다. 그 길을 따라가 보자.

심 봉사가 낭패를 모면하고 길을 재촉하니 황성이 가까워진다. 잠시 더위를 식히려고 나무 그늘에 앉아 쉬고 있는데 방아를 찧던 여인네들이 심 봉사를 보고 농담을 건넨다.

"아이구나, 저 봉사님도 맹인 잔치에 가는 봉사인가 보오. 봉사님, 그리 앉아 있느니 여기 와서 방아나 찧어 주고 가소." 〔…〕

심 봉사가 방아에 올라서서 방아 줄을 느짓 잡고 신이 나게 방아를 찧는다. 심 봉사는 앞소리를 메기고, 부인네들 뒷소리를 받는데 이런 가관이 없겠다.

"어유화 방아요. 떨끄덩 떵떵 잘도 찧는다."

"어유화 방아요."

"이 방아가 웬 방안가? 강태공의 방아로다."

"어유화 방아요."

"양귀비의 모습인지, 가는 허리에다 비녀를 질렀구나."

"어유화 방아요."

"첩첩산중 들어가서 계수나무 아래 앉아 방아 노래를 부른다."

"어유화 방아요."

"한 다리를 치켜들고 또 한 다리를 굴러 보세."

"어유화 방아요."

"사람을 본떴는가, 두 다리를 쩍 벌렸구나."

"어유화 방아요."

"머리 들어 올렸다가 머리 숙여 내렸다가, 절하는가 춤추는가."

"어유화 방아요."

"덜크덩 덜크덩, 바삐 찧어라. 점심때가 늦어 간다."

"어유화 방아요."

"미끌미끌 기장 방아, 사박사박 율무 방아."

"어유화 방아요." 〔…〕

"실룩벌룩 뺏죽뺏죽 방아 모양 보아 하니 밥 달라고 힐끗할끗."

심 봉사의 노래 솜씨에 여러 부인네들 손뼉을 치며 크게 웃었다. 그럭저럭 방아를 다 찧어 놓고 둘러앉아 점심을 나누어 먹었다.

"잘 얻어먹고 가네."

"덕분에 방아를 잘 찧었소. 맹인 잔치 잘 가시오."

심 봉사는 먹다 남은 음식을 봇짐에 넣어 둘러메고, 지팡막대 앞세우고 터덜터덜 떠나간다. <u>한애순 창본 「심청가」</u>

심 봉사가 황성 가는 길에 만난 아낙들과 주고받으며 부르던 '방아타령'이다. 흥겹다 못해 중간 중간 남녀 간의 성 행위를 암시하고 있어 외설스럽기까지 하다. 사실 심 봉사는 이처럼 여염집 아낙네들과 외설스런 노래를 부르면서 히히덕거릴 때가 아니다. 현숙한 곽씨 부인이 죽고, 불쌍한 딸 심청을 잃어버리고, 마지막 의지처였던 뺑덕어미조차 도망가 버린 상황이 아니던가? 게다가 황후가 된 심청은 얼마나 애타게 부친을 기다리고 있었던가?

그럼에도 이렇게 흥겹게 노는 대목을 삽입해 놓은 까닭은 무엇일

황후가 된 심청이, 아버지 심 봉사는 물론 전국 맹인들의 눈을 뜨게 해 준다는 대목에는, 암흑의 세계에서 벗어나 광명의 세계로 나아가고픈 백성들의 간절한 소망이 담겨 있다. 완판본 「심청전」 표지와 본문. 디지털 한글박물관 문헌 자료, 개인 소장.

까? 그건 심 봉사가 가는 길이 죽은 줄 알았던 딸을 만나 눈을 뜨게 되는 기쁨의 여정이었기 때문이다. 물론 심 봉사는 그 사실을 모르고 있다. 하지만 청중은 그 사실을 안다. 그러니 철없는 행위라고 나무랄 이유가 없다. 기쁜 길이니 아낙네들과 잠시 농지거리를 섞어 가며 '방아타령'을 불러도 지켜보는 이들은 마냥 즐거운 것이다. 심 봉사의 황성 가는 길은 부녀 상봉이 가져다 줄 기쁨을 점진적으로 끌어올리고 있는 은밀한 예비인 것이다. 그렇다면 판소리 광대들은 「심청전」의 가장 극적인 부녀 상봉 장면을 어떻게 그리고 있을까?

어찌나 반갑고 보고 싶던지 심 봉사는 감은 눈을 벅벅 비비며 꿈쩍꿈쩍한다. 그러더니 갑자기 투둑, 딱지 떨어지는 소리가 나더니 두 눈이 활짝 떠졌구나. 심 봉사가 눈을 뜨고 다시 보니, 눈앞에 심 황후는 도리어 처음 보는 얼굴이라. 자기가 심청이라 하니 심청인 줄 알지마는 한 번도 보지 못한 얼굴이라 알 수가 있나? 그래도 심 봉사 좋아라고 심청을 부여안고 덩실덩실 춤추며 노래한다.

"얼씨구나 좋을씨구, 지화자 좋을씨구. 어두운 눈을 다시 뜨니 온 세상 천지에 해와 달이 장관이요, 갑자년 사월 초파일날 꿈에서 본 선녀 얼굴, 이제 와 다시 보니 그때 그 얼굴이로다. [⋯] 얼씨구나 좋을씨구, 지화자 좋을씨구. 딸의 덕으로 어두운 눈을 뜨니 해와 달은 다시 밝아 더욱 좋고, 아들이 좋다 말고 딸을 잘 키우라니 나를 두고 하는 말이구나. 얼씨구나 좋을씨구, 지화자 좋을씨구."

심 봉사가 눈을 떠서 춤추고 노래하는 소리가 쩌렁쩌렁 울려 퍼지니 천하의 봉사들도 그 소리를 듣고 일시에 눈을 뜬다. 사흘 동안 잔치에 먼저 왔다가 돌아가는 봉사들은 집에서 눈을 뜨고, 길 위에서도 눈을 뜬다. 일어서다 눈 뜬 사람, 주저앉다 눈 뜬 사람, 울다 웃다 눈 뜬 사람, 일하다가 눈 뜬 사람, [⋯] 젊은 소경, 늙은 소경, 어린 소경, 어미 뱃속에 든 소경까지, 마치 오뉴월 장마에 둑 터지는 소리처럼 쩍쩍 소리를 내며 모두 다 눈을 뜨는데, 뺑덕어미 꾀어 내어 도망친 황 봉사만 눈 못 뜨고 이게 무슨 소린가 하고 앉았구나. 심 황후의 어진 덕으로 세상천지에 눈먼 사람들이 모두 세상의 빛을 보니 여러 소경들도 노래하며 춤을 춘다. 완판본 「심청전」

부녀가 극적으로 재회하고, 그 결과 심 봉사를 비롯한 전국 맹인들이 눈을 뜨게 된다는 결말이다. 뻔히 아는 내용이건만, 언제 보아도 감동적이다. 뻔하고 황당한 결말이 뭐 그리 감동적이냐고 묻는 사람도 있을 것이다. 그렇다, 심청의 지극한 정성과 어진 마음 덕분에 부친은 물론 전국의 맹인들이 모두 눈 뜨게 된다는 결말은 황당하다. 그렇게 생각하는 사람들은 눈을 감은 채 위의 장면을 상상해 보라. 아마도 새로운 세상이 활짝 열리는 느낌을 받을 것이다. 그렇다면 심 봉사만이 아니라 모든 맹인들이 눈을 떴다는 「심청전」의 대단원은, 광명의 세계를 꿈꾸던 민중의 염원에 대한 소설적 응답으로 읽어도 무방하겠다. 여기에서 전국 맹인이 눈 뜬다는 설정도 단순한 과장은 아니다. 심청이 눈먼 이들 모두를 광명의 세계로 인도한 것은, 힘겨웠던 시절 이웃 사람들의 도움으로 살아간 데 대한 고마움을 잊지 않고 있었음을 암시한다. 심청은 그들이 젖과 밥을 주어 함께 길러 낸, 잊을 수 없는 모두의 어린 영웅이었던 것이다.

이런 광명의 세계는 참으로 고통스런 역경을 겪은 뒤에야 맞게 되는 것임을 결코 잊어서는 안 된다. 가련한 심청과 심 봉사는 참으로 어려운 시련을 견뎌 내야만 했다. 눈먼 아비를 두고 죽음의 길로 떠나야 했던 심청과 자신의 한때 실수로 어린 딸을 사지로 내몰아야 했던 심 봉사가 이별하는 대목은 그런 시련의 정점을 이룬다. 그리고 이들의 시련을 처음부터 지켜보았던 까닭에, 사람들은 맹인 잔치라는 대단원에 이르러 깊은 감동에 빠져들 수 있었던 것이다.

그러니 어찌 어둠에서 광명으로의 극적 전환이라 부르지 않을 수 있겠는가?

「심청전」의 결말에 연출되고 있는 축제적 분위기도 유의해서 볼 필요가 있다. 그곳은 춤과 노래가 어우러진, 그야말로 흥겨운 잔치 자리이다. 「춘향전」의 결말도 그러했다. 이 도령과 춘향의 재회, 그리고 이 도령에 의해 구원받은 남원부민의 기쁨은 한바탕의 춤판으로 마무리된다. 「심청전」도 그와 같다. 심청과 심 봉사의 극적인 해후, 그리고 기적같이 눈을 뜨게 되어 기뻐 어쩔 줄 모르던 심 봉사의 춤과 노래! 두 사람의 기쁨은 급기야 전국 맹인들이 동참하는 대규모의 축제로 확대된다. 어둠이 사라지고 환하게 밝아 오는 세상, 그건 암흑 속에 갇혀 지내야 했던 조선 후기 민중들의 해방의 염원이었을 것이다. 그런 염원이라면 지금도 누구나 간직하고 있을 것이고, 그렇다면 심청은 이 시대에도 여전히 구원의 여인이 아니겠는가?

심청의 어리석은 효행에 대한 변명

　　　　　　많은 사람들이 「심청전」을 읽으면서 "목숨을 버리면서까지 효를 실천하는 것이 올바른 선택인가?"라는 질문을 던지곤 한다. 눈먼 아비를 남겨 두고 죽는 것보다 살아서 봉양하는 것이 옳지 않을까 하는 생각 때문이다. 그럴 법하다. 사정이 이렇다면 그런 의문을 덮어둘 수는 없다. 그래서 죽음을 선택한 심청의 행위를 진정한 효라고 부를 수 있을까 다시 물어본다. 다음은 심청이 인당수에 뛰어들던 장면이다.

　　우두머리 뱃사람은 제문 읽기를 마치고는 북을 둥둥 울리고 심청을 쳐다보며 성화같이 재촉한다. "여보게, 심 낭자! 시간이 늦어 가니, 어서 급히 물에 들라." 심청이 이 말 듣고, 정신이 혼미해졌다. 겨우 뱃전을 붙들고서 손발을 벌벌 떤다. 그래도 부친 생각에, "여보시오,

선인님네. 우리 부친 계신 도화동이 어느 쪽이오?" 뱃사람이 손을 들어 멀리 도화동을 가리킨다. "저기 허공이 적막하고 흰 구름이 담담한 곳, 그 아래가 도화동일세!" 심청이 그곳을 바라보며 두 손을 합장한 채 뱃전에 꿇어 엎드린다. "아이고, 아버지! 심청은 죽거니와 아버지는 눈을 떠 천지 만물을 보옵소서. 나 같은 불효 여식을 생각지 마옵소서. 나 죽기는 섧지 않으나, 혈혈단신 우리 아버지 누구를 의지하실꼬?" 가슴을 뚜드리며 애걸 복통하다 자세를 고쳐 앉아 하느님께 비는구나. "비나이다, 비나이다. 하느님 전 비나이다. 부친의 깊은 한을 생전에 풀려 하고 이 죽음을 받사오니, 부디 아비 눈을 뜨게 하여 주옵소서." 〔…〕 심청이 뱃머리에 서서 물결을 굽어본다. 태산 같은 파도가 뱃전을 두드리고, 풍랑은 우르르르 들이쳐 물거품이 북적인다. 심청이 물로 뛰어들려다가 겁이 나서 뒷걸음질치다가 뒤로 벌떡 자빠진다. 망연자실 앉았다가, 바람맞은 사람처럼 이리 비틀 저리 비틀 뱃전으로 다가가서 다시 한 번 생각한다. '내가 이리 겁을 내며 주저주저하는 것은 부친에 대한 정이 부족한 때문이라. 이래서야 자식 도리 되겠느냐?' 마음을 다잡고서 치마폭을 뒤집어 쓰고, 두 눈을 딱 감았다. 그리고 뱃전으로 우루루루루 달려 나가 손 한 번 헤치고 넘실거리는 바닷속으로 몸을 던지면서, "아이고, 아버지! 나는 죽으오." 뱃머리에서 거꾸러져 깊은 물로 풍—

완판본 「심청전」

심청이 인당수에 몸을 던지는 이 대목을 사람들은 「심청가」의 '눈'이라고 일컫는다. 가장 감동적이라는 뜻이다. 그런데 이 대목이 감동적인 이유는 죽는 순간 인간적인 두려움에 떨고 있는 심청의 모습 때문이 아닐까? 드라마 〈모래시계〉에서 태수 역을 맡은 최민수도 사형장에서 이렇게 말했다, "나 지금 떨고 있니?"라고. 심청도 그랬다. 부친을 위해 죽음도 불사했건만, 넘실거리는 파도를 보고 무서워서 뒷걸음질하다 자빠지는 약한 인간이었다. 그러나 다시 마음을 다잡고 바다에 몸을 던진다. 너무도 인간적인, 그러나 평범함을 훌쩍 뛰어넘는 심청의 모습. 심청의 죽음이 눈물겹도록 감동적인 이유이다.

만약 심청이 두려움에 떨지 않고 곧바로 물로 뛰어들었다면, 그래서 효의 화신처럼 그려졌다면 어떻게 느껴졌을까? 실제로 심청을 효의 화신처럼 만들고 싶었던 판소리 작가 신재효(申在孝, 1812~1884)는 벌벌 떠는 심청의 모습이 못마땅했다. 그래서 이 대목을 "바람맞은 병신같이 이리 비틀 저리 비틀, 치마폭을 무릅쓰고 앞니를 아드득 물고, '애고, 나 죽네.' 소리 하고 물에가 풍 빠졌다 하되, 그리하여서야 효녀 죽음 될 수 있나?"라고 비판하며, 주저 없이 바다에 뛰어드는 것으로 고쳤다. 하지만 그리해서야 심청의 죽음이 감동을 줄 리 없다.

여기서 「심청전」의 주제 효에 대해 다시 생각해 볼 필요가 있다. 사람들은 심청이 남다른 효를 실천한 것이라 여긴다. 그 점 분명하다. 하지만 심청은 유교 윤리였던 효를 실천하기 위해 자기 몸까지 팔았던 것은 아니다. 인당수에 몸을 던지기까지, 전반부는 눈먼 부친이 어린 심청을 길러 내고 후반부는 심청이 부친을 봉양한다. 세상에 홀로였던 가련한 이들 부녀는 진정 한마음, 한 몸이었던 것이다. 심청이 구걸과 삯바느질로 부친을 봉양하다 마침내 몸까지 팔았던 것은 어린 자신을 키워

신재효는, 심청이 인당수에 빠지기 전 두려움에 떨고 있는 모습이 못마땅하여 죽음 앞에서도 의연한 완벽한 효녀의 모습으로 심청을 재창조했다. 고창 판소리박물관 소장.

준 눈먼 아비에 대한 인간적 보답, 아니 부녀간에 싹튼 정리로 이해해야 옳다. 뱃전에 선 그녀는, 죽음 앞에서 두려움에 떠는 자신을 두고 아비에 대한 '정'이 부족해서 그런 것이 아닌가 말하지 않았던가? 그런 그녀를 두고 "효녀네, 아니네", "잘했네, 잘못했네" 따지는 것은 애초부터 잘못된 흠집 내기였는지 모른다. 심청의 죽음이 감동적인 까닭은, 고난의 시간 속에서 인간적·육친적 관계가 싹틔운 자연스런 정리의 발로였기 때문이다. 그렇다. '인위적인 효행'과 '자연스런 마음'은 이렇듯 하늘과 땅처럼 다른 법이다.

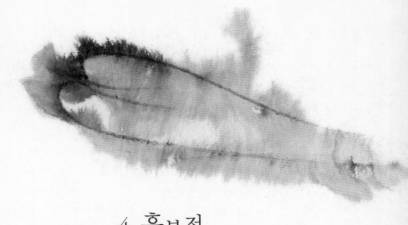

4. 흥부전

"여봐라, 둘째 놈아.
건넛마을 건너가서 형님 오시래라."

「흥부전」을
읽는 눈

　　흥부와 놀부, 너무도 친숙한 이름이다. 욕심 많은 형은 망하고 마음씨 착한 동생은 부자가 되었다는, 유치한 줄거리의 주인공들이다. 고전소설의 특징으로 꼽는 권선징악이라는 결말을 대표하는 작품이기도 하다. 그럼에도 그 뻔한 「흥부전」의 참뜻을 제대로 이해하고 있는 사람은 그리 많지 않은 듯하다.

　그렇다면 큰 문제다. 한 번 물어보자. 흥부가 부자 된 이유가 뭐냐고. 모두들 착했기 때문이라고 답할 게다. 그러면 다시 물어보자. 흥부가 보여 준 착한 일이 뭐냐고. 모두들 제비 다리를 고쳐 준 것이라고 답할 게다. 정답이다. 흥부가 제비 다리 고쳐 준 일, 그건 착한 일이고 그것 때문에 복을 받았다. 그렇지만 그게 흥부를 그토록 벼락부자로 만들어 줄 만큼 대단히 착한 일이었던가? 그 정도는 아니다. 예를 들어 기르던 강아지가 문틈에 발이 껴서 다쳤다면, 누구라도 동물병원에 데려가 치료를 해 줄 것이다. 그렇다면, 흥부는 사소한 일을 하고 분에 넘치는 복을 받은 게 아닌가? 하지만 어느 누구도 「흥부전」의 결말이 형평성을 잃었다고 생각하지 않는다. 모두 복을 받을 만하다고 생각한 것이다. 왜일까?

그걸 알기 위해서는 먼저 흥부가 어떤 사람인지 알아야 한다. 하긴 요즘 사람들은 흥부를 긍정적으로 보는 것조차 주저한다. 형에게 빌붙어 살았던 것, 가족을 굶주리게 했던 것을 들어 그의 의타성과 무능함을 꾸짖기까지 한다. 놀부를 근면하고 부지런하다며 본받아야 할 인물로 추켜세우는 대신. 하지만 생각해 보자. 흥부는 왜형 집에서 살고 있었을까? 맏아들이었던 놀부는 부모 재산을 몽땅물려받는 대신 아우인 흥부를 거둬 주기로 했다. 한정된 재산을 흩어지지 않게 하기 위해 장자에게 재산을 몰아주고 장자는 아우를건사해야 했던 일, 예전에는 흔한 현상이었다. 「흥부전」은 이런 불평등한 조선 후기의 상속 제도를 배경에 깔고 있었던 것이다.

그러나 인간이란 재물 앞에서 한없이 탐욕스러워지게 마련이다. 아니나 다를까, 놀부는 흥부가 점점 귀찮아졌다. 예전의 약속도 희미해지기 시작했다. 결국 아무런 예고도 없이, 송곳 꽂을 만한 땅도 주지 않은 채 흥부 가족을 쫓아냈다. 엄동설한에 닥친 날벼락 앞에서 흥부는 막막했다. 달리 변통할 방법이 없었던 흥부는 부인의 권유로 형을 찾아간다. 믿을 곳이라고는 천지 사방 형밖에 없었으니 그럴 만도 했다. 하지만 매만 실컷 맞고 돌아온다. 그때 흥부와 그의 아내는 깨닫는다. 자신을 도울 사람은 자신밖에 없다는 사실을. 그날부터 흥부 부부는 돈 되는 일이라면 무슨 일이든 닥치는 대로 했다. 그래도 헐벗고 굶주렸다. 게으르거나 무능력해서가 아니다. 그럴 수밖에 없었다. 세상천지에 날품팔이로 부자 된 사람이 한 명이라도 있었던가? 그런 흥부가 마지막으로 선택한 돈벌이는 매품이다. 자기 신체를 팔아서라도 가족을 먹여 살리려 애썼던 흥부.

인간이 이쯤 이르면, 다른 사람의 처지를 돌아볼 여유란 없다. 십중팔구 정신과 육체가 황폐해질 대로 황폐해져 버리기 때문이다. 하지만 흥부는 그렇지 않았다. 주린 배를 움켜쥐고 처마 밑에 쪼그리고 앉아 봄 햇살을 쬐고 있다가 우연히 목격한 광경. 제비 새끼가 날기 연습을 하다 다리가 부러져 파르르 떨고 있었던 것이다. '새다리'란 말이 본디 가는 것의 다른 이름이다. 그러니 새의 새끼 다리는 오죽이나 가늘었을까? 눈에 잘 띄지도 않았을 텐데, 가늘게 떨고 있는 것까지 보았다니! 흥부의 눈은 참으로 예사롭지 않다. 아니, 정말 예사롭지 않은 것은 제비 새끼가 불쌍하여 부러진 다리를 실로 찬찬 동여매어 주던 흥부의 마음이다. 자기 먹고살기도 힘들어 죽을 판인데, 미물의 고통에도 이렇듯 아파했으니. 흥부는 그래서 착한 사람인 것이다.

이것이 「흥부전」에서 놓치지 말아야 할 대목이다. 미물의 고통에도 가슴 아파할 수 있다면, 고통받는 인간에 대해서야 말할 필요도 없을 거라는 믿음. 맹자도 "측은하게 여기는 마음은 인을 행하는 실

마리다.(惻隱之心 仁之端也)"라고 하지 않았던가? 그렇다면 제비가 물어다 준 박씨는, 피눈물 나게 고생하면서도 착한 심성을 잃지 않았던 흥부에 대한 경외심의 표현이었던 것이다. 그런 흥부를 착하다는 말 한마디로 온전하게 표현할 수 있을까? 아니다. 그러면 뭐라고 부를까? 아름다운, 그래 흥부를 '아름다운 사람'이라 부르기로 하자. "아름다운 사람, 흥부!" 이런 흥부를 어찌하겠는가? 애써 외면하겠는가? 그리해서는 안 된다.

가난한 흥부의
제 모습 찾아 주기

　　　　　　　흥부와 놀부는 형제이다. 그렇다고 이들의
다툼을 형제간의 불화로만 볼 것은 아니다. 그들은 욕심 많은 형과
마음씨 착한 동생이라는 개별적 존재인 동시에 잘 사는 사람은 더
잘 살고 가난한 사람은 더 가난하게 되는, 이른바 부익부 빈익빈 현
상이 심화되던 조선 후기의 세태를 대변하는 인물이기도 했다. 헐
벗은 흥부의 모습은 당대 민중의 곤궁한 삶을 대변하고 있었던 것
이다. 놀부에게 쫓겨난 뒤 겪게 된, 흥부의 지독한 궁핍상을 잠시
들여다보자.

집 재목을 내려 하고 수수밭 틈으로 들어가서 수수깡 한 뭇을 베어
다가 안방·대청·행랑·몸채를 두루 짚어 아주 작은 말집을 꽉 짓
고 돌아보니 수숫대 반 뭇이 그저 남았구나. 안방이 넓든지 말든지

부부가 드러누워 기지개를 켜면 발은 마당으로 나가고, 대가리는 뒤 곁으로 나가고 엉덩이는 울타리 밖으로 나가니 동네 사람이 출입하다가, "이 궁둥이 불러들이소" 하는 소리, 흥부 듣고 깜짝 놀라 일어나 앉아 대성통곡한다. "애고 답답 서럽구나. 어떤 사람은 팔자 좋아 삼정승과 육조 판서로 태어나서 고래 등 같은 좋은 집에서 부귀 공명 누리면서 호의호식으로 지내는가. 내 팔자는 무슨 일로 말만한 오두막집에 하늘에 별이 비추면 지붕 아래서 별이 보이고, 하늘에서 비만 조금 내려도 방 안에는 홍수가 지는구나. 다 떨어진 자리와 베잠방이, 찬 방 헌 자리에 벼룩 빈대 등이 피를 빨아먹고, 앞문에는 살만 남고 뒷벽은 허물어져 동지섣달 추운 바람이 살 쏘듯이 들어오고, 어린 자식 젖 달라 하고 자란 자식 밥 달라니 차마 서러워 못 살겠네." 가난 중에 웬 자식은 풀마다 낳아서 한 서른 남짓 되니, 입힐 길이 전혀 없어 한 방에 몰아넣고 멍석으로 씌우고 대가리만 내어 놓으니, 한 녀석이 똥이 마려우면 다른 녀석들이 함께 따라간다. 그중에 자식들이 값진 먹을 것을 다 찾는구나. 〔…〕 (자식들이) 이렇듯 보챈들 무엇 먹여 살려 낼까? 집안에 먹을 것이 있든지 없든지, 소반이 네 발로 하늘께 축수하고, 솥이 목을 매어 달리고, 조리가 턱걸이를 하고, 밥을 지어 먹으려면 달력을 보아 갑자일이면 한 끼씩 먹고, 생쥐가 쌀알을 얻으려고 밤낮 보름을 다니다가 다리에 가래톳이 서서 종기 따고 앓는 소리에 동네 사람이 잠을 못 자니, 어찌 아니 서러울 건가? 경판본 「흥부전」

묵은 밭에 가서 수숫대를 베어 허름하게 대충 얽어매고 살던 집, 자식이 많아 일일이 옷을 입힐 형편이 못 되어 멍석에 구멍을 뚫고 함께 지내게 하던 모습. 찰리 채플린이 만든 유명한 영화 〈모던 타임즈〉와 방불하다. 거기에도 미국 노동자들의 궁핍한 생활이 무척 해학적으로 그려져 있어, 보는 사람으로 하여금 한없이 웃게 만든다. 하지만 웃어서는 안 되는 상황이다. 위에 인용한 「흥부전」의 대목도 그러하다. 비극적 상황을 해학적으로 표현하고 있는 이 대목에서, '울리고 웃기기'라는 판소리의 독특한 미학을 만끽하게 된다. '눈물 나게 기뻐 죽겠다'는 말이 있는 것처럼, '웃음 나게 슬퍼 죽겠다'는 상황도 있는 걸까? 그래, 슬픈 일이 한꺼번에 몰려들면 울다 못해 어이없어 웃음이 나기도 하는 법이다.

흥부의 가난도 그와 같았다. 이런 흥부는 형의 도움에만 의지하려 한다거나 신세 한탄으로 세월을 보내는 인물이란 핀잔을 들어야 했다. 의타적이고 무능력하다는 것이다. 처자식도 먹여 살리지 못하는 주제에 착한 마음 하나로 세상을 버텨 보려 했으니 무기력하게 보일 법도 하다. 놀부에게도 그렇게 보였거니와 부자 되는 걸 최고의 행복으로 여기는 요즘 사람의 눈에야 말할 나위가 있겠는가? 그렇지만 흥부에 대한 비난이 비뚤어진 가치관의 소산이라는 점은 차치하고라도, 작품을 꼼꼼하게 읽고 내린 결론도 아니라는 게 문제다. 작품을 읽어 보면 알겠지만, 흥부는 의타적이거나 게으른 인물이 아니다. 놀부에게 쫓겨난 뒤, 자신이 처한 궁핍한 삶 속에서 점차 새로운 인물로 변화되어 갔다. 변화의 계기는 놀부를 찾아갔다가 매만 맞고 돌아오면서, 자신을 도와 줄 사람은 자기밖에 없다는 사실을 깨달으면서부터다. 과정은 이러했다.

흥부는 할 일 없어 뜰 아래서 문안하니, 놀부 묻는다. "네가 누구인고?" 〔…〕 "애고, 형님. 이것이 웬 말이오? 비나이다, 형님 전에 비나이다. 세 끼 굶어 누운 자식 살려 낼 길 전혀 없으니 쌀이 되나 벼가 되나 양단간에 주시면 품을 판들 못 갚으며, 일을 한들 공할쏜가? 부디 옛일을 생각하여 사람을 살려 주오." 애걸하니 놀부 놈의 거동 보소. 성난 눈을 부릅뜨고, 열을 올려 호령한다. "너도 염치없다. 내 말들어 보아라. 하늘은 녹이 없는 사람을 내지 않고, 땅은 이름 없는 풀을 내지 않는 법이다. 네 복은 누구를 주고, 나를 이리 보채느냐? 쌀이 많이 있다 한들 너 주자고 노적 헐며, 벼가 많이 있다 한들 너주자고 섬을 헐며, 돈이 많이 있다 한들 피목 궤에 가득 든 것을 문을 열며, 가루 되나 주자 한들 북고왕 염소독에 가득 넣은 것을 독을 헐며, 의복이나 주자 한들 집안이 고루 벗었거든 너를 어찌 주며, 찬밥이나 주자 한들 새끼 낳은 검은 암캐 부엌에 누웠거든 너 주자고 개를 굶기며, 지게미나 주자 한들 구중방 우리 안에 새끼 낳은 돼지누웠으니 너 주자고 돼지를 굶기며, 겨 섬이나 주자 한들 큰 소가 네필이니 너 주자고 소를 굶기랴? 염치없다, 흥부 놈아." <u>경판본「흥부전」</u>

처참한 광경이다. 동생이 찾아와도 모르는 사람처럼 대하던 형 놀부, 굶주린 동생이 양식을 구걸해도 거절하던 부자 놀부, 도움은 커녕 매질하여 쫓아 보내는 놀부의 악행으로 가득 찼다. 동생으로서 형에게 맞는 것이야 참을 수 있었을지 모른다. 그러나 놀부에게 들었던 말은 결코 잊을 수 없었을 것이다. 개를 굶길 수 없어 찬밥도 줄 수 없다, 돼지를 먹이려니 지게미도 줄 수 없다, 소를 주기 위해 겨조차 줄 수 없다던 그 모욕을 어찌 잊을 수 있겠는가? 놀부는 동생보다 개, 돼지, 소를 더욱 소중하게 여기던 위인이었다. 판단 기준은 물론 '자신에게 이익이 되는가, 되지 않는가' 였다.

가축보다 못한 취급을 당한 그 잊을 수 없는 날 아침, 흥부는 빈손으로 돌아온다. 그리고 다시는 놀부를 찾아가 손을 벌리지 않았다. 그런 흥부를 의타적인 인물이라고 비난하는 것은 옳지 않다. 그렇다면 흥부가 게을렀던가? 그렇지 않다. 흥부 부부는 남에게 의존하지 않고, 굶주린 가족을 먹여 살리기 위해서라면 아무리 험한 일도 마다하지 않았다. 그 장면을 보자.

흥부 아내 품을 판다. 용정방아 키질하기, 술 파는 집에 술 거르기, 초상집에 상복 짓기, 제삿집에 그릇 닦기, 굿하는 집에 떡 만들기, 언 손 불고 오줌 치기, 얼음 녹으면 나물 뜯기, 봄 보리 갈라 보리 놓기, 온갖으로 품을 판다. 흥부는 정이월에 가래질하기, 이삼월에 부침하기, 일등 전답 못논 갈기, 입하 전에 면화 갈기, 이 집 저 집 이엉

엮기, 더운 날에 보리 치기, 비 오는 날 멍석 만들기, 먼 산 가까운 산
에 나무하기, 곡식 장수 짐 져주기, 각읍 주인 삯길 가기, 술만 먹고
말 짐 싣기, 오 푼 받고 마철 박기, 두 푼 받고 똥재 치기, 한 푼 받고
비 매기, 식전에 마당 쓸기, 저녁에 아이 만들기, 온갖으로 다하여도
끼니가 간데없다. 경판본 「흥부전」

　흥부 부부가 살기 위해 뛰어든 일들이다. 그들은 한시도 쉬지 않
고 밤낮으로 일했건만 늘 굶주렸다. 게을렀기 때문이 아니다. 역사
가 생긴 이래, 날품팔이를 하여 부자가 되기는커녕 하루 세 끼 넉넉
하게 먹고살 수 있었던 사람은 거의 없었다. 다른 사람을 속이거나
권력에 빌붙어 비리를 일삼지 않고서는 말이다. 그런데도 흥부를
게을렀기 때문에 가난했다고 꾸짖어서는 안 된다. 더욱이 살기 위
해 발버둥질 치던 흥부 부부의 모습에서 유의해서 볼 대목이 있다.
하루하루 목숨을 부지하기 위해 온갖 날품팔이를 했건만, 흥부 부
부는 가장 손쉬운 일 하나만은 하지 않았다. 구걸이 그것이다. 대단
하다. 어떻게 이리 힘든 처지에 놓여 있으면서도 남에게 구걸을 하
지 않았던가? 자신의 궁핍을 자신의 노력으로 이겨 내겠다는 굳은
다짐이 없고서는 불가능한 일이다. 흥부 부부는 그런 사람들이었
다. 앞서 읽었던 심청이 그러했던 것처럼.
　그러나 눈물겨운 분투에도 불구하고, 그들은 끼니조차 제대로 이
어 갈 수 없었다. 마침내 가족을 먹여 살릴 수 있다면, 목숨을 거는

● ● ●
헐벗고 굶주린 흥부의 모습은 당대 민중의 고단한 삶을 대변하고 있다. 열심히 일한 뒤 새참을 먹고 있는 일꾼들의 모습에서 백성들의 소박한 꿈을 엿볼 수 있다. 김홍도의 〈새참〉. 국립중앙박물관 소장.

일까지도 마다하지 않게 된다. 작품에서는 흥부의 비장한 각오를 매품팔이를 통해 그려 내고 있다. 매품팔이란 돈을 받고 남의 매를 대신 맞아 주는 것으로, 당시 가장 비참한 품팔이였다. 흥부의 아내는 감영에 매품 팔러 갔다가 매 삯을 받기는커녕 목숨 먼저 끊어질 것이라고 만류했지만, 흥부는 부인의 등을 두드리며 다음과 같이 눈물겨운 말을 한다.

여보 마누라, 볼기 내력 들어 보오. 이놈이 장원 급제하여 초헌 위에 앉아 보며, 팔도 감사 하였으니 선화당에 앉아 보며, 이골 좌수가 되었으니 향청 마루에 앉아 볼까? 쓸데없는 이 볼기짝, 감영에 올라가 볼기 삼십 대만 맞으면 돈 삼십 냥 생길 터이니, 열 냥은 고기 사서 매 맞은 소복하고, 열 냥은 쌀을 팔아 집안 식구 포식하고, 남은 열 냥 가지고는 소를 사세. <u>박봉술 창본 「흥부가」</u>

흥부가 부르는 '볼기짝타령'의 한 구절이다. 여기서도 비극적 상황을 해학적으로 풀어 내는 판소리의 기법이 잘 드러나 있다. 물론 말하는 사연은 슬프다. 자기 한 사람의 희생으로 온 가족이 배불리 먹을 수 있다면, 그리고 농사짓는 밑천인 소를 살 수 있다면, 그 어떤 고통도 피해 가지 않겠다는 흥부의 비장한 각오! 그렇지만 흥부는 매품조차 팔지 못했다. 흥부보다 더 가난하고 눈치 빠른 옆집 꾀쇠아비가 먼저 매를 맞으러 갔기 때문이다. 흥부 부부는 더욱 심한 궁핍과 절망 속으로 빠져들었다.

그때 흥부 부부는 "어떤 사람은 팔자 좋아 고대광실 높은 집에 부귀 공명 누리며 호의호식하건만, 세상에 난 연후에 옳지 않은 일 아니 하고 밤낮으로 벌어도 하루 세 끼 밥도 먹을 수 없고 일 년 사시사철 헌 옷뿐"이라며 하늘에 그 뜻을 묻는다. 이처럼 공평하지 못한 삶, 이것이 흥부 부부가 처했던 조선 후기의 엄연한 현실이었다. 이런 사정을 제대로 읽지 않은 채, 흥부를 의타적이라거나 게으르다고 손가락질해서야 되겠는가? 예나 지금이나 가난하다는 이유만으로 사람을 손쉽게 평가해서는 안 되는 법이다.

부유한 놀부,
성공과 파멸의 신화

조선 후기 농촌 사회에는 흥부처럼 점점 궁핍해지는 부류가 있었는가 하면, 놀부처럼 재물을 모아 점점 넉넉하게 살아가는 부류도 생겨났다. 놀부의 조상은 남의 집 종살이를 했던 미천한 신분이었다. 천한 신분으로 태어났지만 놀부는 엄청난 재물을 소유하고 있어 양반처럼 떵떵거리며 살 수 있었다. 그런 점에서 놀부는 못된 심술에도 불구하고 주목할 만한 입지전적 인물임에 틀림없다. 그가 돈을 버는 모습을 살펴보자.

부모가 나눠 준 전답을 저 혼자 차지하고, 농사짓기 일삼는다. 윗물 좋은 논에 모를 붓고, 구렁 논에 찰벼 하고, 살진 밭에 면화 하기, 자갈밭에 서숙 갈고, 황토밭에 참외 놓으며, 비탈 밭에 담배 하기, 토옥한 밭에 팥을 갈아, 울콩·불콩·청대콩이며, 동부·녹두·기장이며, 참깨·들깨·피마자를 사이사이 심어 두고, 때를 찾아 기음 매여 우걱지걱 실어 들여 앞뒤 뜰에 노적露積하네.

임형택 소장본 「박흥보전」

놀부가 재물을 축적할 수 있었던 것은 첫 문장에 나오는 것처럼 부모가 물려준 논과 밭을 저 혼자 차지할 수 있었기 때문이다. 물론 놀부는 부모가 물려준 재산만 가지고 놀고 먹지 않았다. 적절하고도 기민한 방법으로 농사를 지어 재물을 계속 늘려 갔던 것이다. 토양에 적합한 곡식을 가려 심고, 수익성 좋은 상업 작물을 재배하고, 때를 잘 맞춰 부지런히 가꾸는 모습은 놀부가 얼마나 합리적으로 경영했는가를 보여 준다. 탓할 것 없는, 본받아야 할 농부의 자세일 것이다.

하지만 놀부는 그것으로 만족하지 않았다. 재물을 모으는 일이라면 무슨 짓이든 서슴지 않았던 것이다. 마을 공동 소유인 산을 몰래 팔아 먹는가 하면, 일 년 동안 부려 먹던 머슴을 품 값도 주지 않은 채 내쫓고, 빚 못 갚는 집에 가서 계집 빼앗아 오는 일도 예사로 여겼다. 남이 잘 되는 꼴은 배가 아파 눈 뜨고 보지 못했다. 그래서 남의 노적가리에 불을 지르고, 이웃 논의 물꼬를 남몰래 터놓는 심술도 부렸던 것이다. 이렇듯 갖가지로 나열되어 있는 놀부의 심술을 찬찬히 들여다보면, 자신의 이익과 관련되지 않은 것은 하나도 없다. 유명한 놀부의 심술을 직접 읽어 보기로 하자.

놀부의 심사를 볼작시면, 초상난 데 춤추기, 불 붙는 데 부채질하기, 해산한 데 개·닭 잡기, 장에 가면 억지로 흥정하기, 집에서 몹쓸 노릇 하기, 우는 아이 볼기 치기, 갓난아기 똥 먹이기, 무죄한 놈 뺨 치기, 빚 값에 계집 뺏기, [⋯] 자친 밥에 돌 퍼붓기, 패는 곡식 삭 자르기, 논두렁에 구멍 뚫기, 호박에 말뚝 박기, 곱사등이 엎어 놓고 발꿈치로 탕탕 치기, 심사가 모과나무의 아들이라. 이놈의 심술은 이러하되, 집은 부자라 호의호식하는구나. 경판본 「흥부전」

놀부는 인간이 지켜야 할 윤리에 도통 아랑곳하지 않던 존재였다. 놀부가 지닌 삶의 가치는 오로지 재물 모으는 데만 있었다. 자신의 이익을 위해서라면 못 하는 짓이 없었고, 남의 불행은 뭐든지 자신의 행복으로 여기던 자였다. 그런 놀부를 '탐욕의 화신' 아니면 '재물의 노예'라 부를 수 있겠다. 놀부가 삼강오륜의 도리를 하찮게 보았던 것도 자신이 추구하는 경제적 이익에 아무런 도움이 되지 않는다고 생각했기 때문이다. 하나밖에 없는 동생까지도 재산 축적에 방해가 된다고 쫓아냈는데, 충이니 효니 열을 말해 무엇하겠는가?

놀부의 사고 방식과 행동 양식은 중세 봉건제 사회를 해체하는 데 일조했다고 할 수 있다. 많은 사람들에게 질곡으로 작용했던 봉건적 윤리 규범을 여지없이 무너뜨렸기 때문이다. 부지런한 삶의 태도와 함께 놀부를 긍정적으로 평가할 만한 대목이다. 그렇지만 역기능도 간과할 수 없다. 놀부는 더불어 함께 살아가던 공동체의 질서를 무시하고 재물을 최고로 여기는 황금만능주의를 확산시켜 나갔던 것이다. 판소리 광대들은 그런 부정적인 측면을 문제 삼았다. 재물의 위력이 날로 중요해지는 시대에, 놀부처럼 극단적인 방법으로 이익을 추구하는 태도를 단호하게 경계했던 것이다. 작품 후반부에서 길게 펼쳐지는 놀부에 대한 징치는, 인간관계를 황폐화시키는 이익 추구의 폐해에 대한 당대 사람들의 반감이 얼마나 컸는지를 단적으로 보여 준다.

도대체 이익 추구에 얼마나 골몰했던 인물인가? 그것은 '놀부 박'을 보면 알 수 있다. 놀부의 파멸은 제비가 물어다 준 박 때문인 것으로 그려진다. 황당하기 그지없는 방식이다. 하지만 황당한 힘에만 의존하고 있는 것은 아니다. 놀부를 부유하게 만든 재물에 대한 탐욕이 이젠 그를 파멸로 이끌어 가게 된다는, 현실적인 방식으로 전개되기 때문이다. 그게 무슨 말인가? 잘 알고 있는 것처럼, 놀부는 많은 재물을 얻을 수 있다는 계산으로 무고한 제비를 잡아 다리를 부러뜨린다. 충분한 재물을 갖고 있으면서도 더 큰 부자가 되려는 욕심에 재앙을 자초한 셈이다. 놀부의 파멸은 우연만이 아닌 것이다.

그뿐만이 아니다. 제비가 물어다 준 박씨를 심었다가 화를 겪게 되는 과정도 마찬가지다. 놀부는 박을 탈 때마다 재물을 빼앗겼다. 그만 타야 하는데도 놀부는 박 타는 걸 멈추지 않는다. 다음 박에서는 금은보화가 잔뜩 들어 있을지도 모른다는 기대 때문이었다. 지켜보던 삯꾼과 아내들이 애써 놀부를 말렸지만 그는 듣지 않고 이렇게 말한다. "흥하면 흥하고 망하면 망한다."라고. 끝까지 포기하지 않는 놀부의 놀라운 집념, 이것은 탐욕에 눈먼 자의 한탕주의이거나 도박 근성에 다름 아니다. 칼로 일어선 자 칼로 망한다는 격언처럼, 놀부는 탐욕으로 일어선 자 탐욕으로 망한다는 말에 꼭 들어맞는 인물이다.

이것이 놀부의 성공과 파멸의 신화에 담긴 비밀이다. 「흥부전」은 신비로운 '제비 박'의 설정에도 불구하고 그 과정은 철저하게 현실 법칙을 따르고 있는 셈이다. 재물에 대한 탐욕으로 파멸을 맞게 된 놀부, 그의 종착점은 어디였던가?

집 위에 올라가 보니, 박 한 통이 있는데 빛이 누르고 불빛 같았다. 놀부 비위가 동하여 따 가지고 내려와 한참 타다가 귀를 기울여 들어 보니, 아무 소리 없고 구린내가 물씬물씬 맡아졌다. 놀부 하는 말이, "이 박은 농익어 썩은 박이로다." 하고 십분의 칠팔 분을 타니, 홀연 박 속에서 광풍이 크게 일어나며 똥 줄기 나오는 소리 산천이 진동하는지라. 온 집안이 혼이 나가 대문 밖으로 나와 문틈으로 엿보니, 된똥·물찌똥·진똥·마른똥 여러 가지 똥이 합하여 나와 집 위까지 쌓였는지라. 놀부 어이없어 가슴을 치며 하는 말이, "이런 일도 또 있는가. 이러할 줄 알았으면 동냥할 바가지나 가지고 나왔으면 좋을 뻔하였다." 하고, 뻔뻔한 놈이 처자를 이끌고 흥부를 찾아가느니라. 경판본 「흥부전」

경판본 「흥부전」의 결말이다. 놀부의 마지막 박에서는 똥이 산처럼 쏟아져 나왔던 것이다. 그게 의미하는 것은 뭘까? 심술 많던 놀부에게 더러운 똥을 퍼붓는다? 통쾌하기는 하지만 그런 의미는 아니다. 누런 황금을 좇던 놀부가 끝내 누런 똥을 뒤집어써 '황금 덩어리'가 되고 말았다는 뜻이다. 판소리 광대들은 황금만능주의자의 말로를 이렇게 재미있게 보여 주었던 것이다.

그럼에도 놀부는 뉘우치지 않는다. 대신, "이런 일도 또 있는가? 이러할 줄 알았으면 동냥할 바가지나 가지고 나왔으면 좋을 뻔하였다." 하고는 처자식을 데리고 흥부를 찾아간다. 작가는 그런 놀부를 아주 냉소적인 시선으로 그리고 있다, '뻔뻔한 놈'이라고 부르면서. 자기 욕심만 추구하던 놀부 같은 자에 대한 당대인의 증오심이 얼마나 깊었는지 알 만하다. 판소리의 세계는 사람들의 허물을 따스하게 보듬어 주기도 하지만, 뉘우치지 않는 인물에 대해서는 이처럼 가차 없이 단죄하기도 했던 것이다. 해피엔딩이라는 고전소설의 '유치한' 결말이 지닌 엄정함이다.

흥부 박과 놀부 박이 담고 있던
현실의 모습

「흥부전」의 전반부가 조선 후기 부익부 빈익빈이 초래한 모순을 그리고 있다면, 후반부는 제비가 물어 온 박씨를 통해 그 문제를 해결하는 과정을 그리고 있다. 그런데 각각의 내용을 다루는 방식이 무척 다르다. 전반부에서는 놀부의 악행과 흥부의 궁핍이 사실적으로 그려지고 있는 데 반해, 후반부에서는 흥부의 성공과 놀부의 파멸이 환상적으로 그려지고 있다. 다 알고 있듯, 기적처럼 믿기 어려운 박이 등장하는 것이다. 박이 등장하는 까닭이 뭘까? 빈부 모순의 해결이 제비가 준 '박' 을 통해 환상적인 방법으로 처리되는 것은, 신비로운 도움이 아니고서는 그 문제를 해결할 수 없었던 현실을 암시한 것이다. 정상적인 방법으로는 흥부를 부자로 만들고, 놀부를 망하게 할 수 없었던 것이다. 따라서 제비가 가져다 준 신비로운 박은 찢어지게 가난한 흥부를 위한 당대인의 소설적 보답이었던 셈이다.

거기에는 또한 그네들이 꿈꾸었던 세상의 모습이 담겨 있다. 흥부가 형 놀부에게 쫓겨날 때, 모두들 "군자 같은 그 마음에 어디 가면 못 살겠나, 아무 데 가도 부자 되지."라고 믿었다. 그러나 현실은 그렇지 못했다. 흥부는 가난을 면치 못했는데, 이를 지켜보던 사람들은 "세상이 어찌 이리도 불공평한가?"라며 하늘을 의심했다. 착하게 열심히 살면 하늘이 복을 준다고 믿지 않았던가? 그게 지켜지지 않는 현실에 대해 깊은 회의를 품었던 것이다. 그리하여 판소리 광대들은 성실히 살아가면 반드시 하늘에서 복을 내려 주고, 자기만 잘 살려고 악행을 저지르면 언젠가는 대가를 치르게 된다는 삶의 이치를 보여 주고 싶었다. 모든 사람들이 꿈꾸던 올바른 세계를 제비 박을 통해 보여 주었던 것, 이것이 신비로운 제비 박을 등장시킨 이유다.

그렇다면 먼저 흥부 박을 보자. 흥부 박은 모두 세 통이 열린다. 왜 굳이 세 통이었을까? 이유는 간단하다. 거기에서는 '쌀과 돈', '각종 비단', '고래 등 같은 집'이 나온다. 밥과 옷과 집, 즉 식·의·주를 해결해 주기 위해 박 세 통이면 족했던 것이다. 그것은 가난한 사람이 꿈꿀 수 있는 전부이기도 했다. 그런데 꿈만 같던 부자가 되는 과정에서 흥부가 보인 태도를 눈여겨볼 필요가 있다.

궤를 찰칵찰칵 번쩍 떠들어 놓고 보니 흰 쌀이 한 궤 수북. 또 한 궤를 찰각찰각 번쩍 떠들어 놓고 보니 돈이 한 궤 수북. 돈과 쌀을 탁 비워 놓고 보니 도로 수북. 흥부 마누라는 쌀을 들고 흥부는 돈을 들고 한 번 떨어 부어 보는데, 휘모리로 바짝 몰아 놓고 떨어 붓것다. 〔…〕어찌 떨어 부어 놓았던지 쌀이 일만 구천 석이요, 돈이 일만 구천 냥이라. 흥부가 궤 속을 가만히 들여다보니깐 노란 엽전 한 궤가 딱 있지. 쑥 빼 들고는 흥부가 좋아라고 한 번 놀아 보는데, "얼씨구나 좋을씨고, 얼씨구나 좋을씨고, 얼씨고 절씨고 지화자 좋구나, 얼씨구나 좋을씨고. 돈 봐라, 돈 봐라, 얼씨구나 돈 봐라. 잘난 사람은 더 잘난 돈, 못난 사람도 잘난 돈. 생살지권生殺之權을 가진 돈, 부귀공명이 붙은 돈. 이놈의 돈아, 아나 돈아, 어디를 갔다가 이제 오느냐? 얼씨구나 돈 봐라. 야, 이 자식들아, 춤춰라. 어따, 이놈들 춤을 추어라. 이런 경사가 어디 있느냐? 얼씨구나 좋을씨고. 둘째 놈아 말 듣거라. 건넛마을 건너가서 너의 백부님을 오시래라. 경사를 보아도 형제 볼란다. 얼씨구나 좋을씨고. 지화자 좋을씨고. 불쌍하고 가련한 사람들, 박흥부를 찾아오소. 나도 내일부터 기민을 줄란다, 얼씨구나 좋을씨고. 여보시오 부자들, 부자라고 뻐기지 말고 가난타고 한을 마소." 박봉술 창본 「박타령」

「흥부전」 가운데 가장 흥겹게 부르는 '돈타령' 대목이다. 박에서 쏟아져 나온 돈을 보고 흥부가 기뻐 어쩔 줄 모르고 있다. 이 대목에서 돈의 힘이 얼마나 큰지 잘 드러나 있다. 돈의 많고 적음으로 인간됨이 평가되고, 심지어 사람을 죽이기도 하고 살리기도 하는 돈의 위력! 이런 돈을 누가 마다할 것인가? 흥부야말로 돈 없는 설움을 누구보다 뼈저리게 겪었던 사람이다. 그런 그에게 돈이 쏟아져 나왔다. 그때 흥부는 어떤 생각을 했던가? 자기가 돈 없어 당했던 설움을 다른 사람에게 되갚으려 하지 않았다. 대신 돈에 눈이 어두워 자기를 내쫓았던 형 놀부를 불러 기쁨을 함께하고자 했다. 어디 그뿐인가? 자기처럼 가난하고 굶주린 사람을 구제하겠단다. "불쌍하고 가련한 사람들, 박흥부를 찾아오소. 나도 내일부터 기민饑民을 줄란다."라고 하며.

흥부가 보여 준 태도는 참으로 빛난다. 돈 때문에 황폐화된 인간관계를 반성하고, 모두가 잘 사는 세상을 꿈꾸던 민중 의식이 돋보이기 때문이다. 앞에서 흥부를 아름다운 사람이라고 불러야 한다고 했다. 제비 같은 미물의 아픔에도 따뜻한 관심을 보였던 사람, 힘겹게 살아가는 사람들의 아픔도 능히 헤아릴 줄 알았던 사람. 정말이지 아름다운 사람이다, 흥부는.

다음으로 놀부 박을 보자. 놀부 박은 몇 통일까? 이본에 따라 조금씩 차이가 나는데, 적게는 여섯 통이고 많게는 열다섯 통이다. 흥부 박이 세 통인 것에 비해 엄청나게 많은데, 그만큼 놀부를 벌주고 싶은 민중의 마음이 컸기 때문이리라. 그리하여 놀부는 그 많은 제비 박에 의해 파멸의 길로 빠져든다. 아니, 제비 박 때문이 아니다. 실은 자신의 탐욕 때문에 파산하게 된다. 놀부는 어떻게 망하는가?

「흥부전」을 제대로 읽지 않은 사람에게 물어보면, 놀부 박에서 도깨비나 뱀 같은 것이 나온다고 말한다. 그렇지 않다. 제비 박은 무척 환상적이지만, 그 속에서 나오는 것들은 매우 현실적이다. 바로 사람들이 나온다. 어떤 사람들인가? 수백 수천 명에 달하는 거지 떼·풍각쟁이패·사당패·초라니패·짐꾼들은 물론 몰락한 양반들도 나온다. 이들이 때로는 힘으로, 때로는 놀이 값으로, 때로는 점쳐 준 대가로, 때로는 상놈을 면해 주는 대가로 돈을 빼앗아 가는 것이다.

왜 하필 이들이 나와서 돈을 빼앗아 가는가? 이건 「흥부전」을 이해하는 데 있어 가장 중요한 질문이면서 판소리 광대가 진정으로 말하고 싶었던 대목이기도 하다. 작품 서두에 열거된 놀부의 심술 몇 가지를 다시 한 번 살펴보자. '가난한 양반 보면 관 찢기', '거지가 찾아오면 동냥 자루 찢기', '초라니패들이 오면 작은 북 빼앗기', '옹기 장수의 지게 쓰러뜨리기'. 놀부가 평소 구박하고 괄시하던 부류들이다. 그런데 그들이 놀부 박에 들어앉아 놀부를 찾아온 것이다. 온 나라에서 모여들어 떼를 이루어서! 이게 무슨 의미인지 짐작할 수 있으리라. 놀부를 파멸로 몰아간 사람들은 다름 아닌 놀부에게 온갖 수모를 받으며 살던 사람들인 것이다. 놀부와 같은 소수의 부자들이 점점 더 부유해지면서 다수의 가난한 사람들은 점점 더 가난해졌다. 그리하여 가난한 사람들은 삶의 터전을 잃고 여기저기 떠돌아다니면서 구걸도 하고, 장사도 하고, 놀이패에 들어가기도 했다. 유랑민으로 전락한 것이다. 그랬던 그들이 수백 수천의 무리를 이루어 이제까지 당한 수모에 대해 분풀이했던 것이다. 놀부는 꼼짝 못 하고 그들의 요구에 순순히 따른다. 본디 가진 자들은 '단합된 무리'를 가장 두려워하는 법이다.

몇 번 손해를 보았을 때 그만 타야 할 박을 계속 타다가 결국 파멸하고 만 것이 재물에 눈먼 놀부의 자업자득이라면, 이들 유랑민에 의한 파멸이야말로 '진짜' 자업자득이라 하겠다. 놀부와 같은 부자들이 그 많은 재물을 조금씩 나누어 주었더라면, 그들이 고향을 떠나 비참한 유랑민 생활을 하지 않아도 되었을 테니까. 결국 부자들이 더 많은 재물을 모으기 위해 가난한 사람을 구제하지 않고 자기 욕심만 부리다가 이렇게 파산하고 말았던 것이다.

「홍부전」의 후반부는 조선 후기 숱하게 일어났던 민란民亂을 연상시키기도 한다. 그때 궁핍한 백성들은 힘을 모아 부자들을 공격했다. 흥미로운 점은 민란을 연상시킬 법한 그 과정을, 「홍부전」은 살벌하게 다루는 대신 흥겹게 그리기도 한다. 잠시 놀부 박의 한 대목을 보자.

박이 딱 쪼개져 노니, 박통 속에서 남사당패 · 여사당 · 거사 · 초라니패 · 각설이패, 모다 이런 것들이 나오것다.

"야, 거 나오던 중 기중 낫다마는, 그럼 어디 한 번 놀아 봐라."

"아이 샌님, 그렇게 함부로 얼른 노는 것이 아니올시다."

"그럼 어쩐다냐?"

"여기서 한 번 우리가 노는 데 구경 값이 천 냥이올시다."

"뭣이, 천 냥이여? 아따, 너무 비싸다."

"아따, 샌님도. 이왕 없어진 돈, 뭣이 그리 아까워서 그래 쌓소. 천 냥 주고 한 번 재밌게 노시오."

"그려? 그럼 어디 한 번 노는 구경이나 해 보자. 한 번 놀아 봐라."

박봉술 창본 「흥부가」

사당패 · 거사패 · 초라니패 · 각설이패 등 온갖 놀이패들과 실랑이를 하고 그들이 벌인 흥겨운 놀이를 보며 웃고 즐기는 사이, 놀부는 자신도 모르게 재산을 조금씩 탕진해 간다. 이런 유쾌한 놀이 방식을 취한 까닭은, 원수 같은 놀부의 파멸을 통쾌하게 여기던 민중들에게 신명 나는 놀이판을 마련해 주기 위한 판소리 광대들의 배려일 것이다. 그런데 재물에 그토록 악착같이 집착하던 놀부가 놀이판에 빠져들어 그 많던 재산을 털어 먹게 된다는 설정은, 나름대로 현실적인 근거가 있는 것이다. 예나 지금이나 졸부들 가운데 도박이나 유흥 등에 빠져 재산을 탕진한 자들이 얼마나 많았던가? 쾌락을 한 번 맛보면 끝내 헤어나지 못하는 것도 그들의 못된 습속 가운데 하나이다. 어쨌든 박을 탈 때마다 갖가지 방식으로 재물을 빼앗기던 놀부는 마침내 무시무시한 장비와 맞닥뜨리게 된다.

호통 소리 진동하며 대포 소리가 한 번 쾅 울리며 한 장수 나온다. 먹장 얼굴 고라니 눈에 흑총마 올라타고 사모 장창 번뜻 들고 우레 같은 큰 소리를 천둥같이 내지르며, "이놈 놀부야. 옥황상제 나를 불러 인간 놀부 놈이 인륜을 저버리고 동생 흥부 박대하며 살해 인생 괘씸타고 나에게 잡아 오라기에 상제의 명을 받아 너 잡으러 왔다. 네가 호색하는 놈인 줄 알거니와 네 동생은 양귀비를 첩 삼았거니와 너는 마침 나를 만났으니 아나 예따 내 비역이나 하여라." 놀부 놈 겁을 내어 "거, 웬일이요?" 장비 눈을 부릅뜨며 놀부 앞으로 엎어뜨리며, "이놈 잘 먹어 가며, 한 보름만 하여 보자."

하버드대학 소장본 「흥부전」

앞서 놀부 박에서는 전국의 유랑민들이 꾸역꾸역 나오더니, 이젠 난데없이 장비가 나타난다. 이는 경판본 「흥부전」을 읽어야 이해가 된다. 거기서는 흥부 박이 식·의·주를 해결해 주는 박 세 통 외에 작은 박 하나가 더 있는 것으로 되어 있다. 남부러울 것 없는 부자가 된 흥부에게, 판소리 광대들은 장난스럽게 박 하나를 더 만들어 예쁜 양귀비까지 주었던 것이다. 여자들이 들으면 화내겠지만, 남자들은 배부르고 등 따뜻하면 자연 여자 생각이 나는 법이라고, 마음씨 좋은 판소리 광대가 이렇게 재미를 부린 것이다. 놀부는 흥부의 재물도 탐났지만, 흥부의 첩 양귀비도 몹시 탐이 났다. 그래서 첫 번째 박을 켜며 "금 나와라, 금 나와라!" 하고 빌었고, 두 번째

판소리 광대들은 신비로운 박을 등장시켜 흥부에게는 복을 주고 놀부에게는 벌을 줌으로써 민중이 꿈꾸는 올바른 세상의 모습을 통쾌하게 보여 주었다. 경판본 「흥부전」 표지와 본문. 디지털 한글박물관 문헌 자료. 국립중앙도서관 소장.

박을 켜며 "비야 나와라, 비야 나와라!" 하고 간절히 빌었다. 놀부의 첫 번째 기원에 응답하듯, 누런 황금 대신 누런 똥이 나왔음은 앞서 읽어 보았다. 그리고 두 번째 기원에 응답하듯, 비가 나왔다. 그런데 놀부에게 나타난 비는 양귀 '비'가 아니라 장 '비'였던 것이다. 판소리 광대들의 재치가 참으로 절묘하다.

그런데 장비가 나타나서 무엇을 했던가? 장비는 놀부의 패륜을 징치하기 위해 옥황상제의 명을 받고 내려왔다고 하더니 갑자기 비역을 강요한다. 비역이 뭔지 아는가? 남자끼리 성 행위를 하는 걸 말한다. 장비가 놀부에게 비역을 강요하는 대목은 짓궂다 못해 낯 뜨겁다. 판소리 광대들은 왜 비역을 끌어들이고 있는가? 그건 남자가 당할 수 있는 최대의 치욕인 동시에, 놀부 자신이 행한 예전의 죄 값을 고스란히 되돌려 주는 것이기도 했다. 그의 심술 가운데 이런 게 있었다. 약한 노인 엎드러뜨리고 마른 항문 생짜로 하기! 놀부는 참으로 못된 자였다. 장비의 비역 요구는 그런 놀부의 심술에 대한 참으로 절묘한 복수 방식이 아닌가?

이렇듯 제비가 물어다 준 박통에서 나온 건 도깨비나 뱀같이 황당한 것들이 아니라 갖가지 부류의 인간들이었다. 가난한 죄로 온갖 설움을 받으며 여기저기 떠돌아다니던 유랑민들. 그런데 이들이 놀부에게 재물만 빼앗고 순순히 돌아가는 것은 아니다. 팔도 무당들은 장구통으로 놀부의 가슴을 후려치고, 양반을 따라온 하인들은 불이 번쩍 나도록 뺨을 후려치고, 만여 명 되는 사당거사들은 사지를 잡아 헹가래를 치고, 만여 명의 왈짜들은 옷을 찢고 발로 차고 굴리고 잡아 뜯고, 팔도 소경들은 막대기로 휘둘러 패면서 재물을 빼앗아 간다. 그리고 맨 마지막에 등장한 장비의 낯 뜨거운 비역 요구. 이것은 놀부가 겪어야 했던 온갖 수모와 곤욕의 결정판이었다.

흥부가 꿈꾸던 세상,
아직은 미완인 세상

「흥부전」은 단순히 형제간의 우애를 권장하던 이야기가 아니었다. 조선 후기의 사회 모순과 그 해결 방법을 한 형제의 사례를 통해 보여 주었다. 그러나 우애 문제 또한 결코 소홀하게 여길 수 없다. 실제로 많은 이본들이 후대로 갈수록 우애 문제를 비중 있게 다루는 방향으로 변모해 갔다. 「흥부전」 하면 으레 형제간의 우애를 떠올리는 것도 이러한 현상의 결과이다. 그런 까닭에 놀부를 파멸시키지 않고 개과천선改過遷善하게 만들어 형제간에 화해하는 방식으로 끝맺는 이본도 매우 많다. 그 역할을 무시무시한 장비가 맡는다.

저 장수 거동 봐라. 먹장 낯, 고리눈에 다박수염을 거스리고, 흑총마 집어 타고, 사모 장창을 들고, 놀부 앞에 우뚝 서며, "네 이놈, 놀부야! 강남에서 들은즉, 네놈 심술이 고약하여 어진 동생을 쫓아내고, 제비라 하는 짐승은 백곡에 해가 없는데, 성한 다리를 부러뜨려 공을 받고자 한 일이니, 그 죄로 이놈, 죽어 봐라!' 놀부 기가 막혀 정신이 하나도 없이 죽은 듯이 엎어져 있을 적에, 그때 흥부가 이 말을 풍편에 들었던가 보더라. 천방지축 건너와서 장군 전에 비는데, "비나이다, 비나이다. 장군님 전에 비나이다. 우리 형님 지은 죄를 아우제가 대신 받겠사오니, 형님은 부디 살려 주오. [⋯]" 장군이 감심하야, "네 이놈, 놀부야. 네 죄상을 생각하면 당장 죽이고 갈 일이로되, 너의 동생 어진 마음으로 살려 두고 가거니와 차후에는 개과천선을 하렷다." [⋯] 놀부가 그제야 겨우 정신이 돌아와서, [⋯] "아이고, 이 사람아, 동생. 내 예전의 모든 잘못된 일을 동생 부디 용서하소." [⋯] 그때에 박놀부는 개과천선을 한 이후에, 흥부 살림 반분하여 형제간에 화목하고, 대대로 자식들을 교훈시켜 나라에 충성하고, 부모에게 효도하고, 형제간에 화목함을 천추만세 전하더라. 그 뒤야 뉘가 알리, 더질더질. 신재효 개작본 「박타령」

장비라는 인물은 여전히 위협적인 모습으로 등장하지만 비역과 같은 낯 뜨거운 요구를 하거나 무력을 행사하지는 않는다. 대신 꾸짖음과 타이름으로 놀부가 뉘우치도록 만든다. 훈훈한 결말이다. 「흥부전」이 이처럼 형제간에 화해하는 방향으로 결말이 변화한 것은 흥미로운 현상이다. 놀부를 벌하려는 마음이 약해져 어설프게 형제를 화해시킨 것일까? 그렇게 볼 수 있고, 그렇다면 비판 정신의 퇴보일 수도 있다.

그렇지만 탐욕스런 놀부조차 반성하게 만들어 감싸 안아야 하는 것이, 인간이 궁극적으로 간직해야 할 마음가짐이라고 생각했던 판소리 광대의 고심에 찬 결론일 수도 있다. 비단 형제 관계에서뿐만 아니라 갖가지 이유로 서로 나뉘어 갈등하고 반목하는 세상 모든 사람들도 그러해야 한다고 생각했던 것이다. 용서와 화해의 정신, 그렇다면 비판 정신의 후퇴라고 나무랄 일만은 아니다. 다만 분명히 기억해야 할 점은 「흥부전」이 형제간의 갈등을 통해 당대의 빈부 모순을 함께 다루었듯, 형제 갈등과 빈부 모순이라는 주제는 양립할 수 없는 게 아니다.

오늘날 또 다른 맥락에서 「흥부전」이 던져 주는 메시지를 음미해 볼 수 있다. 「흥부전」에서 꿈꾸던 세상은 돈이 인간을 지배하는 세상이 아니라, 인간이 더불어 사는 대동 세계였다. 하지만 지금도 여전히 돈이 모든 걸 좌우하고 놀부처럼 탐욕스런 자들의 횡포는 꺾일 줄 모르고 나날이 더해만 간다. 재물에 대한 끝없는 탐욕과 향락적 삶이야말로 인간을 파멸로 빠뜨리고야 말 것임을 「흥부전」이 생생하게 보여 주었음에도 불구하고. 놀부뿐만 아니라 오늘날 놀부 같은 인간들도 물론 그렇게 되리라 믿는다. 그게 「흥부전」이 꿈꾸던 세상이자 인간이 끝내 만들어 가야 할 '미완의 과제'인 것이다.

5. 토끼전

"남이 죽는 것은
내 고뿔 든 것만 못하다고 하더라."

「토끼전」을
읽는 눈

　　　　토끼와 자라, 「토끼전」은 이들의 팽팽한 맞섬을 다룬 동물 우화이다. 자라에게 속아 용궁에 잡혀 들어간 토끼, 그러나 절체절명의 순간에 간을 산속에 두고 왔다는 꾀를 내어 살아 돌아왔다는 이야기는 너무도 유명하다. 그런데 물어보자. 이 둘의 성격은 어떠한가? 어떤 사람은 답한다. "토끼는 슬기롭고, 자라는 미련하다."라고. 어떤 사람은 반대로 답한다. "토끼는 간사하고, 자라는 충직하다."라고. 누가 맞는가? 다시 한 번 물어보자, 누가 주인공인가? 어떤 사람은 '토끼', 어떤 사람은 '자라'라고 답할 것이다. 혼란스럽다. 하지만 모두 맞다. 어떤 이본에서는 슬기로운 토끼가 주인공으로 등장하고, 어떤 이본에서는 충직한 자라가 주인공으로 등장한다.

　　실제로 「토끼전」이 아니라 「별주부전」이라고 제목을 단 이본도 많다. 아니, 둘을 주인공으로 내세운 이본도 많다. 「토별가」 또는

「별토가」가 그것이다. 요즘에는 아예 「수궁가」라고 부르기도 한다. 토끼와 자라의 맞섬과 역할은 그만큼 팽팽하고도 복잡했던 것이다. 그런 이본들 가운데 가람 이병기(李秉岐, 1891~1968) 선생이 소장하고 있던 「별토가」는 특히 자라의 행로에 주목하며 무척 흥미롭고도 심각한 물음을 던진다.

까닭인즉 이렇다. 토끼의 말에 속은 용왕은 연회를 베풀어 그의 환심을 사려고 한다. 토끼는 난생 처음 보는 수궁 미녀와 맛난 술에 흠뻑 취한다. 하여 긴장을 풀고 춤을 추며 까불거린다. 그때 자라는 토끼 배에서 출랑거리는 소리를 듣고 간이 들어 있음을 확신한다. 다시 죽을 위기에 빠진 토끼는 또 꾀를 내어 용왕을 속인다. 효험을 빨리 보려면 자기의 간을 먹기 전에 먼저 자라탕을 먹어야 한다면서. 그러자 무자비한 용왕은 자라를 잡아먹자고 달려든다. 이때 승상 거북이 공을 세운 자라를 죽일 수는 없으니 대신 자라 부인을 잡아 자라탕을 끓이자고 권유한다. 자라는 토끼를 찾아가 자기 부인을 살려 달라고 애걸한다. 그러자 토끼는 자라 부인과의 동침을 요구한다.

이러지도 저러지도 못할 기가 막힌 지경으로 내몰린 자라. 결국 자라는 토끼에게 자기 부인과의 하룻밤을 허락하고 만다. 가관이다. 하지만 뒤에 벌어진 사건은 더욱 가관이다. 자라 부인은 어처구니없게도 그만 토끼를 사랑하게 되었다. 심지어 토끼에 대한 그리움의 병이 깊어져 시름시름 앓다가 죽고 만다. 이런 사정도 모르고 수궁에서는, 육지에 나가 돌아오지 않는 지아비 자라를 그리워하다가 죽은 줄로만 알고 열녀문을 세워 준다. 토끼를 놓쳐 수궁으로 돌아가지 못하고 소상강으로 망명해 살던 자라는 어느 날, 자기 부인이 자신을 그리워하다 죽었다는 소식을 전해 듣고는 바위에 머리를 부딪쳐 스스로 목숨을 끊고 만다.

●●●
이병기 소장본 「별토가」는 용왕과 아내에게 배반당하고 어처구니없는 죽음을 맞게 된 자라의 행로에 주목한다. 가람 이병기 선생.

웃어야 되는가, 울어야 되는가? 여기서 놓치지 말아야 할 대목은, 자라가 몸담고 있던 현실의 참혹함이다. 온갖 시련을 이겨 내고 펄펄 뛰는 산중의 토끼를 잡아왔고, 토끼의 속임수에 넘어가지 말 것을 끊임없이 간언했건만, 용왕은 듣지 않았다. 게다가 자라는 용왕에게 배반당하고, 아내에게까지 배반당하는 파멸의 길로 내몰리고 만다. 누구의 잘못인가? 자라의 어처구니없는 비극은 용왕의 탐욕으로부터 비롯된 시련이 무고한 토끼만이 아니라 충직한 자라에게까지 미치고 있음을 명확하게 보여 준다. 그게, 「토끼전」이 시작되는 참혹한 현실이었던 것이다.

끝내 합의하지 못했던
「토끼전」의 결말

고전소설을 읽는 일은 많은 인내심을 요구한다. 판에 박힌 인물형, 상투적인 표현, 천편일률적인 결말 등. 사정이 이러한데, 고전소설을 읽는 게 뭐 그리 재미있겠는가? 그럼에도 나름대로 흥미로운 고전소설의 독법이 있다. 이본을 견주어 가며 읽는 것이다. 잘 알고 있듯, 고전소설은 한 작품이 여러 이본을 거느리고 있다. 각각 다른 작품으로 볼 정도로 이본에 따라 편차가 크기도 하다. 따라서 다루고 있는 사건에 대한 이본 각각의 독특한 해법을 견주어 가며 읽으면 쏠쏠한 재미를 맛볼 수 있다. 「춘향전」을 감상할 때 언급했듯, 어느 이본에서는 춘향을 요조숙녀처럼 그리고 있는데 어느 이본에서는 요염한 기생으로 그리고 있다. 그래서 춘향은 요즘도 다양한 모습으로 리바이벌되곤 한다.

이제 읽어 보려는 「토끼전」도 그러하다. 하지만 「토끼전」은 다른 작품의 이본에 비해 그 양상이 훨씬 흥미롭다. 해석의 다양함이 몇 몇 장면에 그치는 것이 아니라 작품의 결말에까지 일어나고 있기 때문이다. 고전소설, 특히 판소리계 소설은 이본에 따라 차이가 많이 난다고 했다. 하지만 정확히 말하면 결론만큼은 모든 이본이 동일하다. 아무리 이본이 많다고 해도 춘향이 변 사또의 수청을 거부하고 이 도령과 재회하는 「춘향전」의 결말, 심청이 황후로 환생하여 맹인 잔치에서 아비의 눈을 뜨게 하는 「심청전」의 결말, 착한 흥부는 부자가 되고 탐욕스런 놀부는 파멸로 이르게 되는 「흥부전」의 결말은 어떤 이본이든 똑같다. 모두 그 결론에 합의했던 것이다. 그런데 「토끼전」의 결말은 이본마다 다르다. 어떻게? 이렇게 다르다. 세 개의 이본만 예로 들어 본다.

(1) 자라 하릴없어 탄식 왈, "간특한 토끼에게 속고 무슨 면목으로 돌아가 용왕을 보리오. 차라리 죽음만 같지 못하다." 하고 글을 지어 바위 위에 붙이고 머리를 바위에 땅땅 부딪쳐 죽었더라. 이때 용왕이 자라를 보낸 후 소식 없음을 괴이 여겨 자라의 형 대사성 거북을 시켜 그 까닭을 알아오라 했다. 거북이 즉시 물가에 이르러 살펴보니, 바위 위에 글을 지어 붙이고 그 곁에 자라의 시체 있었다. 거북이 불쌍히 여겨 통곡하고 자라의 시체와 글을 거두어 가지고 돌아와 아뢰니, 용왕도 불쌍히 여겨 예물을 내려 후하게 장사지내 주었다.

경판본 「토생전」

(2) 이때 용왕이 토끼의 똥을 먹고 병이 나아 자라는 충신 되었다. 토끼는 신선 따라 달로 올라가서 이때까지 약 방아를 찧고 있다. 자라와 토끼란 게 다 같은 미물인데 장한 충성과 많은 꾀는 사람하고 같은 까닭에 타령을 만들어서 세상에 전하게 했다. 사람으로 태어나서 토끼와 자라만 못하면 그 아니 부끄러운가, 부디 부디 조심하오.

신재효 개작본 「토별가」

(3) 자라 하릴없어 물가로 물러가 곰곰 생각하니 충성만 허비하고 아무 실효 없이 천 리 수궁 어찌 갈꼬? 오래 머뭇거리다가 수궁에 들어가 영덕전 앞에 꿇어 엎드려 토끼가 했던 말을 낱낱이 다 아뢰었다. 용왕이 듣고 탄식하여 왈 "산다는 것은 잠시 머무는 것이요, 죽는 것은 돌아가는 것이다. 정해진 내 목숨을 어이하겠는가?" 그때 선관도사 내려와 신약神藥을 주며 왕께 말하여 "수궁의 자라가 충성이 특이하기에 그 충성을 표창하고자 토끼 간을 일러 줬던 것이다. 이제 용왕의 병을 알아 신이한 약 한 봉지를 드리나니 이걸 잡수시면 즉시 나으리라." 했다. 용왕이 무수히 사례하고 그 약을 잡수신 후에 병이 차차 나아지고 수궁은 태평하게 되었다. 이해조본 「토의 간」

위에서 보듯 「토끼전」의 결말은 제각각이다. 이본 (1)에서는 자라가 돌아갈 면목이 없다며 바위에 머리를 부딪쳐 죽고 결국 용왕도 죽는가 하면, 이본 (2)에서는 토끼가 준 똥을 갖고 돌아와 자라가 용왕을 살려 냈다고도 하고, 이본 (3)에서는 선관도사가 나타나 신이한 약을 주어 용왕이 살아났다고 한다. 용왕을 비롯하여 자라의 최후는 참으로 다양했던 것이다.

왜 이런 현상이 일어났는지 뒤에서 자세히 다루겠지만, 결말의 다양함은 「토끼전」이 제기한 문제에 대해 결론을 합의하지 못했다는 반증이 아닐까? 그렇다. 합의되지 못한 결말, 그래서 단일한 결말을 맺을 수 없었던 것이다. 「토끼전」의 이런 결말은 실로 참신하다. 고전소설의 결말은 뻔하다고 생각하는 사람들에게는 더욱. 「토끼전」을 꼼꼼하게 읽어 보아야 하는 까닭도 여기에 있다. 「토끼전」은 도대체 무슨 문제를 다루고 있었기에 결말에 대한 합의조차 보지 못했던 것일까?

반복의 구조,
수탈당하던 민중의 삶

어떤 사람들은 「토끼전」을 단순한 재담이라고 생각한다. 아닌 게 아니라 「토끼전」은 끊임없이 사람들을 즐겁게 만든다. 죽을 위기에 빠졌던 토끼가 매번 번뜩이는 꾀를 부려 살아나기 때문이다. 죽을 위기와 그것의 극복이 숨막히게 반복되는 것이다. 「토끼전」은 그렇듯 반복의 구조를 하고 있다. 그 점, 독특한 면모이다. 판소리를 직접 들어 본 사람은 잘 알겠지만, 토끼가 용궁에서 살아 돌아왔다고 해서 작품이 바로 끝나는 건 아니다. 살아난 기쁨에 들떠 팔짝거리며 뛰놀던 토끼는 그만 올가미에 걸려 다시 죽을 위기에 빠진다. 물론 토끼는 그 위기를 벗어난다. 그래서 또다시 좋아라고 방정맞게 춤을 추다가 이번에는 독수리에게 잡혀 다시 죽을 위기에 빠진다. 물론 또 그 위기를 벗어난다. 계속되는 '위기'와 '극복'의 반복 구조! 자세히 들여다보면, 뒷부분에서만 그런 게 아니다. 수궁에서조차 위기와 반전은 수없이 거듭된다. 자라의 달콤한 유혹과 토끼의 의심, 토끼의 재치 있는 속임수와 용왕의 의혹이 계속 반복되는 것이다. 사람들은 토끼가 어떻게 위기를 벗어날 것인가 손에 땀을 쥐며 지켜보고, 그 과정에서 토끼의 재치는 판소리 듣는 마당을 웃음판으로 만들어 놓는다.

그런데 위기에서 벗어나는 토끼의 재치에 배꼽 잡고 웃을 일만은 아니다. 위기가 반복되는 구조가 뭘 뜻하는가에 좀 더 유의해야 하기 때문이다. 그래서 이런 질문은 정당하다. "되풀이되는 '위기-극복'의 구조와 토끼라는 힘없는 동물 사이에는 모종의 관련이 있는 게 아닐까?" 그때 비로소 모두가 만만하게 여기던 인기 있는 '사냥감'이 토끼란 사실을 깨닫게 된다. 토끼의 입장에서 그건, 자신의 목숨을 노리는 살벌한 위험이 도처에 널려 있다는 말이겠다. 위기가 반복되는 작품 구조는, 이렇게 토끼라는 힘없고 인기 좋은 사냥감의 불안정한 삶을 반영한 것이었다. 자라는 토끼의 힘든 세상살이를 모두 여덟 가지로 나눠 일러 준 바 있다.

동지섣달 설한풍에 눈보라는 흩날리고, 층암절벽 얼음판 되어 산도 골도 막히면, 어디에다 발붙이고 하루인들 살아가랴. 이것이 첫 번째 어려움이로다. 북풍이 몰아칠 때 돌구멍 찬 자리에, 먹을 것 전혀 없어 콧구멍만 핥을 적에, 온몸이 덜덜 떨리고 사지가 뻣뻣이 곱아, 신세타령 절로 나니, 둘째 어려움이오. 봄바람 화창할 때 꽃송이 풀

포기 뜯어 먹자고, 산속을 이리저리 저리이리 들어가니, 사나운 저 독수리 두 죽지를 옆에 끼고, 쏜살같이 달려드니 두 눈에 불이 나고, 작은 몸이 졸아들어 바위틈으로 기어들 제, 넋을 잃은 그 신세 몹시 가여운즉, 이것이 셋째로다. <u>이병기 소장본 「별토가」</u>

●●●
반복되는 토끼의 불안정한 상황은 수탈당하던 당대 민중의 삶을 대변한다. 심사정이 그린 〈토끼를 잡는 매〉.

자라가 토끼의 험난한 삶을 요약적으로 보여 준 세사팔난世事八難, 곧 '세상 살아가면서 겪어야 할 여덟 가지 어려움' 가운데 세 번째까지이다. 여기에 그려진 것은 더도 덜도 할 것 없이 토끼의 힘겨운 삶 그 자체였다. 엄동설한을 맞이하면 추위와 굶주림에 시달려야 했고, 꽃 피는 봄이 온다고 한들 조금도 나을 게 없었다. 호시탐탐 자기를 노리는 독수리를 피해 굴속에서 늘 가슴 졸이며 살아야 했다. 그 외에도 어려움은 많았다. 세사팔난은 범·초동·몰이꾼·포수 등이 도처에서 토끼의 목숨을 노리고 있음을 생생하게 보여 주는 것으로 이어진다. 그 가운데 포수의 총은 가장 겁나는 위협이었다.

"천만다행으로 목숨 건져 중동으로 도망하면, 총 잘 쏘는 사냥 포수 길목마다 지켜 앉아, 탄알 재운 총을 들고 그대 모습 보자마자, 염통을 겨냥하고 방아쇠를 당길 적에, 꼬리를 샅에 끼고 간장이 콩알 되어, 간신히 도망해서 숨을 곳을 찾아가니, 죽을 뻔한 그 신세가 그대 아니고 누구겠나? 이것이 여섯째요."

토끼 자빠졌다 일어나며 "애고, 총 소리 하지도 마시오. 총하고 나하고는 불구대천지원수요."

"어찌 그렇다는 말이오?"

"우리 조부님께서 '탕' 하더니 일거무소식一去無消息이요, 부친께서 '탕' 하더니 인홀불견因忽不見이요, 큰아버지께서 '탕' 하더니 일거석양풍一去夕陽風하였기에 나하고는 대천지원수요. 듣기 싫은 소리 너무 마오." 이병기 소장본 「별토가」

토끼의 할아버지, 아버지, 큰아버지는 총에 맞아 죽었다. 토끼의 부인도 총에 맞아 죽었고, 외아들도 총에 맞아 죽었다. 그러니 토끼 자신도 언제 총에 맞아 죽을지 몰라 늘 불안했다. 그처럼 힘겨운 삶을 살아야 했던 토끼는 수궁에 가면 벼슬자리도 주고 예쁜 여인도

주겠다는 자라의 유혹에 빠져들고 말았다. 어차피 총에 맞아 죽을 목숨, 죽든 살든 자라를 따라 바닷속으로라도 가 보자는 무모한 선택은 그래서 절박하기 짝이 없다.

비록 토끼라는 산짐승이 겪는 고난으로 의인화되어 있고 때로는 그런 고난이 희극적으로 그려지기도 하지만, 조선 후기 힘없는 민중이 겪어야 했던 삶을 빗대고 있음은 두말할 필요도 없다. 토끼를 동정하는 것도 그 때문이다. 온갖 재치로 수궁에서 죽을 위기를 모면하고 고향으로 되돌아왔다고 해도, 토끼가 떠나기 전에 겪었던 고난까지 모두 벗어난 게 아니었다. 다시 돌아온 고향에는 여전히 예전의 고난이 존재하고 있음을, 후반부에 이어지는 위기-극복의 대목이 보여 주고 있다. 위기는 올가미와 독수리 외에 이본에 따라 포수·노구할미·보라매 등 다양하게 들이닥친다. 하지만 그 모두는 자라가 말했던 세사팔난이 실제로 일어난 것이라는 점에서 동일하다. 올가미와 독수리의 위협에서 벗어났다가 다시 사냥꾼이 쏜 총에 맞아 두 귀가 잘려 나간 토끼는 탄식하며 다음과 같이 말한다.

천방지축 뛰어가서 송림 깊은 골에 은근히 몸을 숨기고 가만히 살펴보니, 저 포수 헛첨지虛僉知 찾고 돌아간다. 토끼 그날 밤에 송림 사이에 홀로 앉아 탄식하는 말이, "자라 놈이 날더러 삼재팔난三災八難 있다 하더니 나를 속이는 말이 아니라 그 말이 옳도다. 내 이 세상에 남아 있다가는 남의 손에 비명횡사하고 말리라. 차라리 달에 솟아

올라가 이 세상의 그물을 벗어나리라." 하고 인홀불견 간 곳 없이 구름을 타고 하늘로 올라가더라. <u>박순호 소장본 「별주부전」</u>

토끼가 달에서 약 방아를 찧고 있다는 옛사람의 믿음을 이렇게 표현한 것이지만, 토끼가 마음 편히 살 수 있는 곳은 천지 사방에 아무 데도 없다는 점을 분명하게 보여 주고 있다. 자라가 말했던 세사팔난이 터무니없는 이야기가 아님도 토끼 스스로 인정하고 있다. 그러고 보면 「토끼전」의 반복 구조가 숱한 수탈을 당해야 했던 혹독한 현실, 그러나 어떻게든 고난을 견뎌 내야만 했던 조선 후기 민중들의 간절한 염원을 반영하고 있다는 점이 분명해진다.

그런데도 어떤 사람들은 토끼가 자라에게 속아 용궁을 따라간 것은 벼슬에 눈먼 자의 자업자득이라고 꾸짖는다. 잘못된 거다. 토끼는 허영에 들떠 따라간 게 아니라 그럴 수밖에 없는 절박한 처지에 놓여 있었다. 또 어떤 사람은 용궁 탈출 이후에 이어지는 위기-극복 장면은 웃고 즐기기 위해 덧붙여 놓은 군더더기라고 생각한다. 그렇지 않다. 토끼의 불안정한 삶이 끝없이 이어지고 있다는 사실을 실감 나게 보여 주기 위해 반드시 필요했던 부분이다. 실상이 이러한데, 「토끼전」의 반복 구조를 단지 웃음을 자아내기 위한 장치로써만 읽어서야 되겠는가?

토끼와 자라,
이들의 맞섬과 어울림

「토끼전」이 조선 후기의 인간 사회를 동물에 빗대어 풍자한 작품이라면 토끼와 자라, 용왕이 누구를 의인화하고 있는가를 묻지 않을 수 없다. 물론 토끼의 목숨을 노리던 용왕과 자라가 누구를 상징하고 있는가는 자명하다. 썩어 빠진 봉건 군주와 그에게 맹목적인 충성을 바치는 신하. 토끼는 그들에게 수탈당하던 민중을 의인화한 것이고. 그래서 사람들은 토끼를 주인공으로 생각하고 있다. 그런데 확인해 둘 것이 있다. 「토끼전」의 주인공은 토끼 혼자가 아니라는 사실이다. 자라 역시 또 다른 주인공이다. 그런 사실을 반영하듯, 「토끼전」은 이본에 따라 제목이 다양하다. 「토끼전」이 있는가 하면 「별주부전」도 있고, 둘의 이름을 나란히 적은 「토별가」와 「별토가」라는 제목도 있다. 토끼와 자라는 양보할 수 없는 맞수였던 것이다.

많은 사람들이 자라를 단순한 조역처럼 소홀하게 취급하기 일쑤지만, 그러기에는 자라의 역할이 너무도 막중했다. 그렇다면 자라는 어떤 인물인가? 많은 사람들이 용왕과 함께 비판받아 마땅한 맹목적인 인물로 이해하고 있지만, 그렇게 단정 짓기에는 자라의 역할이 미묘하다. 잘 생각해 보라. 토끼와 자라는 온갖 위험을 무릅쓰고 서로의 목숨을 노릴 정도로 치열하게 맞서고 있다. 그렇다고 해서 자라가 토끼의 적대자인가 하면, 그렇지 않다. 그러면 누가 적대자인가? 자라가 아니라 용왕이다. 토끼의 간을 필요로 하는, 곧 무고한 목숨의 희생을 강요하는 용왕이다. 그래서 용왕이란 인물도 좀 더 자세하게 들여다보아야 한다.

요즘 판소리 광대들은 「수궁가」를 부를 때 용왕이 우연히 병이 난 것처럼 그리고 있다. 하지만 용왕의 병은 본래 술과 여자에 빠져서 생긴 것이다. 주색에 찌들 대로 찌든 위인이었던 용왕이 병들어 신음하는 모습은 참으로 우스꽝스럽게 그려져 있다.

하루는 남해 용왕이 궁전을 새로 짓고 좋은 날을 골라 다른 세 바다 용왕을 불러 큰 잔치를 벌였다. 용왕들은 온 바다 물고기가 한자리에 모여 여러 날 동안 물리도록 실컷 놀았다. 잔치가 끝난 뒤 남해 용왕이 시름시름 앓더니만 온몸에 오만 가지 병이 들었으니, 머리는 쑤시듯 아프고, 눈에는 쌍다래끼요, 귓병이 나 들을 수가 없으며, 코 밑에는 부스럼 나고, 입술은 부르트고, 혓바닥에는 물집 잡히고, 목

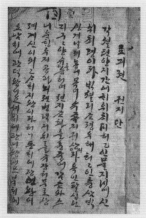

구멍은 헐어 부스럼, 뒷덜미엔 연주창, 어깨는 견비통이요, 등에는 등창이요, 허리는 요통에 황달, 흑달이며 체증에다 관격이 들어 소변이 막히고, 설사에 이질 곱똥을 겸하고, 〔…〕 손가락이 다리 같고, 정강이가 허리 같고, 눈은 꿈쩍꿈쩍, 코는 벌룩벌룩, 불알은 달랑달랑하는구나. 어떠한 병이관대 이리 구색 갖춰 곁들였나. 온몸을 둘러보니 앓는 곳 제하고 성한 곳 하나 없다.

이병기 소장본 「별토가」

   용왕의 병은 궁전을 새로 짓고 질리도록 주육酒肉에 빠져 있다가 난 것이었다. 병의 가짓수가 얼마인지 헤아릴 수 없었고, 병든 그의 몰골은 차마 보기 끔찍할 정도였다. 그게 왕이라면, 그 희화의 의미는 보다 극심하다. "눈은 꿈쩍꿈쩍, 코는 벌룩벌룩, 불알은 달랑달랑하는구나."라니! 병세가 이런데도 용왕은 아름다운 여자와 풍류로 밤을 지내고, 낮이면 의원과 점쟁이에게 병 고칠 방도를 묻느라 국력을 소진하고 있었다.

   이와 함께 가관인 것은, 병든 용왕이 엉엉 울면서 병 고칠 방도를 묻건만 서로 얼굴만 쳐다보며 묵묵부답이던 조정 신하들의 행태다.

어느 도사가 토끼의 간을 먹으면 나을 거라고 알려 주었지만, 토끼를 잡아오겠다는 신하는 없었다. 토끼를 잡으러 육지에 간다는 것이 얼마나 위험한 일인지 잘 알고 있었기에 슬슬 꽁무니를 뺐던 것이다. 신하들이 서로 가겠다며 호기를 부리는 이본도 있기는 하지만, 그것도 쉽게 결판나지 않았다. 가서 잡아올 만한 능력이 없었기 때문이다. 자기 한 몸만 위하는 보신補身이 아니면 무엇 하나 제대로 해내지 못하는 무능한 용궁 신하들의 몰골이 여지없이 폭로되고 있는 것이다. 그 장면을 직접 보자.

한참 동안 바라보던 용왕이 무겁게 입을 연다. "내 병에는 제 아무리 좋은 약도 다 소용이 없고 토끼의 생간만이 특효라 하니 누가 나를 위하여 인간 세상에 나가 토끼를 사로잡아 올 수 있겠느냐?" 신하들은 얼굴만 서로 쳐다볼 뿐 대답이 없다. "옛일을 살펴보면 충신이 많았으니, 허벅지 살을 베어 임금을 섬긴 개자추가 있고, 초나라 속이고 목숨 잃은 기신이도 죽을 임금 살렸으니, 군신유의君臣有義가 그 얼마나 중한가? 슬프도다. 우리 수궁에는 충신이 없으니, 이 아니 원통한가. 죽는 수 말고는 수가 없구나. 애고애고, 서럽도다." 한참 이렇듯 통곡하는데, 이조판서 잉어가 여쭌다. "인간 세상이란 곳은 인심이 영악하여 물고기만 보면 낚으려 하니, 누구라도 보내기 어렵사옵니다." 이병기 소장본 「별토가」

용왕의 통곡 소리를 듣다 못한 신하들이 마지못해 서로 가라면서 갑론을박하고 있을 때, 자라가 등장한다. 말석에 앉아 듣고 있던 자라가 자신이 가겠다며 자청하고 나선 것이다. 어떤 사람은 자라의 행위를 벼슬에 눈이 멀어 그런 것이라 하고, 어떤 사람은 충이라는 봉건적 이념에 사로잡혀 그런 것이라 한다. 그건 뒤에서 자세하게 따져 보기로 하자. 다만 이 대목에서 주목해야 할 점은 따로 있다. 승상 거북, 영의정 고래, 해운군 방게처럼 평소 당당한 체 뼈기던 자들이 하나같이 꽁무니를 빼는 위험한 육지행을 별 볼일 없는 자라가 결연히 선택하고 나섰다는 점이다. 변변치 않은 말직에 있다고 모두 업신여기던 바로 그 자라가 말이다.

　자라의 등장은 수궁 신하의 한심함을 만천하에 폭로하는 효과를 연출하고 있다. 용궁 신하들의 갑론을박으로 어수선해 있던 독자의 시선은, 이제 말석에서 엉금엉금 기어 나온 자라에 집중된다. 저같이 느릿느릿한 자라가 난생 처음 육지에 나가서 펄펄 뛰는 토끼를 어떻게 잡아올 것인가에 초점이 모아지는 것이다.

　자라가 토끼를 잡으러 가는 역할을 맡고 있음에도 토끼와 적대적인 관계로만 읽을 수 없는 이유, 봉건 군주에게 빌붙어 지내는 다른 수궁 신하들과 동일하게 취급할 수 없는 이유가 바로 여기에 있다. 그럼에도 많은 사람들이 자라를 여전히 용왕의 하수인 정도로 보곤 한다. 분명히 말하건대, 결코 그렇지 않다. 용왕과 달리 자라는 토끼와 서로 양보할 수 없는 '맞섬' 만이 아니라 '어울림' 의 관계에 있는 인물이다. 어울림이란 무엇을 말하는가? 토끼는 이렇게 말하고 있다.

수토끼 내려와서 하는 말이 "네 말도 옳다마는 고금의 일렀으되 '남이 죽는 것은 내 고뿔만 못하다' 하니 너는 충성하려니와 나는 무슨 일이냐. [⋯] 용왕이 무도하지 너야 무슨 죄 있느냐? 우리 둘은 혐의 마세. 남아하처불상봉이랴, 일후 다시 만나 보세." <u>이병기 소장본 「별토가」</u>

죽을 고비를 겨우 넘기고 수궁에서의 탈출에 성공한 뒤, 토끼가 자라에게 했던 말이다. 자라의 소행을 생각하면 분통이 터지고도 남을 일이건만 토끼는 자라에게 서로 미워하는 마음을 갖지 말자고 한다. 남아하처불상봉男兒何處不相逢, 곧 남자로 태어나서 어디에선들 다시 만나지 않겠느냐며 뒤에 다시 보자고 했던 것이다. 토끼는 왜 자라를 미워하지만 않았을까? 비록 각자가 처한 위치는 다르지만 둘 다 포악하고 타락한 봉건 군주로 말미암아 그런 곤욕을 치렀다는 생각 때문이다. 토끼가 밝히고 있듯, 모든 사건의 발단은 '용왕의 무도無道'에서 비롯되었다. 정말이지 자라가 용왕으로 인해 겪어야 했던 시련은 참혹하기 그지없었다. 위험한 육지에 나가 토끼를 잡아 오는 수고를 겪은 것만을 일컬음이 아니다. 자라의 참혹한 시련을 제대로 이해하기 위해서는, 그가 겪은 삽화 하나를 자세히 소개할 필요가 있다.

간을 두고 왔다는 토끼의 말에 속은 용왕은 토끼의 환심을 사려고 성대한 연회를 베풀어 준다. 토끼는 난생 처음 보는 아리따운 여인과 맛난 술에 흠뻑 취해 춤을 추며 논다. 산중에서 온갖 수난을 겪으며 살던 토끼가 언제 그런 환대를 받아 보았겠는가? 그러나 그게 문제였다. 긴장을 풀고 술에 취해 깡장깡장 뛰놀던 토끼가 그만 뱃속에 간이 있음을 들켜 버리고 만다. 토끼가 거짓말을 하고 있다고 생각한 자라는 토끼의 행동을 유심히 살피던 중, 토끼 배에서 간이 출랑거리는 소리를 들었던 것이다. 그러면 그렇지! 자라는 즉시 토끼 뱃속에 간이 들어 있다고 용왕에게 아뢴다. 화들짝 놀라 술이 깬 토끼는 다시 꾀를 내어 용왕의 의심을 푼 뒤, 자라를 죽여 후환을 없애야겠다고 마음먹는다. 용왕에게 자라탕을 먼저 먹고, 자기의 간을 먹으면 효험이 훨씬 좋다고 권했던 것이다.

그때 용왕은 어떻게 했을까? 살기 위해서라면 뭐든지 할 각오가 되어 있는 용왕은 자라를 잡아먹자고 달려든다. 그래도 수궁 신하들에게 일말의 양심이 남아 있었나 보다. 승상 거북은 토끼를 잡아 온 공을 생각해서 자라를 죽여서는 안 된다고 변호하고 나섰다. 용왕은 자기는 어떻게 하냐며 난감해했다. 그러자 승상 거북이 자라 부인을 잡아 자라탕을 만들어 잡수라고 권유한다. 어처구니없게도 화살이 자라 부인에게 날아간 것이다. 죽음은 겨우 면했지만 부인이 대신 죽게 된 자라는 앞이 캄캄했다. 그래서 토끼의 마음을 돌리기 위해 밤에 숙소로 찾아가 부인의 목숨을 살려 달라고 애걸했다.

그때 토끼는 어떻게 했을까? 엉뚱하게도 부인을 살려 주는 조건으로 부인과 하룻밤 동침하게 해 달라고 요구한다. 더욱 곤혹스럽게 되었다. 부인을 죽게 내버려둘 것인가, 살리기 위해 외간 남자와의 동침을 허락할 것인가? 자라는 이러지도 저러지도 못할 기가 막힌 지경에 빠지고 말았다. 결국 자라는 몸을 더럽히느니 차라리 죽어 버리겠다는 부인을 달래 토끼와 하룻밤을 자도록 권유한다. 그럴 수밖에 없었다.

자라 부인은 토끼와 하룻밤을 함께한다. 그걸 지켜보아야 했던 자라, 하지만 그가 겪어야 했던 참혹한 상황은 여기서 그치지 않는다. 그 뒤에 벌어진 사건은 더욱 가관이었다. 외간 남자와 하룻밤을 보낸 자라 부인, 그 뒤 그녀는 어떻게 되었을까? 사람들에게 물어보면, 스스로 목을 매어 자살했을 것이라고 답한다. 하지만 아니다. 마지못해 토끼와 하룻밤을 같이했던 자라 부인은 어처구니없게도 토끼를 사랑하게 된다. 정말 그럴 수 있느냐고 묻지 말자. 「토끼전」은 상황을 이렇게 몰고 갔으니까. 어디 그뿐인가? 토끼가 수궁의 위협에서 벗어나 남편 자라와 함께 육지로 가 버리자, 자라 부인은 외로워서 견딜 수 없었다. 그리움은 깊어졌고, 결국 시름시름 앓다가 죽고 말았다. 물론 그리움은 토끼를 향한 그리움이다. 그녀의 속마음을 알 리 없던 수궁의 신하들은 지아비인 자라를 그리워하다가 죽은 줄로만 알았다. 그들은 어떻게 했을까? 자라 부인의 죽음을 칭송한답시고 열녀문을 세워 주었다. 그건 정절 이념을 권장하기 위해 남편을 따라 죽은 여자들을 대대적으로 칭송했던, 조선 후기 열녀 표창의 허구성에 대한 통렬한 풍자였다.

그 뒤 자라는 어찌 되었을까? 토끼를 놓친 자라는 차마 수궁으로 돌아가지 못한다. 탐욕에 가득 찬 용왕이 죄를 물어 벌을 내릴 게 뻔했기 때문이다. 하여 망명을 선택한다. 수궁으로 돌아가지도 못하고 산중에 살 수도 없으니 먼 소상강(중국 동정호 남쪽에 있는 소수와 상강을 함께 부르는 말)으로 망명해 목숨을 부지하고 살았던 것이다. 요즘 말로 하면 육지와 바다, 그 어디에도 발붙일 수 없어 중간 지대에 머물러야 했던 '경계인'인 셈이다. 참혹함은 거기서 끝나지 않았다. 어느 날, 자라는 소상강으로 귀양 온 수궁 신하 메기로부터 부인이 자기를 그리워하다 죽었다는 소식을 전해 듣는다. 이제 자라에겐 아무것도 남아 있지 않았다. 살아 있을 이유가 없었다. 결국 자라는 바위에 머리를 부딪쳐 부인을 따라간다. 토끼를 그리워하다 죽은 부인을!

자라는 죽은 뒤 어찌 되었을까? 작품이 거기에서 끝나 알 수 없지만, 저승의 부인에게도 환영받지 못했으리라. 그리하여 불쌍한 넋이 구천을 떠돌고 있을지도 모를 일. 우스운가, 슬픈가? 이런 웃지 못할 이야기에서 놓치지 말아야 할 점이 있다. 자라가 몸담고 있던 현실이다. 자라는 온갖 시련을 감수하며 토끼를 잡아왔고, 토끼의 속임수에 넘어가지 말 것을 끊임없이 간언했건만, 탐욕에 눈먼 용왕은 자라의 충정을 받아들이지 않았다. 자라는 상을 받기는커녕 용왕과 아내에게까지 배반당해 철저한 파멸의 길로 내몰리고 말았다. 누구 탓인가? 이런 비극적 결말이야말로 용왕의 향락과 탐욕으로부터 비롯된 가혹한 시련이 토끼만이 아니라 자라에게까지 미치고 있음을 명확하게 보여 준다. 보다 큰 피해자는 자라였던 것이다. 토끼와 자라가 맞섬만이 아니라 어울림의 관계에 있다고 말한 것은 이런 까닭에서다. 대통령이 무능하면 권력에 빌붙어 사는 극히 일부를 제외한, 국민 모두가 고생하는 법이다.

토끼와 자라의 엇갈린 행로가 던지는 질문

　　　　　　　토끼와 복잡한 관계를 맺고 있는 자라, 그의 행로는 「토끼전」을 떠받치는 또 하나의 스토리 라인이다. 아 참, 많은 사람들이 잘못 알고 있는 게 하나 있다. 자라를 어리석고 미련하다고 생각한다는 점이다. 그러나 그렇지 않다. 자라의 꾀는 토끼를 능가하고도 남는다. 그토록 조심스럽고 영민하던 토끼를 꾀 어 제 발로 따라오게 하지 않았던가? 그런 자라를 어찌 미련하다고 하랴? 작품을 읽어 보면, 자라의 능력을 분명하게 보여 주는 이야 기가 여럿 있다.

　자라가 육지에 도착하여 호랑이에게 잡혀 죽을 뻔했던 위기를 극 복하는 대목도 그 중 하나다. 토끼를 찾아 산속을 헤매던 자라는 온 갖 짐승이 모여 있는 것을 발견한다. 포수가 사냥 나왔다는 말을 듣 고 대책을 강구하던, 산짐승들의 회의 자리였다. 자라는 거기에 토끼가 있을 거라고 생각했다. 그리하여 심호흡을 하고 '토생원!' 하고 불렀다. 그런데 먼 바닷길을 헤엄쳐 오다 보니 아래턱이 얼얼해서 발음이 제대로 나오지 않았다. '토' 발음을 제대로 못 해 그만 '호' 하고 불렀던 것이다. '토생원!' 이 아닌 '호생원!' 하고. 호생원이라면 산중의 왕 호랑이가 아니던가? 난생 처음 생원이란 존칭을 들은 호랑이는 기분이 우쭐해졌다. 누가 자기를 부르는지 궁금하여, 좋아라고 단숨에 달려온다. 자라는 잘못 부른 것을 깨닫고 깜짝 놀라 네 발과 머리를 움츠리고 죽은 듯이 엎드린다. 무시무시한 산중의 왕 호랑이와 겁에 질려 죽은 체하고 납작 엎드린 자라의 만남.

그런데 그 모습은 높은 자리에 근엄하게 앉아 굽어보던 용왕과 영문도 모른 채 잡혀 와 용왕 앞에 꿇어앉아 있던 주먹만 한 토끼의 모습과 방불하다. 자라가 처한 위기 상황과 토끼가 처했던 상황은 완벽하게 닮았다. 그리고 토끼가 배를 들이밀며 죽여 보라고 꾀를 써서 어리석은 용왕을 속여넘긴 것처럼, 자라 역시 이판사판이라며 호랑이의 불알을 깨물어 호랑이를 전라도 해남에서 의주 압록강까지 도망치게 만들어 버린다. 산중의 조그마한 토끼가 수궁의 최고 통치자인 용왕을 보기 좋게 속여넘겨 죽음에 이르게 만든 것이나, 수궁의 보잘것없는 자라가 산중의 폭군 호랑이를 물똥 싸며 달아나게 만든 것은, 힘센 자에게 시달리던 민중이 만들어 낸 절묘한 대비가 아닐 수 없다. 여기서도 토끼와 자라가 맺고 있는 어울림의 실상이 확인된다.

자라는 이 외에도 여러 대목에서 번뜩이는 재치를 유감없이 발휘한다. 특히 꾀 많은 토끼를 속여넘기는 전반부는 자라의 독무대라할 수 있다. 자라의 이런 활약을 이어받아 후반부는 토끼의 무대로 전환된다. 이제, 토끼의 후반부 활약을 자세하게 살펴보도록 하자. 모두가 알고 있듯, 토끼는 용왕의 '탐욕'을 이용해 사지에서 벗어나 목숨을 건진다. 토끼의 꾀가 아니고 왜 용왕의 탐욕을 이용해 살아났다고 말하는가? 사연인즉 이렇다. 음흉한 용왕이 간을 두고 왔다는 토끼의 말에 처음부터 속은 것은 아니다. 이리 속이고 저리 속이던 토끼가 용왕을 완벽하게 속여넘기게 된 결정적 계기는, 자기를 살려 보내 주면 자기 간뿐만 아니라 친구들의 간까지 모두 가져오겠다고 한 말 때문이었다. 토끼의 간 한 개만 먹어도 병을 고칠수 있다는데, 토끼의 간 한 섬을 먹으면 얼마나 좋으랴? 용왕은 그 말에 그만 눈이 뒤집힌 것이다. 언제나 그렇듯 지나친 욕심은 사태를 제대로 보지 못하게 만드는 법이다. 용왕은 어리석어 속은 것이아니라 자신의 지나친 욕심 때문에 속은 것이라 해야 옳다.

어쨌거나 토끼는 용왕의 욕심을 절묘하게 이용해 살아 돌아왔다. 산속도 아니고 물속에서, 자신의 목숨을 노리는 무시무시한 용왕과신하들을 속이고 살아 돌아왔으니 오죽이나 기뻤을까? 판소리 광대들은 토끼의 기쁨을 이렇게 노래한다.

【중모리】 제기를 붙고 발기를 갈 녀석. 뱃속에 달린 간을 어찌 내고

들인단 말이냐? 미련하더라, 미련하더라, 너의 용왕 미련하더라. 너의 용왕 슬기가 나와 같고, 내 미련하기 너의 용왕 같았으면 영락없이 죽을 것을, 내 밑궁기 셋이 아니드면 내 목숨이 살아가랴? 병든 용왕을 살리랴 허고 성한 토끼 내가 죽을쏘냐? 내 돌아간다, 내가 돌아간다. 백운 청산으로 내 돌아간다.

【아니리】 자라 곰곰 생각을 해 보니 저놈한테 속절없이 돌렸구나. 하릴없어 수궁으로 들어가 버리고. 그때여 토끼란 놈은 살아왔다고 금잔디 밭에 가 대그르르르 궁글며 귀를 털고 생방정을 떨고 한 번 놀아 보는데,

【중중모리】 네 왕이 꾀 많고 불측하기로 그런 의사를 내었거니와 만일 약기가 나와 같지 못했던들 어찌 옛 고향으로 돌아올 수 있으리오. 흉한 일도 지내었지, 그것이 어인 일인고? 꿈이런가 생시런가 하고, 이리 뛰고 저리 뛰며 잔디에 누워 굴며 입을 쫑긋쫑긋, 혀를 날름날름, 귀를 발쪽발쪽, 두 눈 깜짝깜짝, 코둥이를 살록살록, 대가리를 까닥까닥, 꼬리를 톡톡 치며, 앞발을 깡뚱깡뚱, 뒷발을 허위허위, 잔방귀를 통통 뀌며, 오줌을 잘금잘금 싸며, 사방으로 뺑뺑 돌아 깡뚱 뛰놀면서 국립중앙도서관 소장 「토생전」

죽었다가 살아난 토끼가 기뻐하는 모습은 경망스럽기조차 하다. 수궁에서 진땀을 질질 흘리며 벌벌 떨던 장면과는 완벽한 대조를 이룬다. 기쁨의 극치! 묘사도 흥겹지만, 빠른 중중모리장단으로 부

르면서 흥겨움을 극도로 끌어올린다. 그러면서 자신을 죽음으로 몰아갔던 용왕과 자라에게 통쾌한 설욕의 말을 날린다. "병든 용왕 살리자고, 성한 토끼 나 죽으랴?"라는 토끼의 선언! 「토끼전」 전체를 통틀어 가장 압권인 이 말에는 지배층의 일방적인 희생 요구를 받아들일 수 없다는 토끼의 의지가 담겨 있다. 돌이켜 보면, 용왕은 토끼의 목숨을 빼앗으려 하면서도 이를 당연하게 여겼다. 토끼는 산중의 조그만 짐승이요, 자신은 수궁 용왕으로 귀천이 분명했기 때문이다. 천한 목숨을 귀한 사람에게 바치는 것은 당연하다는 생각이다. 하지만 토끼는 이렇게 반문한다. "평생을 다 살아도 오히려 부족하거늘, 무슨 까닭에 남의 명에 죽어야 하느냐?"라고. 그건 수직적 인간관을 진리로 믿고 있던 지배층의 부당한 요구를 정면에서 거부하는 선언이었다.

여기서 「토끼전」에 대한 잘못된 독법을 반성할 필요가 있다. 많은 사람들이 「토끼전」을 그저 웃기기 위한 재담에 불과하다고 생각한다. 그러니 너무 심각하게 생각하지 말자고! 실제로 「토끼전」을 읽다 보면 웃음이 절로 난다. 해학이 넘쳐 나는 작품임에 틀림없다. 하지만 웃음의 소재는 참으로 심각한 것이었다. 용왕이 죽게 되었는데, 웃을 겨를이 있겠는가? 그런데도 웃음을 멈출 수 없다. 한 번 생각해 보라. 「토끼전」을 읽을 때, 웃음거리가 되는 대상은 누구인가? 힘없는 토끼의 희생을 당연하게 여기던 봉건 군주 용왕과 그의 신하들이 아니던가? 그렇다면 「토끼전」 한 마당을 부르고 즐기던 놀이판에서는, 용왕과 같은 지배층의 부당한 요구가 비집고 들어설 여지란 없다. 그게 「토끼전」의 웃음이 주는 심각한 주제 의식이었던 것이다.

또 어떤 사람들은 기껏 해야 동물의 이야기일 뿐이라고 생각한다. 그러니 인간 사회의 일과 너무 일치시켜 해석하지 말자고! 맞는 말이다. 동물의 이야기이기 때문에 임금과 백성의 관계로 곧바로 해석할 수는 없다. 하지만 그런 점을 이용해 당대 사회에서 가장 중시했던 '충'의 허구성을 폭로할 수 있었던 것이다. 그렇다면 동물의 이야기에 빗댄 한계를 지적하기보다 우화의 장점을 절묘하게 활용해 풍자의 묘미를 한껏 뽐낸 점을 먼저 인정해야 옳으리라.

다시 본래 이야기로 돌아오자. 살아 돌아온 토끼는 기쁨에 넘쳐 춤을 추고, 미련한 용왕을 실컷 비웃은 뒤 무대에서 사라진다. 토끼의 문제는 그렇게 해서 해결을 본 것이다. 힘없는 존재라고 해서 아무 잘못도 없이 죽여서는 안 된다는 완전한 합의! 그러나 토끼가 사라졌다고 해서 「토끼전」이 제기한 문제가 종결된 것은 아니다. 토끼에게 숱한 핀잔을 받았던, 또 다른 주인공 자라의 문제가 남아 있다. 자라는 어찌 되었는가? 토끼를 놓치고 난 뒤, 자라는 어디로 갈지 몰라 망설인다. 조선 후기 가장 많은 사랑을 받았던 이본인 이병기 소장본 「별토가」에서는 수궁으로 돌아갈 수 없어 소상강으로 망명하는 것으로 처리한다. 그러다가 부인이 죽었다는 소식을 전해 듣고, 자신도 따라서 목숨을 끊는다는 것은 앞서 소개한 바 있다.

자라의 비극적 최후는, 그가 발 딛고 있던 사회의 모순에서 비롯되었다. 용왕이란 존재는 옳고 그름을 판단할 수 있는 능력을 상실한, 부패하고 탐욕스런 존재일 뿐이었다. 그렇다면 토끼를 잡아 오려던 자신의 행위가 비록 충성이란 이름으로 칭찬 받을 일인지는 몰라도 그건 부질없는 짓이었다. 토끼가 분명하게 말하지 않았던가? 용왕의 무도함에 대해서.

그럼에도 자라는 그 점을 끝내 깨닫지 못한다. 용왕의 추악함을 어렴풋하게 눈치채고 있었다 해도, 토끼처럼 그것을 거부하고 달아나기에는 한계가 있는 구시대적 인물이었다. 자라의 비극적인 최후는 이처럼 자기 안에 내재되어 있던 한계로부터 말미암은 것이기도 하다. 당대인들은 그런 자라를 어떤 시선으로 바라보았을까? 충직하게 자신의 임무를 수행하려던 자라를 무조건 옹호하지도 않았지만, 바보 같은 짓이라며 따가운 비난을 가하지도 않았다. 즉 연민과 동정의 마음을 함께 가지고 있었던 것이다. 자라는 그만큼 판단하기 복잡한 인물이고, 그로 인해 작품의 결말이 그토록 다양했던 것이다.

실제로 어떤 「토끼전」 이본에는 자라가 토끼를 잡아오겠다고 자청한 것이 아니라, 용왕이 시켜서 어쩔 수 없이 토끼를 잡으러 육지로 나가는 것으로 그려져 있다. 그런데도 토끼를 놓치고 돌아오자 처벌하거나 귀양을 보내 버리고. 이런 이본들을 보면, 자라가 맹목적인 충성을 했다고 꾸짖을 수 없다. 봉건 군주의 명령을 거역할 수 없으니 주어진 임무를 충직하게 수행할밖에. 그런데도 자라는 비극적인 최후를 맞이하게 되니, 그에 대한 동정과 연민의 감정을 감출 수 없었던 것이다.

물론 자라가 봉건 지배층에게 이용당하고, 결국에는 비극적인 최후를 맞이한다고 해서 토끼와 동등한 역할을 수행하는 것은 아니다. 자라는 아무리 성실하게 살아가려고 해도 몸에 배인 낡은 습속을 버리지 않는 한, 새롭게 다가오는 사회에 적응할 수 없는 인물이었다. 반면 토끼는 새로운 시대를 맞이할 수 있을 만큼 발랄하고 확고한 신념을 지니고 있는 인물이었다. 이렇게 생각해 보자. 나라가 극도로 부패했을 때 그런 나라에 목숨을 바치는 것이 옳은가, 아니면 거부하는 것이 옳은가? 어떻게 하겠는가? 답변은 아마도 엇갈릴 것이다. 「토끼전」을 부르고 들었던 옛사람도 그러했다. 하지만 분명한 점이 있다. 토끼는 "수궁이 좋다 해도 이 산중만 못하더라." 하고 노래하며 청산靑山으로 훌훌 떠나갈 수 있었던 반면, 자라는 갈 곳을 몰라 주저하다가 끝내 비극적인 최후를 맞이했다는 「토끼전」의 결말이 무엇을 의미하는가 하는 점 말이다. 그건 부패한 국가가 부당한 요구를 해 올 때, 누구의 행로를 선택해야 하는가에 대한 분명한 문학적 메시지였던 것이다.

오늘날의 「수궁가」
결말을 읽는 우울함

이제까지 토끼와 자라의 행로를 중심으로 「토끼전」을 읽어 보았다. 두 인물이 엮어 내는 맞섬과 어울림, 그것은 비록 동물 우화 형식으로 그려져 있지만 어느 작품보다 인간의 행로를 실감 나게 그려 내고 있었다. 특히, 용왕을 위해 온 힘을 다했건만 자라가 맞이했던 비극적 결말은 많은 것을 생각하게 한다. 토끼를 놓친 뒤 바위에 머리를 부딪쳐 장렬하게 자결하기도 하고, 다른 나라로 망명을 가기도 하고, 수궁으로 돌아갔다가 벌을 받아 귀양 가기도 하고, 어찌 되었는지 아예 종적이 흐지부지한 경우에 이르기까지 이본마다 가지가지다. 하지만 어디에서도 자신의 수고에 대해 보상 받는 것으로 그려지지 않는다. 우리는 자라의 최후를 통해, 새로운 시대에 적응하지 못한 채 과거에 발목 잡힌 자가 겪어야 하는 운명을 배울 수 있다. 용왕의 부당한 요구를 과감하게 뿌리쳤던 토끼를 보라. 그는 한결같이 죽음의 고비를 넘기고 자유롭게 제 살던 고향으로 돌아가지 않았던가?

그렇다면 20세기를 넘어오면서 판소리 광대들은 지난날 날카롭게 갈라지던 토끼와 자라의 결말을 어떤 식으로 처리했을까? 대략 세 가지로 나뉜다. 첫 번째, 토끼를 놓친 채 돌아가는 자라에게 도사가 나타나 약을 주는 경우. 두 번째, 자라가 그냥 빈손으로 수궁으로 돌아가는 경우. 세 번째, 토끼를 놓친 용왕이 산신령에게 편지를 보내 토끼를 다시 잡아 달라고 부탁하는 경우. 결말이 여전히 다양하지만 하나의 공통점이 있다. 병들어 죽어 가던, 아니 죽어 마땅한 용왕을 어떤 식으로든 살려 내고 있다는 사실이다. 도사가 약을 주어 용왕의 병을 고쳐 주는 첫 번째 경우야 비교적 널리 알려져 있지만, 빈손으로 그냥 돌아간 두 번째의 경우도 '그렁저렁 용왕의 병이 나았다'는 식으로 처리한다. 어처구니없다. 죽을병에 걸렸는데 약도 쓰지 않고 나았다니! 하지만 정말 어처구니없는 결말은 세 번째다. 여기서는 늙은 토끼를 대신 잡아먹고 병이 낫는 것으로 되어 있다. 웃지 못할 코미디 같은 결말이니 같이 읽어 보도록 하자.

이때에 자라 수궁에 돌아와 세상에서 토끼에게 곤욕 당했던 전후 사연을 용왕 전에 낱낱이 상소하니 용왕이 분을 내어 승지 도미를 불러 하교하시되, "토끼란 놈이 임금과 윗사람을 속인 죄를 글로 적어 인간 세상의 산신께 보내거라." 승지 분부를 듣고 글을 쓰는데, "편지를 보내노니 늙은 토끼 한 마리를 잡아 보내 주기를 바라나이다.”
사신이 곧바로 산신 전에 올리니, 산신이 받아 보고 수국과 진세의
화친을 위하여 천 년 묵은 늙은 토끼를 결박하여 잡아 보냈구나. 용
왕이 급한 마음 토끼 배 급히 갈라 간 내어 먹어 놓으니, 용왕의 깊
은 병이 즉시 쾌차하였구나. 용왕의 반가운 마음 큰 잔치를 배설하
고 자라를 입시시켜 충신으로 봉하시고, 수궁 여러 신하들과 가진
풍류 일등 미색 좌우로 나열하여 성덕을 부르는데, 자라 썩 나서며,
“여러 대신 이내 말 들어 보오. 우리 용왕 살리자고 출세 입산하였을
제 토끼란 놈 간계에 빠져 하마터면 죽을 것을 대왕 성덕으로 아니
죽고 살아왔네. 하느님의 도움인지 우리 대왕 병은 멀리 가고 영덕
전 궁궐 위에서 춤을 추고 노시니 어찌 아니 좋을씨고. 해양불파海洋
不波 태평하다, 주야송덕晝夜頌德 하여 보세.”
어와 청춘 벗님네들, 이내 한 말을 들어 보오. 이러한 미물들도 진충
보국 이 같으니 하물며 우리 인생이야 말을 족히 할 수 있나. 우리도
진충보국을 하여 보세. 정권진 창본 「수궁가」

　　서편제 「수궁가」의 결말이다. 참, 가관이다. 용왕은 도망친 토끼
를 잡아 달라고 산신에게 부탁하고, 산신은 수궁과의 화친을 위해
늙은 토끼 한 마리를 잡아 보낸다. 영문도 모르고 죽어 간 늙은 토
끼의 목숨에는 아랑곳하지 않는다. 충성을 다해 나라를 도우라, 곧
진충보국盡忠報國을 위해서는 어쩔 수 없다고 한다. 정말이지 용왕

을 살리기 위해 늙은 토끼를 잡아다가 죽여야만 했는가? 요구하는 용왕도 거기에 응하는 산신도 한심하다. 이런 결말을 보고 있노라면 우울해진다. 「토끼전」이 던졌던 진지한 질문을 한심하게 이어받고 있는 오늘날의 세태가 부끄럽기 때문이다.

부끄러움은 여기서 그치지 않는다. 자라를 충성의 표본으로 만들려는 시도가 점차 강화되는 것도 그렇다. 백 번 양보해서 충을 강조하는 건 이해한다고 치자. 하지만 진정한 주인공이었던 토끼를 경망스럽고 촐싹거리는 존재로 만드는 것은 결코 용납할 수 없다. 신소설 작가 이해조는 「토끼전」을 「토의 간」과 「별주부전」이란 이름으로 거듭 개작했는데, 거기에 그려진 토끼는 허영심으로 가득 찬 인물이었다. 죽지 않기 위해 자라를 따라 나설 수밖에 없었고 죽지 않기 위해 용왕을 속일 수밖에 없었던 토끼를, 허영심 많고 간교한 인물로 보고 있으니 참으로 어처구니없다. 그래서 그런 「토끼전」을 읽어야만 하는 지금 더욱더 우울하다.

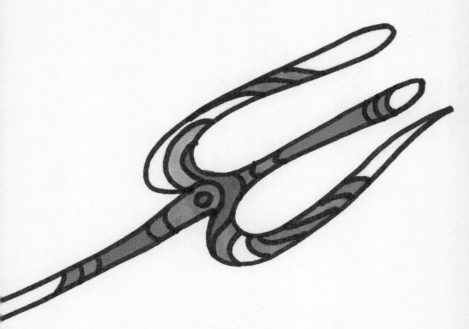

6. 적벽가

"위국 땅 백성들아, 적벽으로 싸움 가자!"

「적벽가」를
읽는 눈

　　「적벽가」는 중국 소설 『삼국지연의』의 하이라이트라 할 수 있는 적벽대전을 소재로 새롭게 창작한 판소리이다. 적벽대전은 유비 · 조조 · 손권과 같은 삼국의 영웅들, 관우 · 장비 · 조자룡과 같은 헌걸찬 장수들, 제갈공명 · 주유와 같은 지략가들이 엮어 내는 신출귀몰한 장면으로 눈이 부실 정도다. 그런 까닭에 이 작품이 조선 후기에 판소리로 리바이벌된 것은 당연한 일이기도 하다. 판소리 광대들도 『삼국지연의』의 매력에 흠뻑 빠져들었던 것이다.

　그때, 판소리 광대들이 등장인물 가운데 누구를 주목했는가 하는 점은 흥미롭다. 지금도 『삼국지연의』를 읽은 사람들에게 누가 가장 인상적이었느냐고 물으면 답이 제각각이다. 어떤 사람은 유비, 어떤 사람은 제갈공명, 어떤 사람은 조조라고 한다. 그들은 각각 나름의 매력을 지니고 있는 인물들이다. 그렇다면 판소리 광대들은 「적벽가」에서 누구를 주인공으로 내세웠던가? 뜻밖에도 원작『삼국지연의』에서는 물론이고 독자 가운데 아무도 주목하지 않았던 인물, 곧 전쟁터에 끌려 나왔다가 이름 없이 사라져 간 '병졸들'이었다. 적벽대전이 벌어지기 직전 조조의 병졸들이 모여서 각자의 신세를 한탄하던 '군사설움타령', 적벽대전의 와중에 화염에 휩싸여 숱하게 죽어 갔던 병졸들의 모습을 그린 '죽고타령', 그리고 적벽대전에서 패한 조조가 쫓겨 가다가 남은 병졸들을 점검하던 '군사점고사설'과 같은 대목에서 이들은 종횡무진 활약을 하고 있다.

그렇다고 해서, 이들의 모습이 영웅적으로 그려져 있다는 말은 아니다. 오히려 그 반대이다. '군사설움타령' 가운데 등장하는 병졸들의 모습을 보면 어떤 병졸은 두고 온 부모를 걱정하고, 어떤 병졸은 두고 온 아내를 생각하고, 어떤 병졸은 두고 온 자식을 보고 싶어 하고, 어떤 병졸은 두고 온 형제를 그리워한다. '군사설움타령'에서 병졸들의 활약이란 대략 이런 식이다.

중요한 것은, 그들의 설움이 공연한 것이 아니라는 점이다. 불길한 예감처럼, 그들은 결국 고향으로 돌아가지 못한다. 바로 다음날 벌어진 적벽대전에서 모두 비참하게 죽어 갔던 것이다. 그 참혹한 장면을 '죽고타령'이 증언하고 있다. "불에 타서 죽고, 물에 빠져 죽고, 총 맞아 죽고, 살 맞아 죽고." 시뻘겋게 치솟던 적벽강 불길 속에서, 바로 앞서 고향을 그리던 병졸들은 그렇게 비참하게 죽어 갔다. 옛사람들은, 판소리 광대가 이 대목을 부를 때면 마치 사방이

핏빛처럼 붉게 물들었다고 전한다. 광대들은 이어지는 '군사점고사설'을 통해서는 살아남은 자들의 아픈 상처와 분노에 찬 목소리를 담아냈다.

이렇듯 「적벽가」가 들려주고자 했던 전쟁 서사는 위인의 영웅담이 아니었다. 오히려 영웅의 활약상에 감추어졌던 병졸들의 참혹한 전쟁 서사였다. 원작 『삼국지연의』와 판소리 「적벽가」가 날카롭게 갈라지는 지점이다. 판소리 광대들은 왜 이들의 비극적 참상에 주목했던 것일까? 「적벽가」가 인기를 끌던 시기는 19세기 후반으로, 조선 왕조가 몰락의 길로 떨어지고 있던 시대였다. 서구 열강의 침공으로 청나라의 수도 북경이 함락되자, 조선은 전란의 불안에 휩싸이게 되었다. 또한 서양의 군함들이 조선의 해안을 빈번하게 오고 가면서 전란의 불안감은 더욱 고조되었다. 실제로 프랑스 군함이 침범한 '병인양요'와 미국 군함이 침범한 '신미양요'가 연달아 일어났다.

진주에서 시작되어 조선 전역으로 번졌던 농민 항쟁은 물론이고, 새로운 세상을 열겠다는 동학농민운동이 발발한 것도 바로 이 무렵이었다. 19세기 후반의 조선은 이렇듯 전란의 그림자가 안팎에서 짙게 드리워지고 있었다. 마침내 청일전쟁과 러일전쟁을 승리로 이끈 일본은 조선을 식민지로 전락시키고 말았다. 판소리 광대들은 이처럼 19세기 후반에서 20세기 초로 이어지던 불안한 전란의 분위기를 「적벽가」에 담아 노래했던 것이다.

적벽대전의 서막,
유비가 일어서던 장면들

「적벽가」는 『삼국지연의』에서 가장 통쾌하게 읽히는 적벽대전을 다루고 있다. 위나라의 조조는 백만 대군을 거느리고 내려와 손권의 오나라와 적벽강에서 한판 전투를 벌였다. 두 나라만의 전투는 아니었다. 힘이 미약했던 유비의 촉나라는 오나라와 힘을 합하여 위나라에 맞섰다. 그때 최고의 스타는 촉나라의 제갈공명이었다. 위나라의 백만 대군이 적벽강에 장엄하게 진을 치고 있을 때, 화공을 쓰기 위해 난데없는 동남풍을 불게 만들었다던 그 유명한 제갈공명 말이다.

그러기에 「적벽가」에는 제갈공명의 신출귀몰한 지략과, 위풍당당하게 쳐들어왔던 조조가 초라하게 패하여 달아나는 모습이 대비적으로 그려질 수밖에 없다. 조재삼(趙在三, 1808~1866)이 「송남잡지」에서 "화용도타령(적벽가의 본래 이름)은 『삼국지연의』에서 조조의 일을 다룬 작품이다."라고 증언한 것도 이 때문이었다. 그렇다면 조조는 어떤 모습으로 그려져 있을까? 작품을 읽어 보기에 앞서 옛 사람의 감상 한 편을 먼저 보기로 하자.

가을비 맞으며 화용도로 도망치는 조조,　　秋雨華容走阿瞞

관운장은 말 위에서 청룡도 들고 내려다보네.　髥公一馬把刀看

군졸들 앞에서 비는 꼴 정녕 여우의 아첨,　　軍前撓尾眞狐娟

우습다, 간사한 영웅이 벌벌 떠는 모습.　　　可笑奸雄骨欲寒

— 송만재『관우희』

조선 후기의 문인이었던 송만재(宋晩載, 1788~1851)가 「적벽가」를 직접 듣고 남긴 감상이다. 적벽대전에서 처참하게 패한 조조가 결국 화용도에 이르러 관우 앞에서 무릎 꿇고 비는 모습을 가장 인상 깊게 들었던 모양이다. 오나라를 단숨에 쓸어 버리겠다고 호언장담하던 조조가 관운장 앞에 꿇어앉아 목숨을 구걸하는 장면은 통쾌하기 그지없다. 물론 판소리 「적벽가」에서만 그런 것은 아니다. 『삼국지연의』에서도 마찬가지였다. 거기서도 조조는 관운장에게 목숨을 애걸하고서야 비로소 살아 돌아갈 수 있었다.

그 점, 『삼국지연의』와 「적벽가」가 다르지 않다. 「적벽가」가 『삼국지연의』에서 소재를 취했으니 기본 골격은 같을 수밖에 없다. 그런데 판소리 광대들은 「적벽가」를 부르면서 원작에 없는 삽화를 많이 만들어 중간 중간 끼워 놓았다. 적벽대전에 끌려 나온 병졸들의 모습을 확장해서 다루고 있는 '군사설움타령', '죽고타령', '군사점고사설', '원조타령', '장승타령', '좀놈사설' 등이 그것이다. 이것들은 뒤에서 다루기로 하고, 여기서는 우선 작품의 서두를 감상해 보자. 「적벽가」는 유비·관우·장비가 의형제를 맺는, 그 유명한 '도원결의桃園結義'에서 시작한다. 이들 세 사람의 맹세 장면은 다음과 같이 그려진다.

> 그때에 유비·관우·장비 삼인이 도원에서 결의할 제, 도원이 어데메뇨? 한나라 탁현이라. 누상촌 봄이 드니 붉은 안개 일어나고 반도花蟠桃花 흐르는 물, 아침 노을에 물들었다. 제단을 살펴보니 금줄을 둘러치고, 검은 소·흰 말 잡아 제사를 지내며, 세 사람이 손을 들어 의로 맹세를 하는데, 유현덕으로 큰형 삼고, 관운장은 작은형이요, 장익덕은 아우 되어, 몸은 비록 삼인이나 마음과 정신은 한 몸이라. 이렇듯이 굳센 결의 천지신명께 맹세한다. 황건적이 횡행하여 도탄에 빠져 있는 만백성을 구출하여 대업을 이루려면 구사일생 천신만고의 어떠한 난관이 없으리오. 유비·관우·장비 삼형제는 같은 해, 같은 달, 한 날 한 시에 죽기로서 맹약을 하고 피 끓는 구국충정 도원결의 이루었다. <u>박봉술 창본 「적벽가」</u>

서양에서는 프랑스 소설가 뒤마가 『삼총사』를 지어 의리로 맺어진 사내들의 활약상을 그렸다면, 동양에서는 『삼국지연의』가 지어져 생사를 함께하기로 맹세한 영웅들의 활약상을 보여 주었다. 고통 속에 신음하고 있는 백성을 구하기 위해, 한 날 한 시에 죽기로 약속했던 이들의 굳은 맹세는 지금까지 하나의 미담으로 전해지고 있다.

이들 세 사람은 다짐만 가지고 세상을 구제하겠다는 맹세를 실천할 수는 없었다. 그래서 한 사람을 더 끌어들인다. 천하에서 제일가는 지략가 제갈공명이다. 물론, 탁월한 인물을 얻는 과정이 쉬울 리 없었다. 유비는 제갈공명을 세 번이나 찾아가 간곡하게 애원한다. 유명한 고사 성어 '삼고초려三顧草廬'는 그렇게 해서 만들어진 것이다. 유비가 첫 번째 찾아갔을 때 제갈공명은 친구들과 놀러 나가 만날 수 없었고, 두 번째 찾아갔을 때도 외출 중이라 만날 수 없었다. 여기서 중요한 점은 제갈공명이 진짜 놀러 나간 게 아니라는 사실이다. 유비가 찾아올 줄 미리 알고 집을 비운 것이다. 혼탁한 세상에 나가 몸을 더럽히지 않기 위해 유비와의 만남을 일부러 피했을 정도로, 공명은 세상의 부귀 공명에 뜻을 두지 않았던 인물이다. 유비가 공명의 그런 의도를 모를 리 없었다. 웬만하면 포기할 법도 한데, 유비는 포기하지 않았다. 세 번째로 찾아간 것이다. 계속 피할 수만은 없었던 공명은 이번에는 다른 방법으로 유비를 돌려보내고자 했다. 그런 까닭에 판소리 광대들은 이 부분을 무척 자세하게 그리고 있다.

두 번 찾아왔었다는 말을 동자에게 부탁하고 신야로 돌아온 후, 세월이 물과 같아 이삼 삭이 지낸지라. 삼일 목욕재계하고 관우와 장비를 데리고 삼고초려 찾아갈 제, 와룡강을 당도하여 사립문을 두드리니 동자 나오거늘, "선생님 계시옵냐?" 동자 여쭈오되, "초당에서 봄잠이 깊이 들어 주무시고 계시나이다." 현덕이 반겨 듣고 관우·장비를 문밖에 세워 두고 완완이 들어가니 소슬한 바람 소리와 청량한 풍경 소리 초당이 한적쿠나. 초당 계단에서 기다려 서 있으되 공명은 한가롭게 누워 아무 동정이 전혀 없다. 장비는 성질이 급한지라 고리눈 부릅뜨고 검은 팔 뒤걷으며 크게 소리 질러 왈, "우리 형님은 한나라 종실의 후예인데, 저만 한 사람을 보려 하고 수차례 수고를 하였거늘 요망을 피우고 누워 일어나지를 아니하니 몹시 거만하여이다. 어린 동생이 초당에 들어가 초당에 불을 버썩 지르면 공명이 재주가 있다 하니 자나깨나 죽으나 사나 동정을 보아 제 만일 죽기 싫으면 응당 나올 테니, 노끈으로 결박하여 신야로 돌아가시이다." 엄불에 다방 쓰러지고 끄르럼에 불을 들고 초당 앞으로 우르르르르 달려드니, 현덕이 깜짝 놀라 장비의 손을 잡고, "아우야, 그런 법이 없나니라. 은왕·탕왕도 세 번 절하며 찾아갔고, 문왕도 강태공을 만나려고 위수에 왕래하였으니 삼고초려가 뭐 대단하랴?" 좋은 말로 경계한 후에 관우는 장비를 데리고 문밖에 가 멀리서 동정을 기다리더라. 공명이 잠을 깨어 풍월 지어 읊는데, "초당에서 봄잠을 족하게 자고 나니, 창밖의 해는 뉘엿뉘엿하는구나. 큰 꿈을 누가 깨우는가, 평생을 내 스스로 아는도다." 동자 들어와 여짜오되, "전일 두 번 찾아왔던 유황숙께서 당하에서 기다린 지 거의 반나절이 지났나이다." 공명이 거짓 놀라는 체하고 의관을 정제한다.

박봉술 창본 「적벽가」

유비의 세 번째 방문 광경이다. 어지러운 세상을 피해 살겠다던 제갈공명이 마침내 마음을 고쳐먹은 것은 유비의 지극 정성에 감동했기 때문이다. 일부러 피하는 것을 알면서도 세 번씩 찾아오던, 그래서 낮잠을 자는 척하며 반나절을 기다리게 만들어도 돌아가지 않던 유비의 간절함! 공명도 어지간한 사람이었지만, 유비는 더욱 어지간한 사람이었다. 유비의 이런 공순한 태도를 돋보이게 만드는 게 성질 급한 장비의 행동이다. 형 유비가 반나절이 넘도록 기다리고 있건만, 거만하게 잠을 자는 척하는 공명이 아니꼬웠다. 그래서 장비는 초당에 불을 질러 공명을 깨우려 하지만 유비는 점잖게 타이른다. 옛 성인들도 어진 이를 얻기 위해서 이보다 더한 정성을 들였던 사례를 들어 가면서. 참으로 대단한 사람이다. 이게, 어진 사람을 대우하는 최고의 길임을 잘 안다. 그러나 정성만 가지고 공명과 같은 사람을 얻을 수는 없는 법이다. 공명을 끝내 움직인 것은 유비가 이런 충직한 마음을 함께 간직하고 있었기 때문이다.

유현덕이 공순히 앉아서 말을 한다. "선생의 높은 성명 들은 지 오래거늘, 선생을 뵙고자 세 번 찾아온 뜻은 다름이 아니라 한나라가 기울어지고 간신이 권세를 멋대로 하여 종묘사직이 조석에 망하게 되었음이라. 이 몸이 재주가 없어 회복시키지 못하오니 나라의 운명이 처량하고 불쌍한 게 백성이라. 원컨대 선생께서 유비를 위하고 백성을 위하여 여기서 나와 도와 주사이다.” 공명이 대답하되, “저는 본래 무식하여 보잘것없는 사람으로서 세상의 부귀 공명을 모르고 남양 땅에서 밭 갈기와 강호에서 고기 낚기, 구름 깊은 속에서 약초 캐는 것을 일삼고, 달밤에 풍월이나 읊고 있으니 천하 대사 내 어찌 아오리까?” 굳이 사양하니 현덕이 하릴없어 서안을 탕탕 두드리며, “여보 선생, 듣조시오. 천하 대세가 날로 기울어져 도적 조조가 천자를 빙자하여 제후들을 분부하니 사백 년 한나라 운세가 일조일석에 있삽거늘 선생은 청렴을 본을 받아 세상 공명을 뜬구름으로 생각하니 억조창생을 뉘 건지리오.” 말을 마치고 두 눈에 눈물이 듣거니 맺거니 가슴을 두드려 울음을 우니 용의 입김이 와룡강을 진동한 듯, 뉘라 아니 감동하리. 두 눈의 눈물이 떨어져 양 소매를 적시거늘, 공명이 감동하여 가기로 허락한다. <u>박봉술 창본 「적벽가」</u>

세상에 나서기를 거절하는 공명을 설득하는 대목이다. 판소리 광대들은 이 대목을 「적벽가」 가운데 가장 비장하게 부른다. 왜 그랬을까? 어지러운 세상을 구하고, 불쌍한 백성을 구제하겠다는 유비의 굳은 다짐을 보여 주기 위해서다. “두 눈에 눈물이 듣거니 맺거니 가슴을 두드려 울음을 우는", 그리하여 "두 눈의 눈물이 떨어져 옷소매를 적시는" 유비의 모습은 '진정' 그 자체였다. 유비가 삼국의 영웅호걸 가운데 최고의 주인공인 까닭은 이런 곡진한 정성과 충직한 마음을 간직하고 있었기 때문이다. 유비가 생사를 함께할 장수를 얻은 '도원결의'와 자신의 뜻을 실현시켜 줄 참모를 얻은 '삼고초려', 이들 대목은 「적벽가」의 서두를 이렇듯 화려하게 장식하고 있었다. 미약했던 유비는 마침내 조조의 위나라, 손권의 오나라와 함께 삼국의 한 축으로 자리 잡을 수 있게 된다. 그렇게 해서 그 유명한 적벽대전의 서막이 열렸던 것이다.

적벽대전의 전말,
대비되는 영웅 유비와 간웅 조조

「적벽가」는 유비·관
우·장비 그리고 제갈공명과 같은 촉나라의 영웅들이 하나하나 힘
을 모아 가는 장면으로 시작된다. 분위기는 전체적으로 비장하다.
그도 그럴 것이 천하를 호령하고 있는 조조에 비하면, 그들은 의지
만 있을 뿐 아직 조조를 제압할 만한 현실적인 힘이 없었다. 이러한
유비의 처지를 가장 극명하게 보여 주는 장면이 바로 '장판교 전
투'이다.

　공명이 〔…〕 사륜 수레에 높이 앉아 와룡강을 하직하고 신야로 돌아
　오니, 병불만천兵不滿千이요 장불십여인將不十餘人이라. 공명이 백성
　을 모집하여 스스로 팔진법을 가르칠 제 방포 일성하고 금고를 쿵쿵
　울려 도적 조조와 대결할 제, 박망의 소둔, 백하 엄몰하고, 장담하던

하후돈과 승기 내던 조인 등 기창도주, 패한 분심, 수륙 대병을 조발하여 남으로 짓쳐 내려갈 제, 원망이 창천이요 민심이 소요로구나. 현덕이 하릴없어 강하로 물러나니, 신야 · 번성 · 양양 백성들이 현덕의 뒤를 따르거늘, 따라오는 저 백성을 차마 버릴 길이 전혀 없어, 조자룡으로 하여금 가솔을 부탁하고, 장익덕으로 하여금 백성을 이끌어 일행십리 행할 적에, 그때 마침 황혼이라 광풍이 우루루루루루 현덕 얼굴 앞에 장수 깃발 부려져 펄펄 날리거늘, 높은 산에 올라가 바라보니 조조의 수륙 대병이 물밀듯이 쫓아온다. 깃발과 창검은 팔공산 나뭇잎 같고, 여러 장수들이 앞으로 나아오며 공을 다툴 적에 문빙이 말을 채쳐 달려드니 장익덕이 분기 충천 불같이 급한 성품 창을 들어 문빙을 물리치고, 현덕을 보호하여 장판교를 지내갈 제, 수십 만 백성의 울음소리 산곡 중에 가득하고, 여러 장수들은 사생을 모르고 앙천 통곡하며 적진을 헤쳐 도망을 간다.

박봉술 창본 「적벽가」

공명이 유비를 따라 세상에 나온 뒤의 첫 전투 장면이다. 어려운 어휘가 많고 『삼국지연의』를 읽지 않았다면 내용을 이해하기 어려우니, 개요를 말하면 다음과 같다. 공명이 유비를 따라 신야 땅에 당도하고 보니, 병사는 천 명도 되지 않고 장수라고 해 봐야 열 명에 지나지 않을 정도로 초라하기 그지없었다. 그래도 공명은 좌절하지 않고 백성들을 모아 병법을 가르쳤다. 그리하여 박망파 전투,

백하 전투에서 눈부신 전술로 조조의 군사를 무찔렀다. 조조는 분한 마음을 억누를 수 없었다. 화가 난 조조는 수많은 수륙 대군을 모아 물밀듯이 쳐내려왔다. 유비는 조조의 위세에 눌려 신야를 버리고 강하로 물러났다. 그 와중에 유비의 부인은 스스로 목숨을 끊었고, 유비는 헤어졌던 아들과 천신만고 끝에 다시 만날 수 있었다. 비록 조자룡과 장비가 장판교 전투에서 영웅적인 활약을 보이긴 하지만, 중요한 것은 그게 아니다. 여기서 확인할 수 있는 것은, 아직 유비는 조조의 적수가 되기에는 힘이 턱없이 부족했다는 사실이다.

하지만 이처럼 열악한 상황을 통해 진정 말하고 싶었던 것은 그게 아니다. 그러면 무엇일까? 그걸 알기 위해서는, 다음 대목을 눈여겨 볼 필요가 있다. 조조가 병사들을 모아 내려올 때는 "원망이 창천漲天이요, 민심이 소요騷擾로구나."라고 적고 있다. 원망이 하늘 가득 퍼져 있고 민심이 술렁이고 있다는 뜻이다. 즉, 위나라 백성들은 하나같이 조조의 군사 동원을 원망하고 있었던 것이다. 하지만 유비의 백성은 그렇지 않았다. 비록 조조에게 쫓겨 도망을 가는 처지임에도, 그들은 유비를 따르고자 했다. 그때 유비는 어떠했던가? "신야·번성·양양 백성들이 현덕의 뒤를 따르거늘, 따라오는 저 백성을 차마 버릴 길이 전혀 없어 익덕으로 하여금 백성을 이끌어 일행 십리日行十里"하게 했다. 조조의 위세는 비록 하늘을 찌를 듯이 높았지만, 휘하 백성들의 원망 또한 하늘을 찌를 듯이 높았다. 그에 반해 유비의 위세는 비록 쫓겨 가는 신세였지만, 휘하의 백성들은 마치 부모를 따라가듯 유비를 따라갔던 것이다. 자기 목숨도 부지하기 어려운 형국에, 하루에 십 리밖에 가지 못하는 행군을 하면서도 유비는 결코 백성들을 버리지 않았다. '장판교 전투'는 조조와 유비의 대비를 통해 천하의 민심이 어디로 향하고 있는지, 그렇다면 삼국의 진정한 영웅이 누구인지를 보여 주고 있다.

천하를 쥐락펴락하던 조조는 이렇게 유비를 몰아내고 난 뒤 어디서 무엇을 하고 있었을까? 그때 조조는 백만 대군을 몰고 내려와 적벽강에 수천 척이나 되는 배를 띄워 놓고 잔치를 벌이고 있었다. 조조의 위세는 천하를 단숨에 집어삼킬 것처럼 대단하였으니, 그 모습이 어떠했는지 한 번 보도록 하자.

그때여 적벽강 승상 조조는 백만 대병을 거느리고 천여 척 전선을 모아 연환계連環計를 굳이 무어 강 위의 육지 만들어 두고 일등 명장이 진을 치고 머무를 제, 말 달려 창 쓰기며 활 쏘아 총 놓기, 십팔계 연습하기, 백만 장병이 요란할 제, 조조 진중에서 술 많이 빚고 돼지·소·양을 많이 잡아 장졸들을 실컷 먹일 제, 동산의 달빛은 마치 대낮과 같고 한 줄기 긴 강은 마치 흰 비단을 펼쳐 놓은 듯하였다. 그때 조조는 장대 위에 높이 올라 "남병산의 색은 채색이 영롱하여 그림 병풍을 두른 듯 동쪽을 가리켜 '시상'이요, 서쪽을 가리켜 '하구강'이요, 남쪽을 가리켜 '번성'이요, 북쪽을 보니 '오림'이로구나. 사면이 광활하거든 어찌 성공 못할쏘냐? 내 나이 오십사 세로 만약 강남을 얻게 되면 부귀를 누림이 어떠하겠느냐? 동작대 좋은 집에 대교·소교, 이교녀를 얻어 늘그막에 즐거움을 누리는 것이 나의 바람에 족할지라. 어와 장졸들아, 너희들도 오늘은 술이든 고기든 실컷 먹고 위나라·촉나라·오나라 승부를 내일 결판내자. 천자의 위업을 나 한 사람에게 맡겨라. 천하를 얻은 후에 천금을 상으로 내리고 천호의 제후에 봉하리라." 문무 장졸들이 영을 듣더니 군례로 모두 늘어서서, "원득개가願得凱歌하오리라." 박봉술 창본 「적벽가」

적벽강에서 일대 결전을 앞두고 있던 조조는 온갖 호기를 잔뜩 부리고 있었다. 천여 척이 넘는 배를 쇠사슬로 묶어 평지처럼 만들

• • •
오·촉 연합군에 맞서 승리를 장담하던 조조는, 제갈공명이 동남풍을 일으킨 사이 오나라가 불로써 공격하자 크게 패하고는 비굴하게 도망친다. 이때 조조의 군사들이 적벽강에서 국수 풀어지듯 비참하게 죽어 갔다고 「적벽가」는 전한다. 적벽강 모습.

ⓒ 김용호

조선 최고의 예술 판소리

어 놓고 백만 대군을 훈련시키는 한편, 푸짐한 술과 안주를 장만하여 장졸들의 사기를 북돋고 있었던 것이다. 광활한 강남 땅의 동서남북을 차례로 가리키며, 천하를 얻을 날이 눈앞에 다가왔다는 그의 호언장담은 결코 헛말이 아닌 듯 보였다. "동작대 좋은 집에 대교·소교, 이교녀를 얻어 늘그막에 즐거움을 누리는 것이 나의 바람"이라던 말이야말로 조조가 얼마나 기고만장했는가를 여실하게 보여 준다. '대교'는 오나라 군주 손권의 형 손책의 아내이고, '소교'는 오나라 대원수 주유의 아내이다. 조조가 그들의 부인을 빼앗아 놀겠다는 말을 천하에 공공연하게 떠들고 다녔던 것은, 무슨 일이 있어도 전쟁에서 승리해 오나라의 항복을 받아 내고야 말겠다는 자신감의 표현이었다. 그런데 조조의 호기로운 장담 저편에서 터져 나오는 병졸들의 목소리는 전혀 달랐다.

그때 한 군사 모자를 벗어 또루루 말아 베고 누워 봇물 터진 듯이 울음을 운다. 아이고 아이고 우니, 한 군사 내달으며, "아나, 이애. 승상은 지금 대군을 거느리고 천 리 전쟁을 나오시어 승부를 못 끝내고 천하 대사를 바라는데 이놈 요망스럽게 왜 울음을 우느냐? 울지 말고 이리 오너라. 술이나 먹고 놀자." 저 군사 계속하여 왈, "네 설음 제쳐놓고 내 설움 들어 보아라. 집에 계신 늙은 부모, 이별한 지가 몇 날 며칠이나 되냐? 아버지 날 낳으시고 어머니 날 기르시니 부모 은덕을 갚고자 한들 하늘처럼 끝이 없구나. 화목하던 집안 식구들, 어여쁜 우리 처자, 천 리 먼 길 전쟁터에 나를 보내고 오늘이나 소식 올까, 내일이나 기별 올까 기다리고 바라다가 서산에 해는 기우니 문밖에 나와 기다린 지 몇 번이며, 바람 불고 비 죽죽 오는데 대문에 기대어 기다린 지 몇 번이나 되나? 총과 칼을 둘러메고 육전 수전 섞어 할 제 생사가 조석에 달렸구나. 만일 객사를 하게 되면, 게 뉘라서 묻어 주랴? 해골이 벌판에 흩어져서 까마귀 밥이 된다 한들 뉘라서 손뼉을 쳐서 후여쳐 날려 줄 이 있드란 말이냐?" [⋯] 또 한 군사 나서며, "여봐라, 군사들아. 이내 설움 들어라. 네 내 설움 들어 봐라. 나는 남의 오대 독신으로 어려서 장가들어 근 오십 장근토록 슬하 일점 혈육이 없어 매일 부부 한탄. 엇다, 우리 집 마누라가 온갖 공을 다 드릴 제, [⋯] 공든 탑이 무너지며 심근 남기가 꺾어지랴. 그달부터 태기 있어 석부정부좌席不正不坐하고 할부정불식割不正不食하고, 이불청음성耳不聽淫聲, 목불시악색目不視惡色하여 십 삭이 점점 차더니 하루는 해복 기미가 있는가 보드라. 아이고 배야, 아이고 허리야, 아이고 다리야. 혼미 중에 탄생하니, 딸이라도 반가울 텐데 아들을 낳았구나. 열 손에 떠받들어 땅에 뉘일 날이 전혀 없이 삼칠일이 다 지나고, 오륙 삭이 넘으니, 발바닥에 살이 올라 터덕터덕 노는 양, 빵긋 웃는 양, 엄마 아빠 도리도리, 쥐암, 잘깡 섬마 등등 내 아들아. 내 아들이지. 옷고름에 돈을 채워 감을 사 껍질 벗겨 손에 들려서 어르며, 주야 사랑 애중한 게 자식밖에 또 있느냐? 뜻밖에 급한 난리 '위국 땅 백성들아, 적벽강으로 싸움 가자.' 웨는 소리 아니 올 수 없더구나. 사당 문 열어 놓고, 통곡 재배 하직한 후, 간간 한 어린 자식, 유정한 가솔 얼굴 한데 문지르고, 부디 이 자식 잘 길러 나의 후사를 전해 주오. 생이별 하직하고 전장에를 나왔으나 언제나 내가 다시 돌아가 그립던 자식을 품에 안고, 아가 응아 얼러 볼거나. 아이고 아이고 내 일이야." <u>박봉술 창본 「적벽가」</u>

조조의 장담에 뒤이어 나오는 '군사설움타령' 대목이다. 여기에서 듣게 되는 병졸들의 서러운 사연은 조조의 장담과는 전혀 딴판이다. 첫 번째 병졸은 고향에서 자식 걱정으로 지낼 늙은 부모를 생각하고, 두 번째 병졸은 늦게 얻은 자식을 두고 온 것을 안타까워하고 있다. 언제 돌아갈지, 아니 살아서 돌아갈 수 있을지 기약조차 할 수 없는 전쟁터에서 병졸들은 가족에 대한 그리움과 죽음에 대한 두려움을 토로하고 있는 것이다. "해골이 벌판에 흩어져서 까마귀의 밥이 된다 한들 뉘라서 손뼉을 쳐서 후여쳐 날려 줄 이 있드란 말이냐?"라는 한탄은 참으로 절절하다. 그래서 서러웠던 것이다.

병졸들의 설움은 이렇듯 봇물 터지듯 터져 나오는데, 앞서 보았듯 조조는 호기만 부리고 있었다. 따지고 보면 적벽강으로 싸우러 나온 병졸들은 조조가 일으킨 싸움과는 아무런 상관도 없이 그저 도란도란 살아가던 백성들이었다. 다만, "위국 땅 백성들아, 적벽강으로 싸움 가자."라는 호통 소리에 어쩔 수 없이 끌려 나왔을 뿐이다. 그들의 설움타령은 다시는 고향으로 돌아가지 못할 것 같은 불안감의 표시에 다름 아니었다. 아닌 게 아니라 그들의 불길한 예감은 바로 다음날, 참혹하게 적중하고 말았다.

수만 전선이 간데없고, 적벽강이 후두두 뒤끓을 제, 불빛이 난리가 아니냐? 가련할손 백

만 군병은 날도 뛰도 오도 가도 오무락 꿈짝달싹 못하고, 숨막히고, 기막히고, 살도 맞고, 창에도 찔려, 앉아 죽고, 서서 죽고, 웃다 죽고, 울다 죽고, 밟혀 죽고, 맞어 죽고, 애타 죽고, 성내 죽고, 덜렁거리다 죽고, 복장 덜컥 살에 맞아 물에 풍 빠져 죽고, 바시져 죽고, 찢어져 죽고, 가이없이 죽고, 어이없이 죽고, 무섭게 눈 빠져 혀 빠져 등 터져 오사, 급사, 악사, 몰사하여 다리도 작신 부러져 죽고, 죽어 보느라고 죽고, 무단히 죽고, 함부로 덤부로 죽고, 땍때그르르 궁글다 아뿔사 낙상하여 가삼 쾅쾅 뚜다리며 죽고, '이놈 제기' 욕하며 죽고, 꿈꾸다가 죽고, 떡 큰 놈 입에다가 물고 죽고, 한 놈은 주머니를 부시럭부시럭거리더니 '엇다, 이 제기를 칠 놈들아. 나는 이런 다급한 판에 먹고 죽을라고, 비상 사 넣었더니라.' 와삭와삭 깨물어 먹고 물

에가 풍. 또 한 놈은 뱃전으로 우루루루루루 퉁퉁퉁퉁 나가더니 고 향을 바라보며 망대에 망곡으로 '아이고, 아버지 어머니. 나는 하릴 없이 죽습니다. 언제 다시 뵈오리까.' 물에가 풍. 버큼이 푸르르르 또 한 놈은 그 통에 제가 한가한 체하고 시조 반 장 빼다 죽고, 즉사, 몰사, 대해 수중 깊은 물에 사람을 모두 국수 풀듯 더럭더럭 풀며 적 벽 풍파에 떠나갈 제 일등 명장이 쓸데가 없고 날랜 장수도 무용이 로구나. <u>박봉술 창본「적벽가」</u>

「적벽가」 가운데 하이라이트라 할 수 있는 '죽고타령'이다. 판소 리 장단 가운데 무척 빠른 자진모리장단으로 부르는 이 대목은 언 뜻 들으면 흥겹다. 하지만 가만히 뜯어보면 너무나 참혹하다. 어떻 게 하면 백만 병졸이 이렇듯 하루아침에 적벽강에서 몰살을 당할 수 있을까? 그들의 죽음 하나하나에는 참으로 서러운 사연들이 담 겨 있을 것이다. '군사설움타령'에서 늘어놓았던 부모 생각, 자식 생각, 아내 생각, 형제 생각 등등. 하지만 그들은 자신과 아무런 상 관도 없는 전쟁터에 끌려 나와 이렇듯 처참하게 죽어 갔다. 아마 가 장 참혹한 표현은 맨 마지막, 적벽강 깊은 물에 모든 군사들이 국수 풀어지듯 더럭더럭 풀어져 죽어 갔다는 대목일 것이다. 뜨거운 물 에 국수 풀어지듯 널부러진 병졸들의 주검들. 상상하면 끔찍하기 그지없다. 그렇다면 그들을 죽음으로 몰아간 간웅 조조는 그때 어 떻게 하고 있었던가?

화전 궁전 가는 소리 여기서도 피르르르르르 저기서도 피르르르르르, 허저·장요·서황 등은 조조를 보위하여 천방지축 달아날 제, 황개 화염 무릅쓰고 좇아오며 하는 말이 "붉은 홍포 입은 것이 조조니라. 도망 말고 쉬 죽어라. 선봉대장 황개니라." 호통하니

조조가 황겁하여 입은 홍포 벗어 버리고, 군사 전립 빼앗아 쓰고 다른 군사를 가리키며 "참 조조 저기 간다." 제 이름을 제 부르며 "이놈, 조조야. 날다려 조조란 놈, 제가 진정 조조니라."

황개가 좇아오며, "저기 수염 긴 것이 조조니라."

조조 정신 기겁하여, 긴 수염을 걷어잡아 와드득 와드득 쥐어뜯고 꾀탈 앙탈 도망헐 제, 좌우편 호통 소리 조조가 넋이 없어 오림께로 도망을 할 제, 조조 잔말이 비상하여, "문 들어온다, 바람 닫아라. 요강 마렵다, 오줌 들여라. 둔종 났다, 다칠세라. 배 아프다, 농치지 마라. 까딱하면 똥 싸겠다. 여봐라, 정욱아. 위급하다, 위급하다. 날 살려라, 날 살려라." 조조가 겁김에 말을 거꾸로 잡어 타고, "아이고 여봐라, 정욱아. 어째 이놈의 말이 오늘은 퇴불여전하여 적벽강으로만 그저 뿌드등 뿌드등 들어가니 이것이 웬일이냐?"

정욱이 여짜오되, "승상이 말을 거꾸로 탔소."

"언제 옳게 타겠느냐? 말 모가지만 쏙 빼다 얼른 돌려 뒤에다 꽂아라. 나 죽겠다, 어서 가자. 아이고, 아이고. 아이고, 아이고."

정욱이 웃고 여짜오되, "승상 말씀 듣자오니, 영웅이란 말씀은 삼국에 날 만도 하오." 박봉술 창본 「적벽가」

적벽강에서 백만 대군을 모두 잃은 뒤 죽어라 달아나는 조조의 몰골이다. 한껏 거드름을 피우다가 제갈공명의 동남풍과 오나라의 화공을 맞아 대패한 조조. 자신이 끌고 나온 병졸들이 적벽강에서 죽어 가던 그 순간, 조조는 이렇듯 몇몇 장수들의 호위를 받으며 도망치고 있었던 것이다. 뒤따라오던 오나라 장수 황개가 붉은 홍포 입은 자가 조조라 소리치니, 병졸이 입고 있는 전포를 빼앗아 걸치고는 그 군사를 되레 '조조'라 지목하던 비겁한 그! 수염 긴 자가 조조라며 따라오니, 이번에는 수염을 와드득 와드득 쥐어뜯으며 허둥대던 그! 너무나 겁에 질려 말을 거꾸로 탄 채, 말 모가지를 빼어다가 뒤에다 꽂으라고 명을 내리는 어처구니없던 그!

이런 조조의 행태를 보고 있노라면, '장판교 전투'에서의 유비가 떠오른다. 유비는 어떻게 했던가? 조조의 백만 대군에 밀려 절체절명의 위기에 빠졌던 순간에도 그는 자신을 믿고 따르는 수많은 백성들을 버리지 않았다. 함께 죽기로 각오하고 그들과 함께 했던 유비의 모습. 그런 유비는 혼자 살겠다고 도망치던 조조와는 너무도 달랐다. 「적벽가」는 진정한 영웅과 간사한 영웅을 이렇게 대비적으로 보여 주었던 것이다.

적벽대전 이후,
비굴한 조조와 분노에 찬 병졸들

적벽대전 이후 「적벽
가」는 후반부로 접어든다. 그리고 적벽대전에서 대패한 조조가 달
아나는 그 부분에 판소리 광대들이 하고 싶었던 이야기가 담겨 있
다. 끝없이 추락하는 조조의 몰골 너머로 비참하게 죽어 갔던 병졸
들의 분노에 찬 목소리가 하나 둘씩 터져 나오기 시작한 것이다. 분
노에 찬 목소리는 뜻밖에도 조조가 가장 믿고 있었던 일등 참모, 정
욱의 입에서 터져 나오기 시작한다. 다음은 조조가 적벽강에서 오
림으로 도망칠 즈음의 한 장면이다. 오림에는 유비의 장수 조자룡
이 공명의 지시에 따라 매복하고 있었다.

창황 분주 도망을 갈 제, 새만 푸르르르르 날아가도 복병인가 의심
하고, 낙엽만 버썩 떨어져도 추병인가 의심을 하여, 엎더지고 자빠

지며 오림 험한 곳을 반생반사 도망을 간다. 조조가 가다가 목을 움쑥움쑥하니, 정욱이 기가 막혀 "아, 여보시오 승상님. 무게 많은 중에 말허리 늘어집니다. 어찌하여 그리 목은 움치시나이까?"

"야야, 말 마라. 말 말어. 내 눈 위에 칼날이 번뜻번뜻하고, 귓전에 화살이 윙윙하는구나."

정욱이 여짜오되, "이제는 아무것도 없사오니, 목을 늘여 사면을 더러 살펴보옵소서."

"진정으로 조용하냐?" 조조가 목을 막 늘여 사면을 살펴보려 할 제, 의외에 말굽통 머리에서 메추리란 놈이 표루루루루루 날아가니, 조조 깜짝 놀래, "아이고, 야야, 정욱아! 내 목 달아났다. 내 목 있나 좀 봐라."

정욱이 기가 막혀, "눈치 밝소. 그 자그마한 메추리를 보고 그대지 놀래실진댄, 큰 장꿩을 보았으면 기절초풍을 할 뻔하였소그려."

"야야, 그것이 메추리더냐? 허허 그놈, 비록 자그마한 놈이지마는, 털 뜯어서 갖은 양념 하여 보글보글 볶아 놓으면 술안주 몇 점 쌈빡하니 좋으리라마는."

"아, 우환 중이라도 입맛은 안 변했소그려."

조조가 목을 늘여 사면을 살펴보더니, 느닷없는 웃음을 내 가지고, "히히히히히 해해해."

정욱이 기가 막혀 "아, 여보시오 승상님. 근근도생 창황 중에 슬픈 신세는 생각지 않고 무슨 일로 그렇게 웃나니까?"

조조 듣고 대답하되 "야야, 내 웃는 것이 다름이 아니라 주유는 슬기는 좀 있으되 꾀가 없고, 공명은 꾀는 좀 있으되 슬기가 없음을 생각하여 웃었느니라." 박봉술 창본 「적벽가」

겨우 목숨을 부지한 채 도망하다가 복병을 만날까 겁을 내는 모습, 새가 푸르르 날아올라도 복병이 나타난 줄 알고 벌벌 떠는 모습, 복병이 아니라 메추리란 말에 술안주 운운하며 거드름을 피우는 모습, 그러더니 갑자기 이런 험한 곳에 복병을 두지 않았다며 깔깔거리며 웃고 있는 모습. 추락하는 조조가 보여 줄 수 있는, 우스꽝스런 모든 것을 보여 주고 있는 장면이다. 조조가 그럴 때마다 곁에 있던 정욱의 핀잔은 강도가 점점 더해 간다. "여보시오, 승상님!"이라 부르는 호칭에는, 더 이상 높임의 마음이 담겨 있지 않다. 어떤 이본에는 매복을 두지 않았다고 깔깔거리며 웃는 조조의 모습을 보고, 정욱이 "장졸을 다 죽이고 좆만 차고 가는 터에 무슨 좋은 일이 있어 저다지 웃으시오."라며 노골적인 핀잔을 퍼붓기도 한다. 정욱은 점점 조조를 떠나가고 있었던 것이다.

그럼에도 조조는 자신의 잘못을 뉘우치거나 반성할 줄을 모른다. 그리하여 오림에서는 매복해 있던 조자룡에게 죽임을 당할 뻔하고, 호로곡에서는 매복해 있던 장비에게 죽임을 당할 뻔한다. 조조는 마침내 화용도로 들어가는 갈림길에 도착하게 된다. 공명이 관우로 하여금 험한 길에 연기를 피워 놓고 매복해 있으라고 시킨 바로 그

곳이다. 그때 조조는 넓고 편한 길을 택하지 않고, 연기가 피어오르는 좁고 험한 화용도를 택한다. 연기가 피어오르는 것을 보니 복병이 있을 것 같다는 정욱의 마지막 만류도 듣지 않는다. 오히려 조조는 이렇게 호언장담한다. "너 이놈, 네가 병법을 모르고 어찌 군사軍師라고 따라다니는고? 병법에 일렀으되 실즉허實則虛하고 허즉실虛則實이라 하였느니라. 꾀 많은 공명이 큰 길에 복병하고, 작은 길에 헛불을 놓아 날 못 가게 유인한들, 내가 제까짓 놈 꾀에 빠질쏘냐? 잔말 말고 화용도로 가자." 공명이 조조를 멋들어지게 속여넘긴 유명한 대목이다. 결국 조조는 자기 꾀에 빠져 관우가 지키고 있는 화용도 좁은 길로 접어든다.

자신의 꾀를 자화자찬하며 호언장담하는 조조를 보고, 살아남은 병졸들은 또다시 낭패를 볼 줄 예감하고 있었다. 그리하여 병졸들은 더 이상 조조를 따르지 않는다. 아니, 분노에 찬 그들은 이제 정면에서 조조를 조롱한다. 병졸들의 이런 목소리가 터져 나오는 장면이 바로 '군사점고사설'이다. 화용도를 겨우겨우 지나던 조조는 문득 남은 군사가 얼마인가 헤아려 보기로 한다.

정욱이 여짜오되, "왕후장상이 영유종호寧有種乎아? 예로부터 일렀삽고 병교자는 패라 하니 남의 험담 그만하고 남은 군사 점고나 하사이다."

"점고할 것 뭐 있겠느냐? 정욱이 너, 나, 나, 너, 모두 합쳐서 한 오십

명쯤 되니, 손가락으로 꼽아도 알겠구나. 정욱이 네가 점고하여 봐라."

정욱이가 군안을 안고 군사 점고를 하는데, "대장의 안유병이!"

"물고요."

조조가 듣더니마는 "아차, 아까운 놈 죽었다. 안유병이가 어찌하여 죽었느냐?"

"오림에서 자룡 만나 죽었소."

"너희 급히 가서 안유병이 죽은 것 물려 오너라."

"아, 승상님 혼자 가서 물려 보시오."

"야, 이놈들아. 나 혼자 가서 맞아 죽게?"

"아, 그러면 저희 소졸들은 어찌 간단 말씀이오." 박봉술 창본 「적벽가」

'군사점고사설'이 시작되는 첫 장면이다. 바로 앞에서는 조조가 화용도 계곡에서 유비·관우·장비·조자룡·제갈공명이 보잘것 없는 인물이라며 교만을 부린다. 그러자 정욱이 나서서 조조를 꾸짖는다. 왕·제후·장수·재상 될 사람은 씨를 타고나는 게 아니고, 전쟁터에서 교만을 부리면 늘 패하게 되니 조심하라고. 이제 조조가 무슨 말만 하면 정욱이든 병졸이든 모두가 조롱하고 나서는 한심한 지경에 이르고 말았다. 조조는 그걸 아는지 모르는지, 몇 안 되는 군사이건만 얼마가 남았는지 하나하나 헤아려 보자고 한다. 그리하여 이름을 부르기 시작하는데, 첫 번째 부른 안유병은 물고

物故였다. 물고란 전쟁터에서 죽었다는 뜻이다. 유의해서 읽어야 할 대목은 바로 그 다음이다. 조조는 아까운 병졸이 죽었으니, 죽인 조자룡을 찾아가서 죽음을 물려 오라고 시킨다. 터무니없는 명령이다. 병졸들은 조조보고 가서 물려 오라며 거절한다. 조조가 자기 혼자 갔다가는 맞아 죽는다고 하자, 병졸들은 그럼 자기들은 가서 맞아 죽어도 좋으냐고 대든다. 참으로 가관이다. 정욱과 같은 일급 참모뿐만 아니라, 병졸들 모두 조조에게 대들고 있는 것이다. 다음 군사 점고를 보자.

"후사파에 허무적이!"
허무적이가 들어온다. 투구 벗어 손에 들고, 갑옷 벗어 짊어지고, 부러진 창대를 거꾸로 짚고 전동전동 들어오며 "원통하니, 제갈량 동남풍 아닐진대 백만 대병 다 죽을까? 어이타 불에 다 타 죽고 돌아가지 못할 패군, 갈 도리는 아니 하고 점고는 웬일이오? 점고하지 말고 어서 가사이다."
조조 화를 내어 "이놈, 너는 천총의 도리로 군례도 없이 거만하게 절을 하지 않으니 괘씸하다. 네, 저놈 목 싹 베어 내던져라."
허무적이 기가 막혀 "예, 죽여 주오. 승상 몽둥이에 죽거드면 혼이라도 고향으로 날아가 부모, 동생, 처자, 권솔 얼굴이나 보겠나이다. 당장에 목숨을 끊어 주오."
조조가 마음에 느껴 "오냐, 허무적아. 울지 마라. 네 부모가 내 부모요, 네 식구가 내 식구니 우지 말라, 우지를 말어. 우지 말고 거기 있다가 점고 끝에 함께 가자. 또 불러라" 박봉술 창본 「적벽가」

점고를 시작한 이래, 살아 있다고 대답한 첫 번째 인물 허무적이다. 들어오며 하는 말이 가관이다. 허무적은 조조에게 살아갈 도리를 찾지 않고 웬 뚱딴지같이 군사 점고를 하느냐고 따져 묻는다. 기가 찬 조조는 할 말이 없자 절을 하지 않았다면서 군법에 처하라고 한다. 허무적의 대답은 더욱 기가 차다. 어차피 죽을 목숨이니 어서 빨리 목을 베어 달라고 대드는 것이다. 그래야 혼이라도 고향으로 돌아갈 수 있지 않겠느냐고! 그 말에는 조조도 조금 느끼는 바가 있었는지 허무적을 달랜 뒤 군사 점고를 계속한다.

"좌기병에 골래종이!"
골래종이 들어온다. 골래종이 들어온다. 좌편 팔 창을 맞고 우편 팔 살을 맞아 다리도 절룩절룩, 반생반사 들어와, "예."
조조가 보더니 "예끼, 엇다, 거 병신 부자로구나. 저놈이 어디서 낮잠 자다가 산벼락 맞은 놈 아니냐? 네 여봐라, 우리는 죽었다 살았다 달아나면 저놈은 뒤에 느지막이 떨어졌다가 우리 간 곳만 손가락으로 똑똑 가르쳐 줄 놈이니, 저놈 큰 가마솥에다가 물 많이 붓고 폭신 진하게 달여라. 한 그릇씩 먹고 가자."
골래종이 골을 내어 눈을 찢어지게 흘기며, "승상님 눈을 보니 인장

식人醬食하게 생겼소."

"엇따, 저놈, 보기 싫다. 쫓아내고 또 불러라." 박봉술 창본 「적벽가」

이번에 살아 있다고 대답하며 들어온 군사는 골래종이다. 그는 온몸에 창과 살을 맞아 성한 곳이라곤 하나도 없는 비참한 몰골이었다. 조조는 그런 모습을 보고 '병신 부자'라며 비웃는다. 그뿐 아니다. 어차피 함께 갈 수 없다면 뒤처져 있다가 도망간 곳을 알려 줄지 모르니 가마솥에 삶아 먹자고 한다. 끔찍한 말인데도, 조조는 서슴없이 한다. 서슴없기는 골래종이 더하다. 삶아 죽이라는 말에 겁을 내기는커녕 조조를 똑바로 쳐다보며 "눈을 보니 사람을 죽여 젓 담가 먹을 상"이라며 대드는 것이다. 그렇게 대들어도 조조는 어찌하지 못한다. 다시 군사 점고를 이어 간다.

"우기병 전동다리!"
전동다리가 들어온다. 전동다리가 들어온다. 부러진 창대 들어메고, 발세치레 건조로 세 발걸음 중뛰엄 몸을 날려 껑정껑정 섭수 있게 들어와, "예."
조조 보더니마는 "예끼, 웬 놈이 저리 성하냐? 저놈이 장비 군사 아니냐?"
"누가 장비 군사요? 성하거든 어서 회 쳐 잡수시오."
"너 이놈아, 그게 웬 소린고?"

"아, 병든 놈 가마솥에다 달여 먹자기로, 성한 놈은 회 쳐서 잡수라고 했소?"

"어따 이놈아. 너는 하도 성하기에 반가워서 하는 말이로다."

"승상님 군사들이 미련해서 죽고 병신이 되지요."

"네 이놈, 그게 웬 소린고?"

"아, 승상님도 생각을 좀 해 보시오. 싸울 때는 뒤로 숨고, 싸움 아닐 때는 앞에서 저정거리고 다니면 죽을 바도 없고 병신 될 바 만무하지요."

"어떠 저놈 뒀다가는 군중에 씨할까 무섭구나. 저놈 보기 싫다. 쫓아내고 또 불러라." <u>박봉술 창본 「적벽가」</u>

이번에 들어온 전동다리는 다친 데라고는 하나도 없는 성한 모습이다. 조조는 너무도 반가웠다. 자기 군사 가운데 그렇게 성한 군사는 처음 보니, 혹시 장비의 군사가 아니냐고 엉뚱한 질문을 할 정도다. 그런데 전동다리의 대답이 걸작이다. 자신을 회 쳐 먹으라는 것이다. 조조가 영문을 몰라 그게 무슨 말이냐고 묻자 전동다리는 이렇게 대답한다. 온갖 부상을 입은 골래종을 삶아 먹는다고 했으니, 성한 자신은 회를 쳐 먹으라고. 이쯤 되면 막가자는 것이다. 조조를 향한 분노에 찬 목소리가 정도를 더해 가고 있는 것은 물론이다. 그러더니 「적벽가」 전체를 통틀어 잊지 못할 명언을 풀어 놓는다. 다른 병사들은 미련해서, 죽거나 병신이 된 거라고. 자기처럼 싸울 때는 숨어 있다가 싸움이 끝나면 앞에 나와 싸운 척 어정거리면, 죽을 일도 없고 병신 될 일도 없다고. 조조는 온갖 명분을 들어 위나라 백성들을 끌고 적벽강으로 싸우러 나왔건만, 전동다리는 그런 싸움에서 자기 목숨을 희생시킬 아무런 이유를 찾을 수 없었던 것이다.

여기에 이르면, 조조는 더 이상 삼국의 영웅이 아니다. 무고한 백성을 사지로 내몰고 자신의 정치적 야욕을 채우려던 간교한 야심가에 지나지 않을 뿐. 판소리 광대들은 「적벽가」를 통해 바로 이 말을 하고 싶었던 것이다. 명분 없는 국가의 전쟁에 개인이 희생될 수 없다는 그 놀라운 각성 말이다.

적벽대전의 최후,
꿇어앉은 조조를 풀어 준 관우

　　　　　　　　　　　적벽대전에서 무고한 백
성을 죽음으로 몰고 간 조조에 대한 분노는 끝이 없을 정도였다. 조
조는 가장 신임했던 정욱에게는 물론이고 고분고분하게 부릴 수 있
다고 여긴 병졸들에게도 신랄한 핀잔을 들어야 했다. 하지만 판소
리 광대의 분노는 거기에서 그치지 않았다. 끝내, 조조를 말 위에서
끌어내려 관우의 발 아래에 무릎을 꿇리고야 말았던 것이다. 물론
원작 『삼국지연의』에 있는 내용이니 새삼스러울 게 없다고 말할지
도 모른다. 하지만 판소리 광대들이 적벽대전에 주목해서 판소리로
재창작한 진정한 까닭은, 그런 통쾌한 장면을 두고두고 노래하고자
했던 것임을 잊어서는 안 된다. 게다가 판소리 광대들은 조조를 뉘
우치기는커녕 부끄럼도 모르는, 다음과 같은 몰골로 그리고 있다는
점도 잊어서는 안 된다.

"애들아, 내가 신통한 꾀를 하나 생각했다."

"무슨 꾀를 생각하셨소?"

"내가 죽었다고 홑이불 덮어 놓고 군중에 발상하고 너희들 모두 발 뻗고 앉아 울면 송장이라고 피할 것이니, 그때 홑이불 뒤집어쓰고 그냥 살살 기다가 한달음박질로 달아나자."

정욱이 여짜오되 "여보시오, 승상님. 산 승상 잡으려고 양국 명장이 공을 다투는데, 죽은 승상 목 베기야 청룡도 드는 칼로 누운 목 얼마나 그리 힘들여 베오리까? 공연한 꾀 냈다가 목만 허비하고 보면, 화용도 원귀가 될 터이니 얕은 꾀 내지 말고 어서 들어가 한 번 빌어나 보옵소서."

조조가 하릴없이 장군 말 아래 빌러 들어가는데, 투구 벗어 땅에 놓고 갑옷 벗어 말에 얹고 장검 빼어서 땅에 꽂고 대머리 고추 상투 가는 목을 움츠리고 모양 없이 들어가서, 큰 키를 줄이면서 간교한 웃음소리로 "히히 해해." 몸을 굽혀 절하며 하는 말이 "장군님 뵈온 지가 오래오니, 별래 무양하시니까?" <u>박봉술 창본 「적벽가」</u>

이후 조조의 애걸은 끝도 없이 이어진다. 그리고 관우는 그런 조조를 결국 살려 주고 만다. 속 시원하게 목을 베고 싶었지만, 원작 『삼국지연의』의 줄거리를 멋대로 바꿀 수 없었던 것일까? 아니, 그럴 필요가 없었을지도 모른다. 조조는 '군사점고사설'에서 이미 죽은 것이나 다름없었다. 참모에게 조롱당하고 병졸에게 버림받은 장수의 목숨이 어디 살아 있는 목숨이겠는가? 그렇다면 그런 조조를 다시 죽이는 게 무슨 의미가 있겠는가? 그리하여 판소리 광대들은 죽은 조조를 재차 죽여 보복하는 것보다는 조조의 목숨을 살려 준 관우의 의로움을 추켜세우는 쪽으로 관심을 돌려놓는다. 관우의 의로움이 조조에 대한 복수보다 더욱 간절했던 까닭이다.

이런 결말은 참으로 의미심장하다. 그리고 그건 「적벽가」가 널리 불리던 19세기 후반의 시대적 분위기와 무관하지 않다. 그때는 임진왜란, 병자호란과 같은 참혹한 전쟁이 아득한 기억으로서가 아니라 구체적인 현실로 다가오던 시대였다. 전국에 들불처럼 번지던 농민 항쟁, 영국과 프랑스 연합군에 의한 북경 함락, 병인양요와 신미양요 등. 조정에서는 곳곳에 척화비를 세워 백성들의 전의를 곧추 세우려 하였지만, 전란의 공포는 끔찍한 현실로 다가오고 있었다.

그런 시대를 살던 선조들에게 있어 비참하게 죽어 간 병졸들의 입을 빌려 조조와 같은 지배층의 교만과 무능을 통렬하게 꾸짖는 것도 중요했지만, 암울한 시대를 구원해 줄 의로운 영웅에 대한 갈망 또한 간절했다. 혼란스런 시대는 언제나 새로운 영웅의 탄생을 기다리는 법이다. 그런 점에서 「적벽가」는 백성을 대변하는 병졸들의 분노에 찬 목소리를 들려주는 것 이상의 의미가 담겨 있다. 그런 목소리와 짝을 이루고 있는 시대의 영웅들, 곧 당당한 유비와 지혜로운 공명과 의로운 관우 같은 인물에 대한 간절한 소망을 담고 있기 때문이다. 그들은 전란의 공포가 엄습하던 불안한 시대에 우리 조상들의 희망이었고, 삶의 이유였다.

7. 판소리가 걸어온 길,
전승이 끊긴 판소리

19세기 후반
판소리가 걸어온 길

우리 민족의 정서를 한마디로 말해 보라고 한다면, 많은 사람들이 '한'이라고 답할 것이다. 한이 많은 민족이란 말, 그건 일종의 상식이 되어 버린 듯하다. 그걸 입증하는 이런 말도 많이 들어 보았으리라. '새가 노래한다'고 하지 않고, '새가 운다'고 하지 않느냐? '아리랑'을 들어 보라, 얼마나 애절한 사연을 노래하고 있는가? 영화 〈서편제〉를 보라, 얼마나 한 맺힌 사연이 펼쳐지고 있는가? 그러고 보면 정말 그런 것도 같다. 하지만 반대로 말하는 사람도 많다. 우리 민족은 흥興이 많다고, 또는 신명이 많다고. 그러면서 옛날 부족 국가 시절부터 씨를 뿌리거나 추수를 할 때 음주 가무를 하며 밤새 놀았다는 기록을 근거로 들기도 한다. 그때의 피가 지금까지 흐르고 있다면서. 실제로 우리 선조들은 춤과 노래가 어우러진 각종 놀이로 내면의 흥겨움을 표현하는 데

••• 우리 민족은 춤과 노래가 어우러진 각종 놀이를 통해 내면의 흥겨움을 표현하였다. 놀이마당에서 춤을 추는 아이와 악사들을 그린 김홍도의 〈무동〉. 국립중앙박물관 소장.

탁월했다. 해학 넘치는 민간의 연행 예술들이 많이 전승되고 있는 건 그런 사실을 뒷받침해 준다.

누구 말이 맞는지 모르겠다. 하지만 기쁠 때 기뻐하지 않고, 슬플 때 슬퍼하지 않는 민족이 과연 있을까? 우리 민족도 다르지 않았다. 기쁨의 순간에는 한없이 기뻐하고, 슬픔의 순간에는 한없이 슬퍼했다. 그럼에도 스스로를 한 많은 민족이라 여기는 이유는 아픈 근대사에서 비롯된 것이다. 일본의 식민 통치와 동족끼리 총부리를 겨누었던 과거의 상처가 한의 정서를 두드러지게 표출시켰던 것이다. 게다가 일본은 자신들의 식민지 지배를 정당화하기 위해 우리 민족을 왜소하고 소극적으로 만들려고 노력했다. 우리 민족의 정서를 한으로 규정한 것도 그런 식민지 교육의 하나였다.

그렇다면 그런 잘못된 견해에 빠지지 말고 사실을 있는 그대로 직시하는 것이 무엇보다 필요할 것이다. 우리 민족은 다른 민족이 그러했듯, 기쁨과 슬픔을 그때그때 갖가지 형식에 담아 풀어 냈다.

여기서 판소리에 주목하지 않을 수 없다. 지금까지 살펴본 판소리는, 누가 뭐라고 해도 우리 민족의 정서를 가장 다채롭게 표현하는 예술적 성취를 이루었기 때문이다. 송만재는 판소리의 특징을 다음과 같이 간추리고 있다.

지금 광대들이 부르고 있는 판소리는 제멋대로 노래하고 질탕하게 춤을 추고 있다. 그리하여 때론 외설스럽기도 하고 때론 거칠어 보이기도 한다. 그러나 진실로 운치를 얻고 있으니, 운치 있는 선비도 취할 바가 있다. 그걸 말해 보면 이렇다. 박자에 맞춰 어깨를 들먹이며 노래하고 술에 취해 거만스럽게 읊조리는 것은 통달한 선비의 운치요, 시냇가에서 질탕하게 놀며 시시덕거리는 것은 방탕한 자제의 운치요, 소매를 부여잡고 헤어지며 슬퍼하는 것은 원망스런 아녀자의 운치이다. 판소리 부를 때 손 하나하나의 움직임과 노래 한마디 한마디가 모두 천하 인물의 모습을 그려 내고 있다. 그러니 온갖 자연의 운치를 얻지 않음이 없고, 하찮은 무리나 쩨쩨한 사람들의 추잡함이란 없다. 그런 까닭에 운치란 큰 해탈解脫의 장인 것이다.

— 송만재, 「관우희」

송만재가 언급했듯, 판소리의 어떤 대목은 세상살이에 통달한 선비와 같은 운치를 보이고 있고, 어떤 대목은 방탕하기 그지없는 젊은이와 같은 운치를 담고 있다. 어떤 대목은 헤어지기 아쉬워 흐느끼는 여인과 같은 운치를 담고 있다. 그게 판소리였다. 그야말로 온갖 사람의 다양한 정서를 담아낸 예술이었던 것이다. 이 책의 첫머리에서, 그리고 판소리 작품을 감상하면서 여러 차례 강조했던 '울리고 웃기는' 판소리의 예술적 특징을 이렇게 표현한 것이다. 판소리는 근심과 걱정을 털어 버리고 카타르시스와 해탈의 경지를 맛볼 수 있는 예술이었던 것이다.

사람들은 이런 판소리의 세계에 흠뻑 빠져들어 갔다. 그건 특정 부류에만 한정되지 않았다. 물론 판소리를 처음 만들고 즐긴 계층은 당대 사회에서 온갖 멸시를 받던 천한 신분의 광대와 서민들이었다. 하지만 어느 사이 판소리는 이들 계층을 넘어서고 있었다. 위로는 임금이나 양반 사대부로부터 아래로는 중인·상인·평민 부호층에 이르기까지 다양한 계층의 사람들을 관객으로 포괄해 갔던 것이다. 광대들이 피땀 흘려 이룩한 예술적 성취와 감동이 없었다면, 그런 전폭적인 사랑은 불가능했을 것이다. 마침내 송만재라는 양반은 다음과 같은 고백을 하기에 이르렀다.

시원한 정자엔 횃불 높이 타오르고   凉榭高燒蠟炬紅
소리꾼과 고수는 동서로 마주했네.   優人對立鼓人東
당 위보다 아래가 소리 듣기 마땅하니 不宜堂上宜堂下
즐거움이야 뭇 사람과 함께 한들 어떠하리. 歡樂無妨與衆同

— 송만재, 「관우희」

판소리에 심취해 있는 자
신의 마음을 잘 표현한 시
이다. 제1~2구는 판소리를
부르기 직전의 광경이다.
어둠이 내려 햇불을 밝혀
놓은 정자 앞, 판소리를 부
르는 광대와 장단을 맞추는

고수가 마주 보고 앉아 있다. 소리가 시작되기 직전, 숨죽인 관중들
이 긴장하고 있는 게 느껴진다. 송만재도 그러했다. 그는 양반인지
라 정자 위에 앉아 있었다. 서민들이 마당에 둘러서서 소리가 시작
되기를 기다렸던 것과 달리. 그때 송만재는 이렇게 생각했다. '판소
리를 제대로 감상하기 위해서는 마루 위에 앉아서 듣는 것보다 마
당으로 내려가 서민들과 섞여서 들어야 제격인데' 라고. 그렇다. 판
소리의 감흥을 제대로 느끼려면, 마땅히 뜰에 둘러선 뭇 사람들과
어울려 추임새도 함께 넣어 가며 들어야 했다. 그런 마음을 제3~4
구는 숨김없이 보여 준다.

송만재의 시는, 천한 광대가 일구고 서민들이 즐기던 판소리의
감동 속으로 양반들도 점차 빨려들어 가기 시작했음을 상징적으로
보여 준다. 이렇게 말할 수도 있다. 판소리 광대들은 높은 자리에
앉아 굽어보던 양반들을 판소리가 불리는 마당 아래로 점차 끌어내
리기 시작했다고. 그럴 수 있었던 것은 다름 아닌 판소리가 주는 예

술적 감동 때문이었다. 여기서 판소리의 힘을 실감할 수 있다. 물론 판소리가 처음부터 이런 힘을 지니고 있었던 것은 아니다. 판소리와 관련된 최초의 기록이라 할 수 있는 아래 내용은 판소리가 처음에 어떤 대접을 받았는지 잘 보여 준다.

아버님께서 계유년에 호남 지방을 유람하며 그곳의 산천과 문물을 두루 보시었다. 이듬해 봄에 돌아오시어 「춘향가」 한 편을 지으셨는데, 그 때문에 당시 선비들로부터 많은 비난을 받으셨다.

— 유금, 「가정견문록」

여기서 말하는 아버님이란 영조 때의 문장가 유진한(柳振漢, 1711~1791)을 가리킨다. 그가 호남 지방을 유람한 계유년은 1753년을 말한다. 유진한이란 양반이 호남 지방을 유람하고 돌아와 「춘향가」를 장편의 한시로 지었다는 기록이다. 여기에는 이런 사실적인 정보 외에 판소리와 관련된 흥미로운 사실 몇 가지를 담고 있다. 첫째, 충청도 양반 유진한이 호남 지방을 유람하고 돌아와 「춘향가」를 소재로 시를 지었다는 점. 그를 통해 예나 지금이나 호남 지방은 판소리의 고향이었음을 알 수 있다. 둘째는 유진한이 판소리와 관련된 시를 지어 선비들에게 많은 비난을 받았다는 점. 판소리를 듣거나 이를 소재로 시까지 짓는 것은 양반 체면에 손상되는 일이었음을 말해 준다. 그때까지는 양반으로서 판소리를 즐긴다는 것이

예사롭지 않은 일이었던 것이다.

그런 취급을 받던 판소리가 불과 100년도 안 되어 다른 대접을 받게 되었다. 송만재의 시에서 볼 수 있듯, 양반들이 판소리를 듣고 즐기는 관객으로 대거 참여하게 된 것이다. 그렇지만 천한 광대들이 부르는 판소리에 양반들이 송만재처럼 아무 불만 없이 빨려들어 갔던 것은 아니다. 판소리의 어떤 대목은 눈살을 찌푸릴 정도로 상스럽게 여겼고, 그런 판소리를 불만스럽게 생각하기도 했다. 거기서 멈추지 않았다. 못마땅한 대목은 자신들의 취향에 맞게 고치고 싶어 했다. 다음과 같은 불만도 그래서 심심치 않게 터져 나왔다.

「춘향가」·「심청가」·「흥부가」 등은 사람을 감동에 빠지게 만들기 쉬우며 권선징악에 도움이 될 만한 것이다. 하지만 그 나머지 것들은 들을 만한 것이 못 된다. 세속에서 불리고 있는 판소리를 들어 보니 줄거리 중 이치에 닿지 않는 것이 많고 사설 또한 앞뒤가 맞지 않는 게 많았다. 더욱이 글을 아는 광대들이 드물어 음의 높낮이가 뒤바뀌고 미친 듯 울부짖고 웨치며 부르는데 열 마디 가운데 한두 마디도 제대로 알아듣기 어려웠다. 또한 소리를 하면서 머리를 흔들고 눈알을 굴리며 온몸을 절도 없이 흔들어 대니 차마 눈 뜨고 볼 수 없을 정도였다. 이런 폐단을 없애자면 먼저 가사의 내용 가운데 비속하고 이치에 어긋난 것들을 없애야 한다. 다음엔 고상한 문자로 윤색하여 문장의 이치가 잘 이어지고, 언어가 고상하고 바르게 되도록 해야 한다. 그런

양반들의 요구를 반영하듯 신재효는 판소리의 줄거리를 합리적으로 고치고 저속한 표현은 고상하게 바꾸었다. 고창의 신재효 고택.

ⓒ 이승철

뒤 판소리 광대 가운데 용모가 단정하고 목소리가 크고 맑은 자를 골라 글을 많이 가르쳐야 한다. 동리桐里 신재효에게 편지를 보내노니, 이런 방법을 한 번 시험해 보기 바라오.

— 정현석, 「증동리신군서」

양반 정현석이 신재효에게 보낸 편지의 한 대목이다. 그때는 1873년, 그러니까 양반들이 판소리의 관객으로 대거 참여하기 시작한 19세기 후반이었다. 신재효는 고창에서 판소리 광대들을 모아 지도하고 있었다. 그런 신재효에게 보낸 정현석의 편지는 예사롭지 않은 것이었다. 양반들이 판소리의 매력에 빠져 판소리를 즐기고 있기는 하지만 불만이 한두 가지가 아니었던 것이다. 판소리의 내용 가운데 이치에 닿지 않는 게 많다, 소리의 고저 장단도 맞지 않는 게 많다, 광대들이 노래 부르는 몸동작도 절도에 맞지 않는다 등등. 정현석이 보기에 상스럽기 그지없었던 것이다. 그래서 그는 몇 가지 방안을 제시한다. 줄거리 가운데 비속하거나 이치에 어긋난 것을 바로잡고 고상한 표현으로 바꿀 것, 용모가 단정하고 소리가 좋은 반듯한 광대들을 골라 글을 가르칠 것. 한마디로 말해 양반의 취향에 맞도록 판소리를 고칠 것을 주문하고 있었던 것이다.

그래서일까? 신재효는 정현석의 권유처럼 기존에 전승되던 판소리를 대대적으로 손질하기로 마음먹는다. 우선 판소리 사설 가운데 비속한 내용을 고상하게 바꾸고, 줄거리를 합리적인 방향으로 다듬고, 한자 어휘를 사용하여 유식한 표현을 많이 쓰고, 한 자 한 자 분명하게 발음하도록 가르쳤다. 많은 사람들이 판소리는 서민 예술인데, 어려운 한자 어휘가 왜 그리 많으냐는 질문을 한다. 그건 대부분 이런 양반들의 손을 거쳤기 때문이다. 그런 점에서 19세기 후반은 판소리의 역사에서 커다란 전환점이 되는 시기라 할 만하다. 이제까지 판소리를 가꿔 온 서민적 취향을 계속 유지할 것인가, 아니면 새롭게 등장한 양반 취향에 맞도록 변신을 도모할 것인가?

그때 판소리 광대들은 점차 후자 쪽으로 기울기 시작했다. 양반층은 신분이나 재정 면에서 무시할 수 없는 주요한 청중이었기 때문이다. 노래를 들은 대가를 지불하는 큰손은 바로 그들이었던 것이다. 그렇게 판소리를 고상하게 만들어 가면서 광대들은 지체 높은 양반의 사랑방이나 임금이 머무는 궁궐에 들어가 소리하는 기회를 보다 많이 얻을 수 있었다. 19세기 후반 안동 김씨 세도가문을 비롯해 대원군과 순종·고종 등의 임금이 판소리를 무척 즐겨 들었다는 기록이 여럿 전한다. 판소리 광대들은 소리한 대가로 후한 보상을 받거나 동지·선달과 같은 벼슬을 얻기도 했다. 천한 광대 신분으로서는 감히 상상하기도 어려운 일이었다.

하지만 양지가 있으면 음지가 있는 법이다. 광대들이 양반층을 주요 고객으로 끌어들이면서 판소리의 사회적 지위가 높아지고 예술적인 세련미를 더해 갈 수 있었지만, 잃어버린 것도 적지 않았다. 무엇보다 판소리가 갈고닦아 온 생기발랄한 서민 정신이 퇴색되기 시작했다. 대신 얌전하고 고분고분한 판소리로 변해 갔다. 그뿐만 아니다. 판소리 열두 마당 가운데 양반들의 취향에 맞지 않는 작품들은 점점 잊혀져 갔다.

그렇게 해서 19세기 후반에 이르러 판소리는 자신의 생명력을 이어 간 작품과 생명력을 잃어버린 작품으로 구분되기 시작했다. 전자를 전승 5가, 후자를 실전失傳 7가라고 부른다. 앞에서는 오늘날까지 전승되어 널리 불리고 있는 전승 5가를 읽고 감상한 것이다. 하지만 사라져 간 나머지 실전 7가에 대한 존재까지 잊어서는 안 된다. 양반층이 외면한 작품, 오히려 사라져 버린 그곳에서 일세를 풍미했던 판소리의 생기발랄한 힘이 보다 온전하게 간직되어 있을지 모르기 때문이다. 사라지는 것은 으레 그런 흔적을 진하게 간직하고 있게 마련이다. 그래, 지체 높은 양반들이 들을 만한 게 없다고 버렸던 판소리 일곱 마당의 작품을 들여다보는 것으로 판소리 감상을 마치기로 하자.

잊혀진 판소리가
담고 있던 사연들

　　　　　　　　판소리의 인기가 절정에 달했던 19세기 중
반까지, 판소리 광대들이 연행 현장에서 불렀던 작품은 모두 열두
편에 달한다. 판소리 다섯 마당인 「춘향가」·「심청가」·「흥부가」·
「수궁가」·「적벽가」가 여기에 속함은 물론이다. 그렇다면 나머지
일곱 마당에는 어떤 작품들이 있었던가? 이른바 전승되지 않은 실
전 7가로 불리는 작품들을 소개하면 다음과 같다.

- 도시의 건달패 변강쇠가 장승을 패서 불을 때다가 죽은 사연을
  노래한 「변강쇠타령」
- 향촌의 유랑민 장끼가 독이 든 콩을 주워 먹고 죽은 사연을 노
  래한 「장끼타령」
- 도시의 부자 무숙이가 향락적인 삶을 살다 패가망신한 사연을

노래한 「무숙이타령」

- 향촌의 부자 옹고집이 수전노처럼 살다 집에서 쫓겨난 사연을
  노래한 「옹고집타령」
- 여자의 유혹에 넘어가지 않겠다고 장담하던 배비장을 풍자한
  「배비장타령」
- 여자의 유혹에 빠져들어 넋을 잃고 말았던 골생원을 풍자한
  「강릉매화타령」

간혹 이름을 들어 본 작품도 있겠고 처음 들어 보는 작품도 있을
것이다. 그런데 위에서 꼽은 작품은 총 여섯 편으로 나머지 한 편인
「가짜신선타령」은 빠져 있다. 굳이 빠뜨린 것은 현재 판소리 현장
에서 불리지 않고 있는데다 그 사설조차 전하지 않기 때문이다. 제
목으로 추측해 보건대, 신선이 된 줄 알고 좋아하던 주인공이 나중
에 알고 보니 다른 사람들에게 속아 망신을 당했다는 내용이 아닌
가 싶다. 비슷한 내용을 담은 설화가 간혹 전하고 있어 그렇게 추측
해 볼 수 있다. 허황한 신선술에 빠져 있던 양반들의 행태를 풍자한
작품이었던 것이다.

어쨌든 줄거리조차 제대로 알 수 없는 「가짜신선타령」을 제외하
고 보더라도, 위에 열거한 실전 판소리 여섯 마당이 다루고 있는 내
용은 참으로 흥미롭다. 우선 모든 작품이 주인공을 풍자하고 있다
는 공통점이 있다. 변강쇠 · 장끼 · 무숙이 · 옹고집 · 배비장 그리고

골생원이 그들이다. 그러고 보니 풍자의 대상이 되는 인물은 모두 남성들이다. 중세 사회에서 남자들은 하늘처럼 떠받들어지던 존재였는데 판소리에서는 하나같이 풍자의 대상이 되고 있다. 무엇 때문일까?

우선, 변강쇠와 장끼의 경우를 보자. 변강쇠는 천하에 둘도 없는 떠돌이 잡놈이다. 아무것도 가진 것 없는 주제에 매일 술 마시고, 노름질하고, 싸우는 게 일이다. 견디다 못한 옹녀는 그를 끌고 지리산 깊은 곳에 들어가 새 삶을 살아 보려 했다. 하지만 게으르기 짝이 없는 변강쇠는 결국 장승을 패서 불을 땐 죄 값을 받아 험악한 죽임을 당한다. 장승에게 복수를 당한 것이다. 장끼의 최후도 그와 비슷하다. 굶주리고 헐벗은 장끼는 엄동설한에 온 가족을 이끌고 여기저기 먹을 것을 찾아다니다가 눈밭에 놓인 콩을 주워 먹고 비명횡사하고 만다.

변강쇠는 모든 사람이 성스럽게 생각하는 장승을 함부로 훼손해서는 안 되는 거였고, 장끼는 자신의 목숨을 노리는 위험한 콩을 먹어서는 안 되는 거였다. 그렇지만 그들은 그렇게 하지 않았다. 사회적 금기를 제멋대로 어기고 사려 깊게 행동하지 않아서 결국 죽음으로 내몰린 것이다. 판소리 광대가 이들을 풍자의 대상으로 삼은 까닭이다. 하지만 작품에서 강조하고 있는 점은, 이들이 죽음에 이르지 않을 수도 있었다는 사실이다. 아내들이 누차 타이르고 경계하라 일렀건만, 이들은 말을 듣지 않아 변을 당하고 말았다는 것이다. 여자의 말이라는 이유로! 사연은 이러하다.

변강쇠 달려들어 불끈 안아 장승을 쑥 빼더니, 지게에 짊어지고 유
대꾼 노래하며 저의 집으로 들어가면서 "아, 이 집에 아무도 없나?
장작 나무 해 왔네. 장작 나무 해 왔어." 뜰 가운데 턱 부리고, 방문
열고 들어서며 "아, 여보 마누라. 장작 나무 해 왔네." 강쇠 계집 반
겨 하며, "어찌 그리 더디 오셨소? 오죽이나 시장하겠소. 밥 자시
오." 하고 불 켜놓고 밥상 차려 들여보내 놓고, 장작 나무 구경하려
고 불 켜들고 나와 보니, 어떠한 사람인지 뜰 가운데 누웠는데, 조관

• • •
가부장적인 변강쇠는 아내 옹녀의 말을 듣지 않고 장승을 장작 삼아 불을 때다가 험악하게 죽임을
당한다. 「변강쇠타령」의 무대로 알려진 경남 함양에 있는 벽송사의 장승.

©임윤수

조선 최고의 예술 판소리

朝官을 지냈는가 사모 품대 점잖하고, 채수염 또한 의젓하구나. 강쇠 여편네가 뒤로 발랑 나자빠져서 방정을 떠는데 "허허, 이것이 웬일이냐? 아이고, 이게 웬일이여. 나무하러 간다더니 장승을 빼어 왔소그려. 아무리 나무가 귀하다고 하지마는 장승 빼어 땐단 말은 고금천지 못 들었고, 만약 장승 패 땐다면 목신동통 조왕동통 목숨 살기 어려우니 어서 급히 지고 가서 그 자리에다 도로 꽂고 왼발 굴러 진치고 달음질로 달려오시오. 달음질로 달려와요." 변강쇠가 호령하는데 "에라, 요년아, 방정맞구나. 가사家事는 임장任長이라. 가장이 하는 일에 보기만 할 것이지, 계집이 요망하게 이 소리가 웬 소리냐? 개자추도 타서 죽고, 옛날 한나라의 기신이는 형양 땅에서 타 죽었어도 아무 탈이 없었는데, 이까짓 나무로 깎아 세운 장승을 패 때면 어떠랴? 사람이 말하지 않으면 귀신도 모른다고 하더라, 망할 말을 하지 말라." 밥상을 물려 놓고 도끼를 번쩍 들고, 장승에게 달려들어 쾅쾅 패어 조각 내고, 군불을 때는구나. 신재효 개작본 「변강쇠가」

까투리 하는 말이, "계명시에 꿈을 꾸니 색저고리 색치마를 이내 몸에 단장하고 청산녹수 노닐다가 난데없는 청삽사리 입술을 앙물고 와락 달려들어 발톱으로 허위 치니 경황실색 갈 데 없어 삼밭으로 달아날 제 잔삼대 쓰러지고 굵은 삼대 춤을 추며 지른 허리 가는 몸에 휘휘 친친 감겨 보이니, 이내 몸 과부 되어 상복 입을 꿈이오니, 제발 덕분 먹지 마소. 부디, 그 콩 먹지 마소." 장끼란 놈 대로하여,

두 발로 이리 차고 저리 차며 하는 말이, "화용월태 저 간나위 년, 기둥서방 마다하고 다른 남자 즐기다가 참바 올바 주황사로 뒤죽지 결박하여 이 거리 저 거리 종로 네 거리로 북 치며 조리돌리고 삼모장과 치도곤으로 난장 맞을 꿈이로다. 그런 꿈 말 다시 마라. 앞정갱이 꺾어 놓을라." <u>세창서관 구활자본 「장끼전」</u>

변강쇠와 장끼가 죽게 된 까닭이다. 변강쇠는 땔나무를 해 오라고 했더니, 기껏 한다는 짓이 장승을 빼 온 것이다. 그걸 장작 삼아 불을 때고자 했던 것이다. 그렇다면 장끼는? 며칠 굶은 장끼는 눈밭에 놓여 있는 수상한 콩을 주워 먹으려고 달려든다. 사람이 미끼로 놓아 둔 걸 알아차릴 만도 한데, 그걸 모르고 있는 것이다. 그때 변강쇠의 아내 옹녀는 장승을 도로 갖다 놓으라며 간절하게 애원하고, 장끼의 아내 까투리는 위험한 콩을 먹지 말라며 간곡하게 만류한다. 하지만 그들은 도통 아내의 말을 들으려 하지 않는다. 도리어 가장이 하는 일에 계집이 방정맞게 나선다고 큰소리친다. 어디 그뿐인가? 폭력까지도 서슴지 않는다. 여기에서 그들이 죽음에 이른 진정한 이유가 밝혀진다. 그들은 무모한 행동 때문이 아니라 만류하던 아내의 말을 무시해서 죽은 것이다. 가부장적 권위를 내세운 고집! 「변강쇠타령」과 「장끼타령」은 바로 그런 '가장'과 '남성'의 일그러진 행태를 풍자했던 것이다.

그렇다면 무숙이와 옹고집은 어떤 위인이었던가? 무숙이는 서울에서 손꼽힐 정도로 풍족한 삶을 살던 한량이다. 그는 장안에서 제일 가는 기생 의양을 돈 주고 사서 첩으로 들여놓고, 온갖 호사를 다 부린다. 그러다가 결국 재산을 몽땅 털어 먹고 남의 집 종노릇하는 존재로 전락하고 만다. 옹고집은 그와 반대다. 그는 시골에서 떵떵거리며 사는 부자다. 하지만 병든 노모를 찬 방에서 굶기고, 양식 구걸 온 장모를 빈손으로 돌려보내고, 시주 온 스님을 매질하여 쫓아 보낼 정도로 구두쇠다. 그러다가 결국 부처의 신령으로 만든 가짜 옹고집이 진짜 옹고집을 집에서 쫓아내, 진짜 옹고집은 거지가 되어 전전한다. 판소리 광대는 떵떵거리며 살던 부자 무숙이와 옹고집이 빈털터리 신세로 전락하는 과정을 풍자적으로 그려 냈다. 무숙이와 옹고집이 그런 신세로 전락하게 된 까닭을 보기로 하자.

무숙이 하는 거동 술만 먹고 돈만 쓰고 일마다 여의치 못한 일 떡심이 탁 풀리고 평생 걱정 나의 팔자 뉘에게 의탁할까? 가장이 이러하고 믿을 자식 일가 동생 없으니 걱정이 태산이요, 심화로 병이 되네. 의양이 하루는 비밀스런 꾀를 빚어 내어 만면 희색 말을 내어 무숙이 속을 보라 하고 공교로운 말을 하되, "나도 평양 같은 번화한 곳과 서울 남북촌에 호걸 남자 오입쟁이 돈 쓰고 노는 일을 드문드문 들었어도 서방님 돈 쓰고 노는 위풍 찰찰한 멋 아는 법은 우리나라에 쌍이 없고 간간한 서방님 정에 지쳐 나 죽겠네." 우자는 찰수록 좋다고 무숙이 기뻐하며, "자네가 내 수단 돈 쓰고 노는 양을 구경하면 장관되리." 의양이 속으로 점점 겁도 나고 일변 괘씸하나 말을 하되, "호기 있게 노는 것과 돈 쓰는 구경을 한 번 하면 좋겠소." 무숙이 희락하여, "그 일이 그리 대단할까? 유산 놀음 하는 것을 구경시킬 것이니 나의 기구를 보소." <u>박순호 소장본 「게우사」</u>

이렇듯이 우닐 적에 옹좌수의 장모 가세가 빈궁하여 겨우 잔명을 근근이 보전타가 백 가지로 생각해도 하는 수가 없어 사위 집을 찾아가서 사위보고 하는 말이, "사위님, 사위님! 나의 말씀 들어 보소. 내 팔자 기박하여 이팔청춘 홀로 되어 무남독녀 길러 내어 자네한테 출가시키고 가산이 넉넉지 않기로 백 가지로 생각하되 죽고 싶은 마음뿐 살고자 하는 계책은 없는지라. 연일 먹지 못하여 굶었거늘 찬반 한 수 누가 권할까? 보리 수확하기 전 삼사월과 햇곡식 나오기 전 육칠월을 굶고 굶고 못 견디어 염치를 불구하고 건너왔소. 제발 덕분 사위님아! 내일모레 자네 장인 제사가 돌아오되, 제사 지낼 길이 전혀 없어 내가 생각하다가 하릴없어 염치를 불구하고 건너왔네. 제발 덕분 생각하소." 옹좌수 이 말 듣고 닫은 문을 탁 열어 제치고 내실로 들어가서 아내에게 하는 말이, "옛글에 하였으되 여필종부女必從夫라 하였으니 조든 쌀이든 간에 약간이라도 양식 한 홉 돈 한 푼이라도 내 말 없이 들어내어 그대 모친 주었다가는 조강지처糟糠之妻도 내 모르고 자식 있어도 내 모르니 부디 부디 알아서 하소." 천만 번 당부하고 초당에 바삐 나와 장모보고 하는 말이, "약간의 양식 있다 한들 장모 주고 내 안 쓸까? 보기 싫소. 어서 가오, 어서 가오." 구박이 자심하다. 불쌍하고 가련하다. 부끄러운 저 마누라, 다시 부쳐 말 못 하고 돌아서며 우는 말이, "극악무도한 도척이도 이보다는 성인이요, 무거불칙한 목공도 이보다는 군자로다." 나가면서 섧게 울 때, 옹좌수 장씨 부인 모친 구박함을 보고 사람의 자식이 되어 품은 정이 가이없다 하고 불쌍하여 모

친 뒤 손 쳐서 은근 아이를 불러들여 쌀 한 말 돈 한 냥 둘러내어 남 모르게 주었더라. 옹좌수 어찌 알고 닫은 문 탁 열치고 고함 큰 소리에 아내가 뛰어드니 아내보고 하는 말이, "요망하고 간계하다. 여필종부라는 내 말 훈계 아니 듣고 약간 양식 푼전 일미 네 임의로 출입하니, 너 같은 년 데리고 세간 하다가는 쪽박을 찰 것이니 네 집으로 곧 가거라." 하고 두 주먹 불끈 쥐고 뒤꼭지를 푹푹 짚어 문밖에 쫓아내니 <u>사재동 소장본 「옹고집전」</u>

무숙이와 옹고집의 삶의 태도를 잘 보여 주는 대목이다. 무숙이가 하는 일이라곤 매일 술 마시고 돈을 쓰는 일뿐이다. 그런 지아비를 지켜보는 의양은 자신이 의지하고 살아도 좋을 위인지 의심이

들었다. 하루는 그런 낭비벽을 고치기로 마음먹는다. 돈 쓰며 노는 모습을 보고 싶다고 부추기자 무숙이는 멋도 모르고 그날부터 한량 없이 돈을 쓰기 시작한다. 인용한 대목은 그가 돈을 펑펑 써 대기 시작하는 장면이다. 옹고집은 정반대의 삶을 살고 있었다. 헛된 곳에 돈을 쓰지 않는 것은 물론이고 꼭 써야 할 데도 쓰지 않는 수전노 같은 삶을 살았던 것이다. 위의 인용은 흉년이 들어 굶주림을 견디다 못한 장모가 사위 집을 찾아왔건만 쌀 한 톨 주지 않고 돌려보내는 장면이다. 그뿐만이 아니다. 보다 못한 아내가 몰래 양식을 준 걸 알고는 사정없이 두들겨서 내쫓았던 것이다.

무숙이는 물색없이 돈을 낭비하여 문제이고, 옹고집은 인정사정 두지 않고 인색하여 문제였던 것이다. 「무숙이타령」과 「옹고집타령」은 바로 그런 '가장'과 '남성'의 풍자를 통해, 부자의 도리가 무엇인지 보여 주었던 것이다.

끝으로 배비장과 골생원은 어떤 위인이었던가? 배비장은 제주 목사를 따라 제주에 가면서 절대로 여자를 가까이 하지 않겠다고 장담한다. 제주 목사는 그를 시험해 보기 위해 기생 애랑과 함께 계교를 꾸민다. 결국 배비장은 애랑의 미모에 빠져 온갖 추태를 보이다가 많은 사람들 앞에서 망신을 당하게 된다. 골생원도 이와 비슷하다. 그도 강릉 부사를 따라 강릉에 가서 글공부를 하며 여자라고는 전혀 거들떠보지도 않았다. 강릉 부사는 그를 시험해 보기 위해 기생 매화와 함께 계교를 꾸민다. 결국 매화의 미모에 빠져 온갖 추태를 보이다가 많은 사람들 앞에서 망신을 당하게 된다. 배비장과 골생원의 망신 장면을 들여다보자.

함정같이 잠긴 금거북쇠를 툭 쳐 열어 놓으니 배비장이 알몸으로 썩 나서며 그래도 소경될까 염려하여 두 눈을 잔뜩 감으며 이를 악물고 왈칵 냅다 짚으면서 두 손을 허우적허우적하여 갈 제, 한 놈이 나서 며 이리 헤엄처라. 한참 이리 헤엄쳐 갈 제 동헌 대뜰에다 머리를 딱 부딪치니 배비장이 눈에 불이 번쩍 나서 두 눈을 뜨며 살펴보니 동 헌에 사또도 앉고 대청에 여러 이방들이며, 전후 좌우에 기생들과 육방 관속 사령들이 일신에 두 손으로 입을 막고 참는 것이 웃음이 라. 사또 웃으며 하는 말이, "자네 이것이 웬일인고?" 배비장 어이없 어 고개를 숙이고 여짜오되, "소인의 부모 묘소가 동소문 밖이옵더 니 근래 나쁜 기운이 들어 이 지경이 되었나이다."

김삼불 소장본 「배비장전」

사또 골생원을 속이려고 제상에 차린 음식을 진설하고 풍류를 베푼 다. 매화는 골생원을 끝으로 올라가게 하니 "이애, 아서라. 사또 무 섭다." 매화 여짜오되 "삶과 죽음이 다르니 모르나이다. 사또가 우 리 둘을 위하여 음식을 장만하였나이다. 배부르게 먹고 가사이다." 골생원이 그곳에 서서 겁이 나거니와 매화가 여짜오되, "우리는 먹 어도 세상 사람들은 모르나이다." 골생원 며칠을 먹지 못해 굶주린 끝이라 술과 고기를 실컷 먹고 양지 끝에 앉았더니 사또 분부하되, "매화를 생각하여 혼령인들 아니 좋아하랴?" 온갖 풍류 다할 적에 매화가 골생원에게 하는 말이, "우리도 함께 놀고 가사이다." 매화 춤추며 지화자 좋을씨고 한창 이리 노닐 적에 골생원 흥이 나서 매화와 함께 마주하고 춤을 출 제, 사또 담뱃대를 바싹 불에 데워 지지니 골생원 감짝 놀라 보니 인간이 분명하다. 어화, 세상 사람들아. 골생원으로 볼지라도 주색酒色 탐을 부디 마소.

이영규 소장본 「매화가라」

「배비장타령」과 「강릉매화타령」의 마지막 대목이다. 두 장면의 공통점을 꼽으라면, 배비장과 골생원이 모두 알몸인 채로 뭇 사람들의 웃음거리가 되고 있다는 점이다. 왜 그들은 벌거벗은 채 웃음거리로 전락하고 말았는가?

사연이 복잡하지만 간추려 보면 이렇다. 배비장은 유부녀로 분장한 기생 애랑과 은밀하게 밀회를 즐기다가 들이닥친 남편을 피해 궤 속에 몸을 숨긴다. 애랑과 짠 남편은 배비장이 숨어 있는 궤를 바다에 던져 버리는 척한다. 사정을 모르는 배비장은 뱃사공에 의해 구사일생으로 구조된 줄 알고 궤에서 빠져 나와 관아 앞뜰에서 허우적거리며 헤엄을 치다가 망신을 당하는 것이다.

골생원도 비슷한 계교에 빠져 알몸으로 만인 앞에 서게 된다. 강릉 기생 매화에게 넋이 빠진 골생원은 이성을 잃고 만다. 심지어 매화가 자신이 죽었다고 소문을 낸 뒤, 으슥한 밤에 귀신인 척 골생원 앞에 나타나자 그걸 진짜로 믿는다. 심지어 그는 자신도 죽어서 매화와 함께 지내고 싶다고 달려들 정도다. 결국 골생원은 자신의 바람대로 죽어 귀신이 된 줄 알고 매화와 함께 제사상에 차려진 음식을 먹고 알몸으로 춤을 추며 놀다가 망신을 당하게 되는 것이다.

「배비장타령」과 「강릉매화타령」은 여색에 초연하다고 호언장담하던 양반 남성들의 이중적인 면모를 풍자적으로 그리고 있다. 양반의 의관을 벗어 버린 채 알몸으로 공공의 장소에서 망신당하게 만들어 버리는 것은 그 점을 극적으로 보여 준다.

이처럼 양반들이 들을 만한 게 없다고 외면했던 실전 판소리들은 도시와 농촌에 기반을 두고 생활하던 남성의 가부장적 권위라든가 비정상적인 삶의 행태, 그리고 향락에 젖어 있던 양반층의 위선을 신랄하게 풍자하고 있었다. 아마 고전문학에서 풍자성이 가장 높은 작품을 꼽으라면, 이들 실전 판소리를 우선 주목해야 할 정도다. 하지만 이 작품들은 19세기 후반을 경과하면서 서서히 잊혀지기 시작했다. 왜 그랬을까? 그건 19세기 후반 판소리가 걸어온 길에 대한 질문인 동시에 오늘날 불리고 있는 판소리에 대한 질문이기도 하다.

전승되지 않은 판소리와
오늘날의 과제

　　　잊혀진 판소리, 거기에는 조선 후기 남성의 일 그러진 초상이 생생하게 담겨 있었다. 그런데 궁금한 게 있다. 남존여비男尊女卑, 곧 남자는 존귀하고 여자는 비천하다고 했는데 어째서 이런 현상이 일어났던 것일까? 그걸 알아보기 위해서는, 이들이 한 집안을 책임져야 할 가장이거나 한 사회를 책임져야 할 양반이었다는 점에 주목해야만 한다. 그런 막중한 책임에도 불구하고 그들은 한 집안의 가장으로서, 한 사회의 양반으로서 자신의 구실을 제대로 해내지 못하고 있었다. 판소리 광대들은 그런 조선 후기의 현실, 그런 남성의 모습을 날카롭게 지적했던 것이다. 하지만 거기에 대해 자신 있게 이의를 제기하는 남성은 없었다. 판소리 광대들은 그런 남성의 상대역인 여성을 통해 어떻게 사는 것이 올바른 길인지를 보여 주었다. 변강쇠의 아내 옹녀, 장끼의 아내 까투리, 무숙이의 첩 의양과 옹고집의 아내, 그리고 제주 기생 애랑과 강릉 기생 매화가 바로 그들이다. 적어도 판소리의 세계에서는 여존남비女尊男卑라 할 수 있겠다.

그곳에서 남성과 여성의 완전히 다른 모습을 보게 된다. 또한 판소리 광대들이 도달한 높은 풍자 정신과 함께 날카로운 현실 인식의 단면을 확인하게 된다. 단적인 사례로 이들 작품의 배경을 보자. 변강쇠와 무숙이는 도시를 기반으로 살아가던 부류였고, 장끼와 옹고집은 농촌 사회에서 흔히 볼 수 있는 부류였고, 배비장과 골생원은 양반 사회에서 거들먹거리며 행세하던 부류였다. 일그러진 남성들은 도시에서도, 농촌에서도, 그리고 양반 사회에서도 두루 존재하고 있었음을 골고루 보여 주고 있다. 대단한 통찰력이라 할 수 있다.

어디 그뿐인가? 이들의 최후도 흥미롭다. 양반 배비장과 골생원에게는 생명처럼 소중히 여기던 체면의 상징인 의복을 빼앗아 알몸으로 만들어 버리고, 부자 무숙이와 옹고집에게는 생명과도 바꿀 수 없다며 귀히 여기던 재물을 빼앗아 거지로 만들어 버리고, 한 푼 없는 변강쇠와 장끼에게는 빼앗을 것이라고는 아무것도 없으니 목숨을 내놓게 만들어 버린다.

판소리 광대들이 조선 후기 남성의 부정적 행태를 공공의 무대에 올려 풍자하는 수법은 이토록 날카롭고도 엄정한 것이었다. 그게 너무나 아팠던 걸까? 판소리를 즐겨 듣게 된 19세기 후반의 양반과 남성들은 자기와 같은 양반이, 자기와 같은 남성이 판소리 광대들의 조롱과 풍자의 대상으로 전락하는 모습을 달가워하지 않았다. 그리고 점차 듣지 않게 되었다. 판소리 광대들도 그걸 애써 부르려 하지 않았다. 「변강쇠타령」을 비롯한 실전 판소리 일곱 마당은 그렇게 해서 점차 잊혀져 갔던 것이다.

물론 양반의 취향에 적합하지 않았던 것만이 이들이 잊혀져 간 이유의 전부는 아니다. 다루고 있는 문제의식의 협소함도 중요한 이유로 꼽을 수 있다. 그건, 전승되는 다섯 마당과 비교할 때 잘 드러난다. 「춘향가」·「심청가」와 같은 전승 5가가 제기했던 문제의식은 매우 심각했다. 모두 충·효·열·우애처럼 중세 사회에서 가장 중요하게 생각하던 윤리 규범을 근본적으로 문제 삼고 있었던 것이다. 그 점은 앞에서 상세하게 살펴본 바 있다. 그에 반해 실전 7가는 한 남성의 부정적 행태를 조롱하고 풍자하는 데 머무르고 있다. 예술적 수준을 보더라도 분명 전승 5가에 비해 미흡한 점이 많다. 결국 이들이 잊혀져 간 까닭은 양반층뿐만 아니라 판소리 청중 모두에게 깊은 감동을 주지 못한 측면도 있었던 것이다. 경쟁력에서 뒤떨어졌다고 말할 수 있다.

하지만 이 작품들이 전승되지 못한 이유를 모두 인정한다고 해도 정말 중요한 사실을 간과해서는 안 된다. 조선 후기에 불렸던 판소리 열두 마당은 동시에 생겨났다가 하나씩 경쟁에서 탈락해 간 것이 아니라는 사실이다. 판소리 작품은 하나씩 생겨났다가 시간이 흐름에 따라 어느 것은 계속 전승되고, 어느 것은 사라져 갔던 것이다. 그리고 다른 판소리가 만들어졌다. 판소리 광대들은 조선 후기의 문제적인 소재들을 발 빠르게 발굴, 포착하여 수시로 연희 마당에서 부르며 청중들의 호응을 살폈던 것이다. 그 가운데는 충·효·열과 같은 유교 이념을 진지하게 문제 삼은 작품이 있었는가 하면, 조선 후기 사회에서 두드러지게 일그러진 인물을 풍자하고 있는 작품도 있었다. 실전 7가는 모두 후자의 경우이다. 판소리 광대들은 조선 후기의 부정적 세태와 인물들을 빠뜨리지 않고 공공의 마당에 세워 신랄하게 풍자했던 것이다.

그런 점에서 실전 7가는 풍자 문학의 범주에 속한다고 할 수 있다. 그럼 풍자 문학이 갖추어야 할 가장 기본적인 요건은 무엇일까? 아마도 그 시대에 가장 문제적인 대상을 얼마만큼 적실하게 포착, 풍자했는가의 여부일 것이다. 예를 하나 들어 보자. 한때는 전두환과 같은 군사 독재자를 풍자하는 것이 가장 적실했고 즐겨 회자되기도 했지만, 지금 그런 이야기는 시들하다. 지금은 지금에 맞는 인물을 골라 풍자해야 제맛이 나는 법이고, 사람들에게 호응을 받을 수 있다. 판소리도 마찬가지였다. 사회 대결의 강도가 점점 높아 가던 19세기 후반, 아내의 말을 듣지 않아 패가망신한 가장들이나 여자에 빠져 망신을 당한 양반들을 풍자하는 이야기는 많은 사람들에게 주목받기 어려웠다. 그런 점에서 실전 7가가 다루고 있는 인물들은 이미 풍자 대상으로서 시효를 상실했다고 말할 수 있다.

변강쇠·배비장·장끼·무숙이를 심판하고 희화화하는 시대가 아니었던 것이다. 즉 이렇게 말할 수도 있겠다. 역사의 심판에는 시효가 없지만 풍자의 심판에는 시효가 있는 법이라고.

그렇다면 판소리 광대들은 새로운 풍자 대상을 찾아 판소리 마당에 세웠어야 마땅했다. 하지만 19세기 후반의 판소리 광대들은 그런 작업을 더 이상 하지 않았다. 세태 변화에 그토록 민감하게 대응했던 판소리 광대들은 봉건적 모순의 격화와 일본에 의한 식민지로의 전락, 이런 격변의 시대를 활보하던 숱한 희화적 인물들을 완전히 비켜 갔던 것이다. 대신 대갓집 사랑방 안에서 따뜻하게 지냈다.

앞서 19세기 후반, 양반들이 판소리 청중으로 참여하게 되면서 얻은 것과 잃은 것이 있다고 말한 바 있다. 그리고 잃은 것으로는 서민들의 생기발랄한 판소리 정신의 약화를 꼽았다. 정말 그러하다. 19세기 후반 판소리 광대들은 더 이상 새로운 판소리를 만들어 내지 못했다. 판소리를 판소리답게 만든 시대정신을 상실한 것이고, 판소리를 계속 발전시켜 나갈 생명력을 소진시켜 버린 것이다. 판소리가 자신을 일궈 낸 활기찬 생활의 터전에서 벗어나 안온한 사랑방으로 무대를 옮긴 것에 대한 혹독한 대가이기도 했다. 그리고 그런 교훈은 무대 위에서 인기 연예인처럼 우아하고 아름답게만 소리하려고 애쓰는 오늘날 판소리 광대들도 진지하게 곱씹어 보아야 할 것이기도 하다. 우리 시대의 삶에서 진정 문제가 되는 것은 무엇인가?

참고문헌

단행본

김동욱, 『춘향전 연구』, 연세대학교출판부, 1965.

유영대, 『심청전 연구』, 문학아카데미, 1989.

정충권, 『흥부전 연구』, 월인, 2003.

인권환, 『토끼전 · 수궁가 연구』, 고려대 민족문화연구원, 2001.

김기형, 『적벽가 연구』, 민속원, 2000.

김종철, 『판소리사 연구』, 역사비평사, 1996.

서종문, 『판소리와 신재효 연구』, 제이앤씨, 2008.

정병욱, 『한국의 판소리』, 집문당, 1981.

강한영, 『신재효 판소리 사설집(전)』, 민중서관, 1971.

조동일 · 김흥규 편, 『판소리의 이해』, 창비, 1978.

논문

강명관, 「조선후기 서울의 중간계층과 유흥의 발달」, 『민족문학사연구』 2호, 창비, 1992.

김대행, 「신재효에 대한 평가」, 『한국문학사의 쟁점』, 집문당, 1986.

김종철, 「적벽가의 민중정서와 미적 성격」, 『판소리연구』 6집, 판소리학회, 1995.

김현양, 「신재효 판소리 사설의 변주적 특성과 그 성격」, 『민족문학사연구』, 창비, 1996.

김흥규, 「판소리의 사회적 성격과 그 변모」, 『예술과 사회』, 민음사, 1977.

―――, 「판소리의 서사적 구조」, 『판소리의 이해』, 창비, 1978.

박일용, 「변강쇠가의 사회적 성격」, 『고전문학연구』 6집, 한국고전문학회, 1991.

박희병, 「춘향전의 역사적 성격 분석」, 『전환기의 동아시아 문학』, 창비, 1985.

―――, 「판소리에 나타난 현실인식」, 『한국문학사의 쟁점』, 집문당, 1986.

서종문, 「변강쇠가 연구 상 · 하」, 『창작과비평』 39 · 40호, 창비, 1976.

신동흔, 「춘향전 주제의식의 역사적 변모 양상」, 『판소리연구』 8집, 판소리학회, 1997.

이헌홍, 「수궁가의 구조연구 Ⅰ · Ⅱ」, 『한국문학논총』 4집 · 『국어국문학』 20집, 1982 · 1983.

인권환, 「토끼전群 결말부의 변화양상과 의미」, 『정신문화연구』 44호, 정신문화연구원, 1991.

임형택, 「흥부전의 역사적 현실성」, 『한국문학사의 시각』, 창비, 1984.

정병헌, 「적벽가의 형성과 판소리사」, 『판소리연구』 8집, 판소리학회, 1997.

정출헌, 「봉건국가의 해체와 토끼전의 결말구조」, 『고전문학연구』 13집, 한국고전문학회, 1998.

―――, 「심청전의 민중정서와 그 형상화 방식」, 『민족문학사연구』 9호, 창비, 1996.

―――, 「춘향전의 인물형상과 작중 역할의 현실주의적 성격」, 『판소리연구』 4집, 판소리학회, 1993.

조동일, 「갈등에서 본 춘향전의 주제」, 『계명논총』 6집, 계명대, 1969.

―――, 「토끼전의 구조와 풍자」, 『계명논총』 8호, 계명대, 1972.

나의 고전 읽기 **13**
조선 최고의 예술 판소리

ⓒ 정출헌 2009

2009년 1월 25일 초판 1쇄 발행
2016년 6월 5일 초판 13쇄 발행

글쓴이 정출헌
발행인 김영진
부문장 권혁춘
본부장 조은희
개발실장 박현미
편집장 위귀영 | 편집 관리 라일락
그림 이부록
컨셉 디자인 안지미
디자인 팀장 신유리 | 디자인 관리 김소라
사업실장 김경수
영업팀장 이주형, 천용호 | 영업 김위용, 최병화, 정원식, 한정도, 이찬욱, 김동명, 전현주, 이강원
마케팅팀장 민현기 | 마케팅 김재호, 정슬기, 엄재욱, 김은경, 류다현
펴낸곳 (주)미래엔
등록 1950년 11월 1일 제16-67호
주소 서울시 서초구 신반포로 321
전화 (미래엔 고객센터) 1800-8890, (팩스) 541-8249
홈페이지 www.mirae-n.com

ISBN 978-89-378-4497-3 43810
     978-89-378-4141-5 set

Mirae Ⓝ
아이세움은 (주)미래엔의 어린이책 브랜드입니다.